Thomas Neukum

Marina

Der lauernde Ozean in ihrem Herzen

Bibliografische Information der Deutschen Nationalbibliothek:
Die Deutsche Nationalbibliothek verzeichnet diese Publikation
in der Deutschen Nationalbibliografie; detaillierte bibliografische
Daten sind im Internet über http://dnb.dnb.de abrufbar.

2. Auflage (korrigiert)
© **2018** Thomas Neukum
Herstellung und Verlag
BoD – Books on Demand, Norderstedt

ISBN: 978-3-7528-1533-7

Als hätte diese große Wut mich vom Bösen geläutert,
von Hoffnung entleert, öffnete ich mich
angesichts dieser Nacht voller Zeichen und Sterne
zum ersten Mal der zärtlichen Gleichgültigkeit der Welt.

Albert Camus, „Der Fremde"

Prolog

*S*chon so lange hörte Marina das launische Meer mal gegen die schroffen Steilküsten schlagen, mal über den weichen Sand streicheln, dass sie nicht mehr wusste, ob sie es liebte oder hasste. Die Sonne reiste unermüdlich in den Westen, und alle Tage verzitterten still.

Heute Nacht mischte sich die Portugiesin allerdings in ihrem ersparten Ausgehkleid unter englische, spanische und besonders deutsche Urlauber vor dem nervigen Hintergrund süß gluckernder Musik. Der Hotelangestellte, der am marmornen Säulenbogen wachte, ließ sie gewohnheitsmäßig in das unüberdachte Klubareal schlüpfen. Alleine stand Marina in der Ecke nahe der dunkel polierten Bar und den Toilettentüren.

Sie war eins siebzig groß und sehr schlank, fast mager, während ihre Schenkel ein Maß an kräftigen Bewegungen verrieten. Vielleicht beneideten oberflächliche Frauen sie dafür, dass sich fast alles Körperfett in ihren Brüsten verdichtete, aber Marina fühlte sich deswegen beim Zubettgehen oder Aufstehen nicht sehr viel glücklicher. Ihr Haar wellte sich in glänzendem Maronenschwarz bis unter die Schulterblätter. Doch ihre Haut war für eine

Südländerin hell und ähnelte der so vieler angebräunter Mitteleuropäerinnen. Zugleich schimmerten ihre Augen atlantikblau. Ihre gesamte Erscheinung strahlte sogar noch den Reiz jugendlicher Frische aus, und wer ihrem Blick begegnete, sah ein gesundes Geschöpf, was sie aber nicht war.

Ein nicht unattraktiver Mittdreißiger, den Marina ohne ein einziges Wort als Deutschen erkannt hatte, besaß genügend Aufmerksamkeit, um für seine modisch bebrillte Frau nach zwei Gläsern *Vinho Verde* noch einmal ganz leger vom Tisch aufzustehen und in den Barbereich zu schlendern. Sie hatte die Figur von vielen Urlauberinnen, die gerne mal ein Stündchen Tennis spielten und gerne aßen. Vergnügt scherzte sie mit einem dabeisitzenden schwulen Pärchen, das zufällig wie sie beide morgen abreisen würde.

Während eine schwarz-weiß betuchte Bardame gemäß Bestellung säuberlich die Cocktailfrüchte zersäbelte, flüsterte der Feriengast unauffällig Marina zu: *„You're very beautiful. Spanish?"*

Sie nippte an ihrem Wasserglas und antwortete in einem klargefärbten Deutsch, dem höchstens eine Art brandenburgischer Akzent beigemischt war: „Portugiesisch. Ich komme von hier aus der Algarve."

Etwas verwirrt fragte er: „Dann gehörst du zum Fachpersonal?"

„Nein", lehnte sie sich mit keinem anderen Schmuck als einem Halskettchen gegen die Wand, „ich mag einfach nur kosmopolitische Stellungen." Das alles war für sie selber Gehabe, und als sie kurz den Blick der mixenden Hotelangestellten spürte, wuchs ihre insgeheime Unruhe noch mehr. Doch von dem Mann erhielt sie ein williges Lächeln.

Er spähte über die Schulter, bevor er aus der Hosentasche für das gelbsilberne Fruchtgesöff zahlte, das seine Hand wie einen schnapsgeäderten Pokal anhob. „Der hier ist für meine Frau. Ich werde sie selig ausgeknockt ins Bett schleppen", drehte er sich an Marina vorbei, „und alleine zurückkommen. Dir gebe ich nachher etwas wirklich Nettes aus."

„Das darfst du dann überspringen. Jede Viertelstunde ist kostbar", wartete sie.

Als er das bombige Getränk durch die nicht sehr eng gesäte Menge zu seiner plaudernden Frau brachte, honorierte das schwule Pärchen dies schmunzelnd mit Applaus. „Wie charmant er sich doch zeigt!", spöttelten die beiden.

„Ja, nicht?", nahm die bereits Beschwipste den halben Liter mit geschmackvoll beringten Händen entgegen. „Wo findet man das noch, dass der Ehemann sein Schätzchen abfüllen will?"

Er sah sie die Lippen um den hineingesteckten dicken Trinkhalm schließen, stellte sich erst mal seinen Stuhl schräger zurecht und erwiderte beim Hinsetzen: „Das macht noch den härtesten Büronacken weich. Ich will nur, dass du dich mal restlos entspannst."

Zwischenzeitlich hatte es den Anschein, als müsste sie aufgeben. Doch ein, zwei kleine rüchige Rülpser brachten ihr Erleichterung, sie verzichtete auf den Trinkhalm und ließ es sämig über den Glasrand in sich quellen.

Der Ehepartner blinzelte Marina zu. Das gezierte Rumstehen quälte sie mit Spannungsgefühlen, die sie umso inniger abreagieren wollte. Himmelwärts sah sie die teilweise erleuchteten Zimmerfenster des Hotels, an das diese Mauern für Feiern rangebaut waren. Der kurzärmlige Türsteher am allerdings offenen Säulenbogen, ein jüngerer muskulöser und bestenfalls mittelgroßer Portugiese mit der Hautbräune von Zimtkaffee, wandte schon seit den Abendschatten seinen kurzhaarig getrimmten Kopf immer wieder mal zu Marina.

Nachdem die deutsche Urlauberin ausgetrunken hatte, linste aber auch sie in deren Richtung und stemmte sich auf der Tischplatte nach oben: „Mannomann, mir staut sich 'ne ganz schöne Ladung hinter der Bauchbinde. We-welches ist noch die Damentoilette?"

„Komm, Schätzchen, du schwankst alleine im Stehen. Ich geh besser mit dir zusammen gleich aufs Zimmer", erhob er sich und bot ihr seinen Arm an. Zögernd schaute er jedoch auf die Schwulen mit ihren dreiviertel leeren Gläsern: „Wollt ihr denn noch hier sitzen bleiben?"

„Warum nicht? Weißt du, wir werden mit dieser Kurzweil deiner Herzerkorenen sicher keinen Kummer bereiten", schienen sie ihn zu ermahnen und gleichzeitig gewähren zu lassen. Trotzdem geriet er irgendwie in Verlegenheit.

„Nee, natürlich nicht", dusselte die Sturzbetrunkene, „wir seh'n uns morgen."

Ihr falscher Kavalier stützte sie und peilte mit ihr eine Innentür an, die direkt ins Hotel führte. Bevor sie darin verschwanden, sah Marina noch die Gelegenheit, zeichengebend mit dem Finger auf sich und nach draußen zu weisen. Er schickte ihr ein Nicken zurück.

Dann scharwenzelte sie zum Säulenbogen.

„Hier", hielt ihr der wachestehende Südländer hin, „nimm wenigstens wieder den Schlüssel fürs Gerätehäuschen. Ich will nicht sehen, wie du's gegen 'ne Wand oder Pinie gelehnt treiben musst."

„Na, gib her. Ich lege ihn danach wieder auf das Gesims. Und danke, Rolando", steckte sie das Schlüsselchen in ihr Kleid. Dann trat sie in ihren Schnürsandaletten auf den asphaltierten dunklen Vorplatz hinaus.

Erfrischend spürte sie den salz- und gräserduftenden Wind der abkühlenden Erde zu ihr lispeln. Gleichwohl durchkribbelte sie ein Unwohlsein so stark, dass sie abwechselnd ihre Hände ballte und spreizte. Endlich kam aus dem glimmenden Haupteingang die leicht hemdflatternde Silhouette des Deutschen zu ihr gelaufen.

„Wo hast du deine Handtasche?"

„Wo du hingeschielt?", entgegnete sie. „Ich hab keine."

„Eine Frau ohne Handtasche? Du musst wirklich was Besonderes sein."

„Dann lass es mich auch fühlen. Komm", gabelte sie seine Finger in ihre, „hier rüber."

Sie schlenzten mehrere Meter weiter hinten um eine Ecke herum. Vor einer glattgezimmerten Brettertür stocherte Marina nach dem Schlüsselloch.

11

„Und du gehörst sicher nicht zu den Leuten hier?"

„Ich bin mir sicher, dass ich nicht zum Hotel gehöre. Der hier ist geborgt", drehte sie den Schlüssel um.

In dem fensterlosen Häuschen griff sie an der Wand entlang nach dem Kippschalter für das Licht, das weiß in ihre Pupillen blitzte, und verschloss die schnurrende Tür wieder hinter ihnen. Zwischen Gerätschaften wie Spitzhacke, Eimer und zusammengerollten Maschenzäunen unter angeschraubten Regalen stand vor ihnen ein pistaziengrüner Rasentraktor.

„Noch hat der Arbeitsalltag nicht wieder begonnen", lächelte der Urlauber verwegen.

„Los, küss mich!"

Er umschlang Marina. Sie liebte kreiselnde Zungenküsse, doch auf diesen Tanz verstand er sich nur mittelmäßig. Von oben nach unten öffnete sie seine Hemd- und auch einen der zwei leichten Hosenknöpfe, bevor sie selber ihr anthrazitfarbenes Kleid hisste, um es samt ihrem aufgehakten BH über das kleine Lenkrad fallen zu lassen. Hingerissen knutschte er ihre straffen, wenngleich schweren Brüste. Dabei knetete er ihren Po und streifte öfter mit seinen Fingern an ihren Innenschenkeln hindurch, als fasse er eine kostbare Rille ein. Honigweich wurde ihr Höschen feucht. Marina labte sich an den sinnlichen Berührungen mit dem harten Durst einer Salzwassertrinkenden.

Seufzend richtete sie sein Gesicht von ihren feuergeröteten Brustnippeln auf, so dass seine anschwellenden Lenden gegen ihre drückten. Als entlade sich eine dunkle

Wolke in ihrem Geist, wollte sie wissen: „Wann hast du das letzte Mal mit deiner Frau gefickt?"

„Vor dreizehn Stunden, würde ich sagen? Irgendwann heute Morgen vorm Duschen."

Durch diese unerwartete Antwort gereizt, wrang Marina seine Hose herunter. Dabei kniete sie sich nieder und schleckte schräg an seinem handlichen Schaft entlang. Im Grunde hat er einen so genussreichen Gebrauch davon überhaupt nicht verdient, dachte sie und umschloss nichtsdestoweniger seine Eichel fast liebevoll mit ihren Lippen. Er legte sein Hemd ab und ersteifte vollends, würde aber dank dem Morgensex nicht mehr so schnell abspritzen können. Mit dem Mund zog ihm Marina ein hautfarbenes Kondom über, das sie im Spitzensaum ihres Höschens eingeklemmt hatte und wie alle Gummis eigentlich nicht leiden konnte.

Aufstehend behielt sie lediglich ihre Schnürsandaletten an. Allerdings rutschte sie gleich auf die metallkühle Schnauze des Rasentraktors, wo sie sich unter Zuhilfenahme ihrer Ellbogen zum kleidbehangenen Lenkrad zurücklehnte. Ihr Liebhaber glitt auf Anhieb tief in sie hinein.

„O ja", schäumte ihr Innerstes auf. Während er sie an den gespreizten Kniekehlen fasste, beugte er sich zu ihrer Gurgel vor, um vertraulich daran zu saugen. Derselbe Gefühlsnachdruck, mit dem er vorhin seine Betrogene gestützt hatte, ließ ihn Marina so langsam durchschleifen, dass sie vor Lustqualen schier umkam. Sie zitterte am ganzen Leib.

Dafür liegt seine Schnöselin jetzt vollgetankt und alleine im Bett, ergötzte sich die heimlich Kranke an einem Machtgefühl der Ohnmacht. Wie gerufen schlugen die Wellenberge über ihr zusammen, und sie stöhnte noch, als es auch dem kleinen germanischen Abenteurer endlich gekommen war.

Halb betäubt stieg sie von der Motorhaube wieder herunter und kleidete sich an. „Deine Frau und du, ihr habt vermutlich ein schönes Leben in Deutschland? Du liebst sie, oder?"

„Hey, das mit dir war unvergesslich. Wer weiß, ich komme gern nächstes Jahr wieder hierher", schnappte auch er seine Kleidung.

Sein Gerede und irgendwie alles verzerrte sich für sie nun bis zum Widerwillen. Als sie aus dem Gerätehäuschen herausgetreten waren, warf Marina ihm keinen einzigen Blick nach. Verriegelnd blieb sie stattdessen stehen, legte das Schlüsselchen dann auf einen verputzten Mauervorsprung hoch und raffte sich für den Heimweg zusammen.

Sie ging die Böschung hinab und am sandigen Gestade entlang. Das narbige, zu- oder abnehmende Gesicht über ihr bleichte die Nacht. Dennoch stolperte die fluchende Portugiesin über eine Strandliege, wobei irgendwas gegen ihre Haut flatterte. Sie erkannte es als die Papierseiten eines Buches, das sie kurzerhand mitnahm. Kalter Schweiß siedete aus ihren Poren.

Ringend mit sich und der Welt schleppte sie sich weiter. Doch ein Krampfanfall riss sie endgültig nieder. Das rechtlose Meer leckte ihr Haar und Gesicht, während die klebrigen Körnchen an ihrem Ohr einseitig das Rauschen verschluckten.

Marina fragte sich, ob sie kurz das Bewusstsein verloren hatte. Aber wen scherte das schon? Sie ließ eine Faust in den Sand spritzen und stützte sich wieder nach oben.

Teil I

1. Kapitel

*M*arina schützte sich vor der grüßenden Sonne unbewusst dadurch, dass sie leicht gekrümmt die Bettdecke zu hoch gezogen hatte und deshalb kräftig hindurchatmen musste. Die labberige Jalousie an ihrem Zimmerfenster war nicht viel neuer als alles andere in dem einstöckigen Haus. Nahe einem Holzschrank und Stuhl, über dem ihr beschmutztes Kleid hin, trocknete auf einem Tischchen das mitgenommene Buch. Darunter, teils auch daneben stapelten sich jedoch weitere Romane und Erzählbände, die fast allesamt deutsche Titel trugen.

Als hätten Traumbilder sie ermahnt, drehte sich Marina plötzlich um, blinzelte und war auf den Beinen. Sie warf sich aus dem Schrank ein bläuliches Kleid von einfachem Schnitt über, setzte noch beim Hochzischen der Jalousie eine Sonnenbrille auf und kämmte sich vor einem quadratischen Spiegel, ehe sie den Raum verließ.

Im Wohnzimmer weilte kohlschneidend vor dem ausgeschalteten Fernseher eine dunkelgesichtige Frau, deren noch immer ansehnliches Haar von Silberfäden durchzogen gleißte. Ohne sie eines Wortes zu würdigen, lief Marina zum Küchenfenster und nachher zur Haustür.

Mit dem zusammengewerkelten Dorf im Rücken ging sie barfuß zum Strand hinab. Unendlich grenzte an den azurnen Himmel vor ihr der Ozean.

Sie sah ein Fischerboot näher und näher kommen. Darin winkte ihr eine untersetzte Gestalt mit wettergegerbter Haut und dürren Haarfransen zu, ihr Vater, Pablo Puripolu.

So bedauerlich er auch wirkte, stellte er den plürrenden Heckmotor ab und plumpste doch lachend aus dem Bett, weil in seinen Netzen so viele Fische strotzten wie seit Jahren nicht mehr. Dessen ungeachtet packte Marina den Bug, stemmte sich in den nassen Sand und half, es weiter herauszuziehen. Im Rumpf hörte sie leere Flaschen rollen. Seit gestern, Donnerstagmorgen, war ihr Vater auf See gewesen.

„Ha, was denkst du, Mara? So viele Sardinen werden unserem *sabichão* sicher nicht schmecken!" Herzlich, fast kumpelhaft klopfte er seiner Tochter auf die Schulter und torkelte einfach zum grauweißen Haus am Dorfrand davon. *Sabichão* bedeutete „Klugscheißer" und war auf einen benachbarten Fischer gemünzt, der infolge seiner Arbeitsmoral grundsätzlich Pablo an Markterfolgen übertrumpfte.

Die Sardinen hätten längst aus den Netzen gelöst und

eisgekühlt werden müssen. Marina machte sich an die Arbeit.

Zu Mittag gab es *Bacalhau* mit gekochtem Gemüse, ein traditionelles Kabeljaugericht. Als die ältere Frau es zusammen mit Portwein an den Tisch brachte, beäugte Marina diese neben ihrem dahockenden Vater in hungriger und geradezu verächtlicher Haltung, zumal sie deren rotgepunktetes Kleid nicht ausstehen konnte.

„Öffne die Flasche gleich, Alcaste", grummelte Pablo.

Die Graumelierte schenkte ihm ein, setzte sich und heischte mit unrauer Stimme: „Trink bitte nicht so viel."

„Dass ich Befehle entgegengenommen habe, ist schon lange her. Auf ein freies Leben!", kippte er ein ganzes Glas voll herunter.

„Mir geht es um deine Gesundheit."

„Dann bin ich mit Wein zu Fisch doch bestens beraten. Liest man das nicht immer, Mara?"

Sie kaute zusammen mit dem zarthellen Fleisch gerade einen Mundvoll ölig getunktes Brot. Liebend gerne hätte auch sie ihren Vater losgefesselt vom Alkohol gesehen, aber alles war erträglicher, als Alcaste zuzustimmen. „Doch, liest man gelegentlich."

„Siehst du, in dem Fall auf ein gesundes *und* freies Leben", goss er sich gleich selber ein zweites Mal blutfarben ein.

„Das wünsche ich uns allen", schluckte Alcaste an einem Bissen. „Sicher steht in irgendwelchen Büchern oder Zeitschriften aber nicht, dass man schon mittags eine Flasche Portwein trinken soll."

Pablos ledriges Gesicht verzog sich wütend. „Wie willst denn du wissen, was irgendwo geschrieben steht?"

„Dafür habe ich gekocht und mache hier den ganzen Haushalt."

„Wo würdest du denn sonst mit deinen fünfzig Jahren rumludern? Wenn du zu meckern anfängst, dann kommen Mara und ich auch ohne dich zurecht!", zerstach er das Gemüse.

Das gesenkte feine Lächeln seiner Tochter verbarg nicht, wie sehr sie diesen beleidigenden Angriff genoss.

Pablo Puripolu, den 61 Jahre beugten, lernte Alcaste kennen, nachdem sich Marinas leichtsinnige Mutter davongestohlen hatte.

Schon sein früh verstorbener Vater, der ihm auf verstaubten Fotos sehr ähnlich sah, war hier im äußersten Südwesten Europas ein armer Fischer gewesen. Pablos Mutter dagegen, Marinas Großmutter, entstammte einer Börsenmaklerfamilie aus Brandenburg.

Sie hatte in Berlin sowohl Germanistik als auch Romanistik studiert. Allerdings liebte sie die weiten Herzen der einfachen Landbevölkerung. Nach einen Studienaufenthalt in Lissabon, aber auch der provinziellen Algarve zog sie hierher und heiratete.

Pablo benahm sich seiner kultivierten Mutter gegenüber mit einer nachlässigen, ja still trotzigen Ehrfurcht. Als Jugendlicher, der mit schwarzweiß flimmernden Bildröhren aufgewachsen war, hatte er nichtsdestoweniger von einer Schauspielkarriere geträumt, worüber er heute angesichts der romantisch gefärbten Lächerlichkeit des Wunsches nicht mehr redete. Stolz blickte er nur auf sein zwischenzeitliches Soldatenleben zurück.

Als aus einem benachbarten Dorf eine hübsche 17-Jährige anlässlich eines Familienstreits halb irrsinnig weglief, verliebte er sich und nahm sie zur Frau. Dadurch bewahrte er sie vor einer erzwungenen Rückkehr zu ihren Eltern. Sie fand eine Anstellung in einem Souvenirladen, ehe sie schwanger wurde und Marina gebar.

Auch wenn Pablo schon damals in der Kneipe trank, erfreute er sich noch eines pflichttreuen Rufs. Irgendwann erfuhr er allerdings aus nicht unzuverlässigen Quellen, dass ihn seine schnell angeödete Frau mit einem Kumpel betrog. Am meisten empörte ihn das Triviale daran. In den verdammten Filmen bildeten wenigstens reisende Gentlemen die Affären. Deshalb demütigte er seinen hundsgewöhnlichen Landsmann so gehörig mit einer Tracht Prügel, dass sich dieser noch vor dem Morgengrauen aufhing.

Marinas Mutter, die mit dem nervösen fünfjährigen Kind ohnehin überfordert war, ergriff die Flucht. Zwar wurde die Ehe nie geschieden, aber alle taten so als ob.

Von diesem Tag an riss zu den anderen Dorfbewohnern eine Kluft ein, und Pablo hatte sich als billigen Ersatz Dirnen gesucht. Die letzte war Alcaste.

Zuvor hatte sie im nahen Hotel als Putzfrau gearbeitet, weil sie – ohne dumm zu sein – Analphabetin war. Den Alkoholismus hatte sie schon durch ihren Vater kennengelernt. Selber hatte sie hintereinander drei Söhne von einem unausgegorenen Querkopf bekommen, der nicht wusste, wohin er im Leben steuern wollte. Eines Tages ließ er unvermittelt die schäbige Tür hinter sich zukrachen, weil es ihm einfache reiche, und genau wie Pablos Frau war er nie zurückgekehrt.

Um ihre kleinen Kinder ernähren zu können, stockte die verlassene Putzfrau ihren Verdienst durch nächtliche Prostitution auf. Dazu wandte sie sich trotz personeller Verwarnung auch an hinterherpfeifende Hotelgäste, welches Detail heute Marina nur ahnte.

Als Alcaste an einem windigen Morgen die Zimmer reinigte, ereilte sie die Hiobsbotschaft, dass alle ihre drei Kinder beim Spielen an einer abgelegenen Küstenstelle ertrunken waren. Sie krümmte sich in einem Zusammenbruch und wollte fast verhungern. Stattdessen warf sie sich rundherum in eine noch unwürdigere Prostitution weg, bis sie Pablo fand und ihm Treue schwor.

Wie eine Büßerin ertrug sie seitdem seinen knurrigen Frust und die übelwollenden Blicke seiner hilfebedürftigen Tochter. Doch in ihren altmodischen Gebeten an die Heilige Jungfrau verstand Alcaste dies als Schicksal.

Marina wiederum fand den Trost ihrer frühen Jugend einzig in ihrer deutschen Großmutter, die damals mit ihnen zusammen noch das einstöckige Haus bewohnte. Ihr faltiges und gleichwohl klares Gesicht, von dem in ihrem Fischersohn so wenig wiederzufinden war, strahlte eine geduldige helle Würde aus.

Erst als Marina täglich in den Schulbus steigen musste, drängte ein Lehrer den Vater zu einer medizinischen

21

Untersuchung. Ein kleinstädtischer älterer Arzt diagnostizierte bei ihr endlich die Nervenkrankheit Epilepsie, und zwar in schwerwiegender Form. Entsprechend der provinziellen Skepsis sah er jedoch keine natürlichen Behandlungschancen.

Viele Landleute und Kinder, insbesondere Mädchen, hielten aufgrund der Symptome zu ihr furchtsamen Abstand, so dass Marina im Bann einer Außenseiterin blieb. Lediglich ein paar taffe Jungs spielten mit ihr.

Dagegen verehrte Pablo seine Tochter stur und hielt sie nicht nur für klüger als alle anderen, sondern durch ihre besondere Krankheit auch für etwas unendlich Höheres. Selbst im Suff behandelte er sie niemals grob.

Schon mit zwölf Jahren half sie bei der Fischerei, um ihn und sich, zwangsläufig aber auch Alcaste vor immer größerer Geldnot zu bewahren. Infolgedessen zügelte er sich beim Trinken. Denn wie befürchtet stürzte Marina letztendlich unter Krampfanfällen ins Meer, und er rettete sie. Seitdem musste sie jedes Mal ihrerseits besorgt auf die Rückkehr des vielgeflickten Bootes warten, um wenigstens die Arbeiten an Land zu verrichten.

In ihrer Pubertät entwickelte sie ein verzehrendes Interesse an den Büchern, die Urlauber zwischen verunzierendem Plastikmüll am Strand zurückließen. Neben romantischen und explizit erotischen Romanen fanden sich schändlich mittelmäßige Psychothriller, aber auch vereinzelte Klassiker. Manches war auf Deutsch geschrieben. Marina ärgerte sich damals, dass sie es diesbezüglich kaum über die Kindersprache hinausgebracht hatte.

Darum bedrängte sie ihre Großmutter anhand von harmloseren Exemplaren, ihr Wortbedeutungen und Grammatik möglichst perfekt beizubringen. Als wäre es selber deren letzter Wille, kam die altersschwache Frau dem Verlangen nach. Orakelhaft hauchte sie schließlich auf Deutsch: „Ich wünsche dir viel Glück, Mina", und starb.

Der Enkelin überwallte das Herz. Wie viel heimlichen Kummer hatte die Gegangene mutmaßlich in ihr Grab mitgenommen! Jahrelang bedauerte Marina, sich nicht selbstloser für sie interessiert zu haben, und ihr begreifbarer Gedanke sprang in immer nervösere Entstellungen über.

Die Epilepsie riss schwarze Löcher in ihr Leben. Konnte ihr Vater irrtumsfrei angeben, ob ihr dieses Übel schon seit der Geburt anhaftete? Marina erinnerte sich nicht, ob er Alkoholiker wurde und dann Alcaste kennenlernte, oder ob er Alcaste kennenlernte und dann Alkoholiker wurde. Sie wusste nur, dass eine dahergelaufene und wohl scheinheilige Hure ihre Rabenmutter ersetzt hatte. Trotz ihrer modernen Aufgeklärtheit scheute sich Marina vor Abneigung und wirrem Schmerz, nach den genauen Hintergründen zu fragen, ansonsten hätte sie anders urteilen müssen. Ja, unter einem verstiegenen Rest von Volksaberglauben zog sich das alles für sie zu einem schwer unterscheidbaren Knäuel zusammen. Wenn der milden Erinnerung an ihre Großmutter etwas Engelhaftes entströmte, dann war Alcaste möglicherweise eine Hexe und hatte sie mit dieser Krankheit verflucht. Auch ihren geliebten Vater betrachtete sie als Opfer.

23

Während die Schullehrer nicht zuletzt wegen ihrer guten Noten noch die unberechenbaren Beschwerden hinnehmen mussten, konnte Marina doch eine Berufsausbildung so wenig wie den Führerschein machen. Im Gegenzug verließen alle Jugendbekanntschaften nach und nach das nicht sehr aussichtsreiche Dorf.

Aufgrund ihrer brennenden Sehnsucht begann sie mit den Hotelgästen zu flirten. Je mehr die Erotikromane ihr aber den Kopf verdrehten, desto unbefriedigter und ungeduldiger ließen sie alle Affären auf einen echten Ausweg in die Geborgenheit warten. Das Herz Europas mit seiner Hauptstadt Berlin stellte sie sich wie ein neues Land fast unbegrenzter Möglichkeiten vor. Immerhin war Marina schon 31 Jahre alt. Doch sie hatte bei aller Verzweiflung nie gelernt, aufzugeben.

Halbnackt steckte sie mit einem niedergebeugten Knie ihren Föhn ein, um ihre duschnassen Haare vorm Zimmerspiegel zu frisieren. Als sie ihn wieder ausgeknipst hatte und ihrem Gesicht dezente Schminke gönnte, hörte Marina durch den Türspalt eine Telenovela brabbeln. Sie zog ihr zweites Abendkleid an, dessen eingenähtes Täschchen ein ganz flachbäuchiges Portemonnaie füllte, schnürte ihre Sandaletten und zögerte einen Augenblick lang, als könnte sie irgendetwas vergessen haben. Dann schlich sie regelrecht zur Haustür.

Mit ihrer Hand auf der schnöden Klinke rief sie täuschend locker: „Ich geh mal noch ein bisschen weg. Gute Nacht …"

„Mara", schleppte sich jedoch die väterliche Stimme an ihr Ohr, „komm für einen Moment bitte ins Wohnzimmer."

Obwohl es ihr lästig war, machte sie einen gehorsamen Schritt hinein. Der Vater hob von einem khakifarbenen Sessel aus die trübgetrunkenen Augen zu ihr, während Alcaste auf dem Sofa saß. Neben dem Fernseher, dem Marina die kalte Schulter zeigte, hing ewig aufladend eine Telefonstation.

„Stimmt es, dass du dich auf bunten Hotelpartys an Männer ranmachst?"

Die Frage war ihr vor Alcaste peinlich. „Ich bin einsam", stand sie wie eine Gefreite vor ihnen.

„Mir bereitet daran nur Sorgen, ob sich das für deine Nerven lohnt. Was, wenn du dort einen Anfall kriegst? Du kannst ja kaum den Fernseher ertragen."

„Wenn ich einen Anfall bekomme, stehe ich danach wieder auf. Alles ist möglich. Wer nicht mehr gehen kann, kriecht."

„Vertrau ihr, Pablo", schaltete sich Alcaste ein, „sie ist robust. Was wäre das Leben schon ohne die fleischlichen, verzeihlichen Sünden? Wenn sie die Chance hat, soll sie sich amüsieren."

Wie großmütig von der widerlichen Heuchlerin!, dachte Marina. Deren Worte verletzten sie wie eine spottbesudelte Klinge.

„Was soll's, du bist alt genug, Mara. Bis dann", fand sich ihr Vater damit ab.

Sie ging hinaus in die untergehenden Sonnenstrahlen

und am Strand entlang. Für die meisten Touristen glühten sie heiß genug, obwohl es erst April war. Nur 65 Kilometer von hier entfernt thronte zwischen klappernden Küstenstörchen die Villa der verstorbenen Amália Rodrigues, der Königin des dunkelmelodischen Fados. Unter wechselndem, oft poppigem Motto dagegen erschallte von Donnerstag bis Samstag die Hotelmusik.

Als Marina näherkam, sah ihr der geschniegelt standfeste Portugiese mit der aufflirrenden Stimmung im Rücken entgegen. „Hallo, Rolando", blickte sie über seine Schulter, „wie läuft's?"

„Meinst du bei mir oder bei denen da drinnen? Ehrlich, du siehst zu gut aus."

„Danke. Willst du mich deswegen nicht reinlassen?"

„Ich ziehe es in Erwägung, ja", wirkte er halb unwillig.

„Komm, das ist witzlos. Du bist schon lange mit 'nem netten Mädchen aus der Gegend verlobt."

„Ja, weil du mich schon so lange stehen lässt. Wann willst du endlich aufhören, an mir vorbei diesen Hallodris in die Arme zu spazieren?"

Rolando zählte 25 Jahre und stammte aus dem hügeligen Hinterland nahe der nordöstlichen Grenze zu Spanien, von wo er wegen Arbeitslosigkeit weggezogen war. Er bekleidete nicht nur den hoteleigenen Posten eines Türstehers, sondern half auch tagsüber bei der Grundstückspflege und Betreuung kleinerer Wandergruppen. Doch Marina hoffte nun mal hartnäckig auf einen gebildeten Deutschen und hatte es sich angewöhnt, Rolando gegenüber die Starke zu geben.

„Dann, wenn ich gefunden habe, was mir fehlt, spaziere ich auch nicht mehr hierein. Du bist ein feiner Kerl und wirst mir jetzt bei aller Freundschaft bitte nicht länger den Weg versperren."

Herbeirollend hielt auf dem planierten Vorplatz ein Taxi, aus dem mit einem kahlköpfigen Mann eine zierliche und aufdringlich parfümierte Frau stieg, um geradewegs zum Säulenbogen zu stöckeln. Rolando grüßte höflich, schaute noch einmal zu seiner aparten Landsmännin und trat beiseite. Als sie auch hindurchwollte, fasste er sie jedoch behutsam unter der Achsel und flüsterte: „Unter uns, das Personal redet schon. Benimm dich unauffällig."

Wie wenn ich nicht sowieso ein Dasein als Eckensteherin führe, ärgerte sie sich. Drinnen tanzte heute ein brasilianisches Ensemble auf einer kleinen Bühne im Hintergrund. Marina bestellte bei der schweigsamen Bardame wieder ein Glas Wasser, um zumindest nicht mit verlegener Hand selber Blicke auf sich zu spüren.

Als ein aufgepflanztes Grüppchen konservativer Leute auseinanderging, die sie bereits kannte und sich an verschiedene Tische setzten, stach ihr ein neuer Urlauber ins Auge. Groß, sportlich und dunkelblond stand er mit seinem nachdenklich toleranten Gesicht von Mitte dreißig zwar bei Frau und Kind, einem Mädchen, doch mangelte es dem Familienbild an trauter Geschlossenheit. Bis 21 Uhr durften Minderjährige übrigens an den Feiern teilnehmen.

Genauer betrachtet konnte sich Marina auch dadurch

ermutigt fühlen, dass ihr diese Partnerin ähnelte: Ungeachtet einer kurzärmligen Bluse zu königsblauen Kniehosen über lau sonnenberührten Unterschenkeln war sie ebenfalls brünett und schlankgliedrig, obwohl ihr Fleisch nicht mehr ganz so fest wirkte. Ein Hauptunterschied lag darin, dass um ihre Nase kleine Sprossen wie vereinzelte Erdbeerkörnchen hingestreut waren. Von regelrecht altadliger Blässe erschien dementgegen die elf- oder zwölfjährige Tochter, die seidenlanges schwarzes Haar schmückte und gemessen an ihren Beinen mal Modelgröße erlangen würde. Das dicht bei ihr gehaltene Glas des Vaters ließ auf hellen Traubensaft schließen, nicht auf Wein. Sicher konnte sich auch die beste Menschenkenntnis angesichts von Hundertmillionen Deutschen und Nicht-Deutschen irren, aber Marinas erwärmende Nerven sagten ihr: Dieser Mann war ihr zu kaperndes Schiff.

Er hatte sie entdeckt. Wenige Minuten später zog es seinen Blick erneut zu ihr, aber wer wollte mit seinem Flirt schon auffliegen? Den untermalenden Gebärden seiner Frau nach zu urteilen, fragte sie ihn, ob sie nicht Platz nehmen möchten. Doch er schüttelte den Kopf und wandte sich liebenswürdig an die scheinbar gelangweilte Tochter.

Marina fühlte sich bereits durch Nichtbeachtung gestraft, als vor ihr plötzlich die duftgetränkte Urlauberin auftauchte. Wenn ihre kleine Gestalt auch recht reizend war, so hatte sie doch ein vollkommenes Allerweltsgesicht und ließ einen getakteten Schwall französischer

Wörter hören. Einen Schritt hinter ihr wartete der Glatz-köpfige mit dämlichem Anstand wie auf das Hochsprü-hen einer langen Rakete. Marina hatte in den oberen Schulklassen zwar Französisch gelernt, beherrschte es aber nur noch gebrochen und wollte erst ihren Ohren nicht trauen. Tatsächlich suchte das Paar einen Dreier.

Die wassertrinkende Portugiesin wollte die beiden ab-blitzen lassen. Das gestaltete sich auch nicht allzu schwer, und dennoch rutschte sie dadurch in eine anhaltende Unsicherheit. Zudem glaubte sie sich vom Kellner auf seinen kerzengeraden Wegen zur Bar stillschweigend da-für gescholten, dass nur durch sie die Hotelgäste so ver-wegene Ideen antasten konnten.

Hastig schaute sie wieder zu ihrem dunkelblonden Auserwählten. Während seine Frau dem herbeigebetenen Kellner die leeren Gläser hinstreckte, wurde Marina bei diesem dritten Blickkontakt mit einem vielsagenden Lä-cheln belohnt. Sie lächelte erregt zurück. Dann kehrte sich der mutmaßliche Deutsche mit seinem kleinen Fa-milienanhang zu jener Tür, die direkt in einen Hotel-flügel führte, und verschwand.

Marina war irritiert. Hatte er ihr ein Zeichen gegeben? Vermutlich brachte er seine Tochter samt lästiger Frau auf ihr Zimmer, um alleine zurückzukommen. Rolando hatte schon wieder eifersüchtig den Kopf gedreht.

Schließlich haute die Epilepsiekranke ihn an: „Gib mir den Schlüssel."

„Marina …"

„Pscht!", forderte sie und steckte hüftnah das gezackte

Metallbärtchen ein. Aber wer sagte ihr, dass der interessante Urlauber außerhalb der vier Mauern erscheinen würde? Oder innerhalb? Sie preschte nach draußen.

Die tiefer kriechende Dunkelheit mutete ihr heute kühl an. Ruhelos schaute sie hoch zu den karamellwarm erleuchteten Zimmerfenstern und rüber zum Hauptportal. Sie musste einfach sichergehen, dass er sie nicht doch innerhalb des dachfreien Areals misste.

Erneut strichelte sie an ihrem seufzenden Verehrer vorbei durch den Säulenbogen. Doch hier glotzten nur dieselben sabbelnden Leute zu ihr rüber, und erneut strichelte sie nach draußen. Das wiederholte sich mehr als eine Stunde lang, bis sie völlig aufgerieben überlegte, ob sie nicht schlichtweg zu den Hotelzimmern vordringen sollte. Allerdings kannte sie nicht einmal den Namen, und zumindest der ernste Kellner schien langsam alle Geduld zu verlieren.

Rolando, der um diese Zeit kaum noch auf Eintretende zu achten hatte, griff sie an ihren angespannten Schultern. „Marina", wisperte er nachdrücklich, „der lässt dich hier versauern, verstehst du? Aber ich verehre dich. Ich weiß, dass du nervenkrank bist, ich kann damit umgehen. Wirf doch deine Hoffnungen nicht krampfhaft an diese Typen weg, die deinen Wert so wenig kennen, als wärst du 'ne dahergelaufene Nutte."

Durch diesen ungeschickten Trostversuch explodierte Marina: „Du superfreundlicher Blödmann, so denkt ihr über mich? Wer scheffelt hier denn Geld? Sollen sich die ganzen affigen Heuchler und Karriereschlunzen

30

doch selber ficken!", zerspellte sie so laut die Musik, dass sich alle empört zu ihr umdrehten. Vergrätzt ging sie davon.

Am dunklen Strand entlang trieben ihre wirbelnden Gefühle sie wieder nach Hause. Sie hatte gerade den metallenen Pfahl mit Schildchen erreicht, der für Wanderer das Dorf markierte, als hinter ihr eine Stimme rief: „Marina!"

Wie ein alarmierter Hund hatte Rolando doch tatsächlich seinen Posten verlassen. Fühlte er sich für die harsche Taktlosigkeit mitverantwortlich? „Was ist?", schien Marinas Zorn herunterzuköcheln.

„Den Schlüssel", schnaufte er, „du hast vergessen, mir den Schlüssel zurückzugeben."

Dadurch brodelte ihr Zorn erst recht über. Entgegenfliegend prallte das Schlüsselchen an Rolando ab, so dass er im schwach widerscheinenden Sand erst danach wühlen musste. Wie besessen begann sie an der hereingerammten Eisenstange daneben zu zerren, woraufhin er sie beschwor: „Was soll denn das, Marina? Ich bin dir auch aus Sorge um dich nachgelaufen. Nicht dass ich hier meinen Traumjob gefunden hätte, aber ich riskiere damit so einiges. Marina, lass doch den Routenpfahl stecken!"

Aber sie hatte ihn schon aus dem tiefen Sand gewrungen und stürmte in ihrem romantisch angehauchten Kleid auf das Fischerboot des *sabichão* zu, des erfolgreicheren Nachbarn. Zwei kerngesunde Töchter im Alter von 16 und 18 Jahren hatte er, die von einer braven

Mutter verhätschelt wurden. Die Tobsüchtige holte hinterm Kopf aus und schlug auf die makellose Bootsflanke ein, dass es nur so krachte.

„Herrgottscheiße, was tust du? Hör auf!"

„Ich will Gerechtigkeit!", brüllte sie und verging sich schmetternd am Bug.

Endlich umschlang Rolando von hinten ihre beiden Arme und hielt sie mit den eigenen muskulösen wie ein Schraubstock an sich gepresst. Dennoch hatte er seine Mühe angesichts den unfassbaren Kräften, die sie freisetzte. Sie fluchte und kreischte und wehrte sich rasend.

„He, spinnt's euch?", schrie es von einem erleuchteten Hauseingang herab.

Marina ließ den Eisenpfosten fallen.

„Schnell", schleppte Rolando sie nachtumhüllt in verkehrter Richtung fort, „wir müssen Verwirrung stiften. Dir ist nichts anzulasten."

In einem halbstündigen Bogen durch einen Korkeichenwald, den er aufgrund der Wandergruppe blind kannte, brachte der junge Portugiese sie zu ihrer Haustür. Unklar rührten sich in ihr Bedenken. Sie zitterte so stark, dass er die Klingel drückte.

Alcaste öffnete. „Ach, guten Abend."

„Guten Abend, ich bin vom Hotel. Marina verlor kurz die Besinnung und …"

„Noch kann ich selber reden", schüttelte sie sich und lief hinein. „Ich brauch nur acht Stunden Ruhe, danke."

Wie auf glühenden Kohlen rannte er zurück.

2. Kapitel

*A*ls Pablo die Kneipe betrat, durch deren hell geöffnete Fenster noch soeben ein breiter Tratsch geknarzt war, schien allen Stammtischtrinkern bitter und dünn die Lippe zu verkleben. Lediglich ein brandneuer Flachbildfernseher streamte in der Ecke munter die Fußballergebnisse.

„Grüßt euch! Ihr seht aus, als wäre euch fauler Lebertran ins Bier gefallen", ließ er sich als Fünfter auf einem nussbraunen Stuhl nieder und versuchte in Richtung des fettleibigen Wirts zu scherzen: „Für mich bitte dasselbe. Aber ein perfektes Wetter haben wir, nicht? Und soll bis Montag so bleiben."

Rasiert mit spitzen Augenbrauen und aufgestütztem Ellenbogen saß am Tisch auch der benachbarte Fischer. „Das nützt leider nicht viel, wenn das Boot leckt."

„Mein Boot leckt nicht."

„Meines neuerdings aber ganz gewaltig, und weißt du auch, warum?"

„Was willst du mir anhängen? Hm, warum?"

Der schwere Wirt stellte Pablo das schäumende Glas hin. Gleichzeitig umfassten die übrigen Gäste ihr eigenes, als erwarteten sie grollende Gewitterwolken.

„Weil deine Tochter gestern Nacht mein Boot blindwütig demoliert hat", bleckte der andere seine weißlichen Zähne.

Pablos verwitterte Miene drückte wahres Erstaunen aus, aber auch die Bereitschaft frontaler Verteidigung. „Gestern Nacht soll Marina also auf nichts anderes sinniert haben, als ihre kurzen Fingernägel in deine Planken zu hauen?"

„Sie hat die beschilderte Eisenstange genommen, die noch jetzt im Sand liegt. Siehst und hörst du nichts? Als ich wegen des ganzen Lärms die Haustür geöffnet hab, ist sie mit einem jungen Mann davongeirrt."

„Mit einem jungen Mann auch noch? Du musst die Augen einer Eule haben. Ich lausche dir, wie er aussah."

Der beschuldigende Nachbar räusperte sich. „Diese zweite Person tut nicht so viel zur Sache. Aber deine Tochter hat ein Kleid getragen."

„Oha, ein Kleid wie unzählige andere Frauen auch. Ich nehme an, dass du hier ebenfalls keine Einzelheiten identifizieren konntest?", spülte Pablo wie ein heruntergekommener Boxer den Mund.

Doch nun sprang dem geschädigten Bootsbesitzer ein berenteter Stammgast bei, der nach ertragsarmem Olivenanbau noch erfolgreich als Beamter gearbeitet hatte: „Ich kann es bezeugen."

„Du?", erwies ihm Pablo ein unerfreutes, hämisches Lachen. „Vor deinem Haus liegt ein turmhoher Findling. Erzählst du mir nun die Mär, wie er sich nachts fortgetrollt hat?"

„Nein, aber Marina hat so laut rumgekreischt, dass man im Bett regelrecht erschauern konnte."

„Wenn ich jetzt zehn Frauen kreischen lasse, dann kannst du also mit verbundenen Augen alle zehn genau unterscheiden? Wie viele verdammte Klugscheißer sitzen hier noch?", blickte er uneingeschüchtert und aggressiv in die Runde.

„Auch wenn uns deine Tochter leid tut, müssen …"

„Ihr solltet besser euer Schandmaul halten, bevor ich wieder jemanden kaputtprügle!"

„Aber, aber", beschwerte sich der Wirt, „ich will hier keinen Streit."

„Warum sagst du mir das? Ich trinke lieber ohne dummes Geschwätz zu Hause. Hier", schepperte Pablo das Geld hin und stand auf, „ich behalte recht: Dein Bier ist gallig."

Daheim las Marina in milchgrauen Baumwollhosen auf ihrem Bett das verwaiste Buch, das ein Autor namens Nelkeisen geschrieben hatte. Darin fand sie ein Himmelfahrtskommando an großstadtkritischen Geschichten voll kurioser Pornographie, was auf sie so anziehend-abstoßend wirkte wie der Juckreiz einer Existenzwunde.

Als ihr Vater zurückkam, ahnte sie schon angesichts seines starren Nackens, was vorgefallen war. Ihr Gewissen stauchte sie dadurch so weit, dass sie sich fast tiefer ins Bett verkrochen hätte. Doch sie entschied sich für das Gegenteil und setzte einen bloßen Fuß auf den Boden. Im Wohnzimmer nähte still Alcaste.

„Na, Papa? In der Kneipe", kam Marina mit ineinanderverhakten Fingern auf ihn zu, „war es offenbar nicht sehr unterhaltsam?"

„Der *sabichão* verzapft, du hättest sein Boot demoliert."

„Und wenn's nun so wäre?"

„Dann hätte es seine Gründe. Ich könnte es dir wahrhaftig nicht verübeln. Im Guten wie im Schlechten steht es doch fest, wer hier auf wessen Seite ist", trat Pablo nach einem erkenntlichen Nicken seiner Tochter ins Wohnzimmer.

Trotz allem ging sie an diesem Abend in ihrem gewaschenen anthrazitfarbenen Kleid noch einmal zum Hotel. Danach fänden die Partys erst in fünf zähen Tagen wieder statt.

Doch als sie auf den marmornen Durchgang zuschritt, wehrte Rolando mit einem unnachgiebigen Seufzer ab: „Ich darf dich nicht mehr reinlassen, Marina. Die Veranstaltungen waren und sind nur für die Hotelgäste."

Im Hintergrund entdeckte sie den dunkelblonden Urlauber, und allem Anschein nach war er heute nicht nur alleine, er blickte sie auch unverhohlen an. Sie musste unbedingt rein, und sei es dadurch, dass sie eine gewisse Schwäche preisgab: „Ich weiß, dass ich mich danebenbenommen habe. Es tut mir leid, ja?"

„Wenn ich mir noch die kleinste Freiheit erlaube, dann bin ich meine Arbeit los!"

„Bitte, Rolando, bitte. Wie kann ich's denn wiedergutmachen?"

„Quäl uns doch nicht länger, Marina. Selbst meine

Verlobte hat den zügellosen Vorfall spitzbekommen und mich zu einer Entscheidung gezwungen. Bitte, geh endlich", verzog sich schmerzhaft sein Mund.

Sie ließ die Arme hängen, trottete davon und sank abseits auf eine dämmerumwobene Steinbank unter Akaziengeäst. Nun hatte sie alles verbockt, nun war sie auf der ganzen Linie geächtet.

Unverhofft trat an sie eine deutsche, sympathische Stimme heran: „Hallo, ist hier noch ein idyllisches Plätzchen frei?"

„Hallo", rückte sie instinktiv beim Anblick des Verlorengeglaubten, „natürlich, gerne."

„Ich bin Adrian", reichte er ihr seine kräftige sanfte Hand beim Hinsetzen.

„Marina." Sie grüßte niemals mit einem gezierten Damenpfötchen, sondern immer geradeaus wie die Männer und spürte, dass er sich erfreut ihrem Druck anpasste.

Einen einträchtigen Moment lang schaute er ins Unbestimmte vor ihnen. „Ich habe gehört, dass du deutsche Urlauber magst?"

Sofort sprudelte Nervosität in ihr hoch: „Es ist so, dass die anderen es nie ernst mit mir meinen, nicht umgekehrt. Hatte deine Frau heute keine Lust?"

„So toll ist diese Art von Veranstaltung wirklich nicht. Mir kannst du da trauen, mir sind auch schon schlechte unterlaufen. Ich bin Veranstalter in Berlin, oder *Event-Mananger*, wie man gerne sagt", lächelte er selbstironisch.

„Du bist Veranstalter? Aus Berlin?" Marinas Herz schlug noch höher. „Ich liebe Deutschland – schon allein deswegen, weil meine Großmutter aus Brandenburg kam und an der Humbold-Universität studiert hatte. Aber ich selber bin leider noch nie dort gewesen. Ich führe hier nur das Leben einer Fischertochter." Ihre naiven Formulierungen, die doch so untypisch für sie waren und ihre Eitelkeit eher piesackten als streichelten, ließen sie letztlich verstummen. Es fehlte nur noch, dass sie von ihrem Nervenleiden plapperte.

„Das klingt sehr interessant. Ich will selber meiner Tochter noch gute Nacht sagen. Aber", drehte er sich zum Hotel und zeigte dann in die entgegengesetzte buschige Richtung, „wenn du willst, können wir uns übermorgen um drei Uhr nachmittags hinter der netten Straßenbiegung dort treffen."

„In meinen Gedanken stehe ich schon da."

„Schön. Ich auch, Marina", erhob er sich. Bevor er aber ging, beugte er sich noch einmal herab und berührte mit seinen Lippen ihren empfindlichen Hals. An diese bescheidene, so prickelnde Geste würde sie sich länger erinnern als an mannigfache Bumsereien.

Voll heißer Ungeduld weilte Marina in einer Sofaecke entfernt von Alcaste, während ihr trinkender Vater für alle ein Selbstgespräch über seine Jugend bis zum revolutionären Jahr 1974 führte. Damals habe das putschende Militär einen Haufen von Kaffeebohnenlutschern in den Arsch getreten, weil diese lange genug alles Demokratische in den Arsch getreten hätten. Doch genau zu jener Zeit war sein eigenes strammes Soldatenleben schon vorbei. Leider drifteten diese mehrfach ausgebuddelten Geschichten in ihren Versionen voneinander ab, und erneut verwirrte sich die Wahrheit für Marina.

Wie verabredet stand sie endlich an dem orangebräunlichen Fleck Erde jenseits der buschigen Hoteleinfahrt und schaute mit ihrer Sonnenbrille landeinwärts. Was hatte er hier vor? Sie hinter eine Zwergpalme zu zerren? Auf eine wilde Ziege zu warten?

Von hinten schlich ein Taxi heran, dessen Tür sich öffnete, und in einem strahlenden Poloshirt streckte Adrian seine Hand hinaus: „Wie wär's mit einer Spazierfahrt? Steig ein."

„Oh, so viel Zuvorkommenheit bin ich gar nicht gewohnt", klappte sie ihre schwarzen Gläser zusammen und huschte zu ihm auf den breiten Rücksitz. Sie, die ansonsten so schnell Hosenknöpfe löste, zwirbelte nun zwischen Mittelfinger und Daumen nur noch den schenkelnahen Saum ihres Kleids. Adrian bat den schweigsamen bärtigen Fahrer, sie zu einem nicht sehr populären und doch romantischen Café zu bringen, wofür er vorab ein Bündelchen Scheine herauszog. Dann betrachtete er die vorbeistreichende Landschaft der Algarve, rückte näher zu Marina und bemerkte: „Hier zu leben, erscheint mir wie ein schönes Vorrecht."

Der Taxifahrer ließ sie in einem pittoresken Städtchen vor einem Haus mit abschirmender Marquise aussteigen, wo halb dösende Gäste an rosig bestickten Tischdecken saßen. Er erklärte sich bereit, sie hier in einer Stunde wieder abzuholen. Ausgerechnet dieses umgebaute Haus, das als altmodisches Café aus einer Gasse herausschaute, war dem inzwischen verstorbenen Arzt eigen gewesen, der in den damaligen Praxisräumen bei Marina die Epilepsie diagnostiziert hatte. Eine abenteuerliche, bange Lust setzte ihr zu. Als Adrian sie vermutlich aus Bedenken vor aufkreuzenden Hotelgästen fragte, ob auch ihr ein vertrauliches Tischchen im leeren Innenbereich mehr zusage, bejahte sie einfach.

Weil sie nicht einmal schwache Cappuccinos gut vertrug und sich überhaupt im Hinblick auf die Getränkekarte beschränkt vorkam, ließ sie sich unter Beipflichtung der burschikosen Inhabertochter zu einer Eisschokolade überreden, die auch Adrian nahm. Anschließend versuchte er sein Gewissen zu klären:

„Also, das gehört nicht zu den Unternehmungen, die ich mir gewohnheitsmäßig leiste. Meine Frau nimmt heute zusammen mit meiner Tochter an einem Wellnessangebot teil, und ich habe vorab gesagt, dass ich nicht möchte. Eigentlich", schmunzelte er traurig, „habe ich diesen achttägigen Urlaub zur Heilung meiner kriselnden Beziehung gebucht. Seit Jahren klemme ich mit meiner eifersüchtigen Frau wegen irgendwelcher lockeren Veranstaltungsteilnehmerinnen, Sängerinnen und so weiter fest. Dabei habe ich mir jede Versuchung, jede Affäre versagt."

Bis jetzt, dachte Marina, da mir die Ehre der allerersten zufällt? Stattdessen sagte sie lieber: „Und nun hast du mit mir ein Rendezvous?"

„Sieht so aus, ja, nun habe ich mit dir ein Rendez-

vous. Meine Frau – sonst eine vernünftige Sozialpäda-
gogin – hat die seltsame Methode entwickelt, mich zur
Strafe für alle eingebildeten Seitensprünge erst recht an
Zärtlichkeiten auszuhungern. Tja, nun sitze ich eben hier
und weiß nicht, ob ich je so ein schönes Blau gesehen
habe."

„Schönes Blau?"

„Wie deine Augen. Aber solche Komplimente hörst
du sicher öfter."

„Es kommt schon darauf an, wer die Komplimente
macht und ob er sie so ehrlich meint wie du", hob die
nicht sehr dunkelhäutige Südländerin das bauchige Glas.
Sie schlürfte das süßkalte Aphrodisiakum, das ihren Magen wie schwerer Samt ausschlug. In Berlin gab es angeblich eine Unmenge gemütlicher Cafés. Marina wurde
gierig: „Erzähl mir mehr. Mehr von deinem Leben und
Berlin."

„Mit allen Kontrasten? Guten wie schlechten?"

„Alles. Wie wurdest du Veranstalter?"

Adrian ließ den langstieligen Löffel im Glas rotieren.
„In meiner Jungend hatte ich bei Sportfestivals mitge-
wirkt und dachte, dass ich gern mehr selber entscheiden
würde. Ich bin nicht der größte Konzertveranstalter,
aber das wollte ich auch nie werden. Das Kulturleben
unserer Stadtteile unterscheidet sich stark voneinander.
Kennst du Hans Fallada? Nein, woher auch …"

„Doch, ich bin mal auf einen Roman von ihm gesto-
ßen", erklärte Marina und ließ sich zu der kleinen Ab-
schweifung bitten, wie. Schon Fallada hatte die deutsche

Hauptstadt als eine umtriebige, flutende-ebbende Zusammenwiegelung kontrastiert.

„Meine Eltern allerdings", beugte sich Adrian trinkend vor, „waren vor ihrer Rente unverbrüchliche Unternehmensberater und immer sehr fortschrittsorientiert. Immer musste ich die neusten Markenklamotten, die neuste Technik haben – nicht wegen mir, sondern wegen ihnen. Angeblich hatte ich überall die Wahl, aber wie! Mein Vater sagte doch im vollen Ernst zu mir: ‚Lern fleißig, damit du entweder Arzt oder Pilot wirst. Das ist deine Entscheidung. Denn nichts verbürgt in dieser Welt so sehr Glück wie eine hochwertige Qualifikation.' Für mich klang das nie anders, als müsste ich dieses tun und jenes lassen, oder wie auch immer sich mein freier Wille gestalten sollte.

Ich hatte noch eine ältere Schwester", verriet er, „die nach dem Urteil meiner Eltern unverzeihlich vom rechten Pfad abgefallen war. Zur Entschädigung fürs Büffeln nahm sie mich auf halbstarke Veranstaltungen mit, denn anketten wollten mich meine Mutter und mein Vater auch nicht. Manchmal fühlte ich mich zwar fehl am Platz, manchmal war es trotz Marihuana-Gestank aber eine Erfrischung. Meine eigentlich wohlwollende Schwester revoluzzte mir mephistophelisch ins Ohr: ‚Ja, wozu taugen denn randvolle Goldbecher Wein, wenn man sie nicht genüsslich bis zum Boden ausschlürft?' Leider war es nicht bei Wein und Marihuana geblieben. Sie starb an einer Überdosis Heroin."

Auf Marinas zugeneigtem Gesicht spiegelte sich Betroffenheit. Adrian beeilte sich mit seiner Erzählung: „Zuletzt hat sie in einer rostigen Wohnung mit drei männlichen Junkies gelungert, nie richtig angezogen. Verzweifelt bat ich meine Eltern, ihr zu helfen. Aber weißt du, was die tollen Berater erwidert haben? ‚Da hat sie ihre Lust am Leben. Es war ihre Entscheidung.‘ Diese dumme Selbstgerechtigkeit regte mich dermaßen auf, dass ich den Kontakt für immer abgebrochen habe.“ Er seufzte. „Deshalb bin ich Veranstalter geworden, weil ich Orte und Ereignisse schaffen wollte, an denen sich die Menschen mal unbeschwert freuen können. Sichere Orte.“

„Und deine Frau? Wie hast du sie kennengelernt?“

„Sie war in ihrem letzten Studienjahr auf meiner ersten Feier. Unsere Tochter ist zwölf. Seit zwei Jahren hatte ich keinen Sex mehr.“

Wenn er das so betont, dachte Marina, dann quält die Begierde doch auch ihn. Sie goss die nicht mehr kühlende Schokolade restlos in sich. „Lass uns ein intimes Plätzchen suchen.“

Er zögerte. „Es würde mir leid tun, wenn du dich hinterher wie ein Flittchen fühlst.“

Im Grunde war das vielversprechend, denn sie wollte sich ja fest an ihn hängen, doch ihr blieben dafür nur noch fünf Tage Zeit. „Dann genehmige uns wenigstens halben Sex.“

Er wirkte fast belustigt. „Wie darf ich mir halben Sex denn vorstellen?“

„Komm mit“, schob sie ihren Stuhl auf dem gefliesten Boden nach hinten, „ich kenne mich hier vielleicht

43

ein bisschen aus. Machen wir uns gegenseitig eine Vorstellung."

Die ungezwungene Kellnerin belud gerade ein Tablett für draußen und zwinkerte Marina sogar noch zu, bevor sie mit ihrem ausländischen Begleiter in einem Seitengang verschwand. Neben den Damen- und Herrentoiletten entdeckte sie eine weitere bildbeschilderte Tür, vor der sie stehen blieb.

„Marina, das ist der Wickelraum."

„Hast du unter den Gästen dort Babys gesehen? Hier sind wir am ungestörtesten. Außerdem lässt sich das knuffige Räumchen abschließen", betätigte sie die Tür.

Vollmundig küsste sie auf ihn ein, und nach einer stockenden Enthemmung seinerseits verstand er mit ihrer Zunge so berückend umzugehen, dass ihre prallen Hinterbäckchen an die angenehm harte Kante des Wickeltisches trafen. Ausziehend breitete sie darüber ihr Kleid und hopste drauf, wobei sie gleichzeitig an Adrians Poloshirt zupfte.

Als oberflächlich konnte Marina nicht gelten, aber die Konturen seiner Bauchmuskeln gefielen ihr, eben weil es nur unprotzige Konturen waren. Dadurch, dass sie hundertmal mehr Kerle geködert hatte als irgendwelche Familienmütter, neigte sie sexuell zur Dominanz. Mit kraulender Hand im kurzen Männerhaar lenkte sie Adrian zu ihren Brüsten, damit rosenspitz ihre Erregung loderte, und dann tiefer hinab.

Sie schanzte den verzierten Schlüpfer über ihre angehobenen Knöchel und löste die Schuhriemchen. Auch ihr gefühlvoller Liebhaber zog seine Hose aus, und obwohl sich Marina an den verklitschenden Randbereichen ihres Bewusstseins ein wenig dafür verurteilte, drückte sie ihn einfach runter auf die Knie. Sogar einen Fuß legte sie auf seinen nackten Rücken.

Sie war bereit für das natürliche Eingeständnis, dass sie sich feucht nie machtlos, sondern immer nur gut fühlte. „Ja, das muss sich doch jede Frau wünschen, so ausgeschleckt zu werden", entwich ihr. Eine Schwadron größerer Anzüglichkeiten flog unausgesprochen durch ihren Kopf. Erst dadurch wurde ihr bewusst, dass sie wohl unter leichten Anfällen litt. Jeder kitzelnde Zungenschlag gab ihnen Aufwind und fing sie damit wiederum ab. Marina war ein Asketin, die auf vieles, nur eben nicht auf eine feuchte Spalte verzichten konnte. Daran klammerte sie sich umso fiebriger, als sie Angst hatte, dass nach dem Höhepunkt wieder eine eklig einsame Ernüchterung alles zunichte machen würde.

Sitzend zog sie in einer kantigen Vollbremsung deshalb Adrians Gesicht nach oben, das enttäuscht oder zumindest stutzig wirkte. Ihr Atem floss heiß und unverändert schokoladig. „Küss mich noch mal", bat sie.

In seinem Mund fand sie ihre maßlos freudengeblühte Zwetschge. Während er sie mit diesem Geschmack fütterte, tippte sein durstiger Ständer genau gegen ihre Knospe. Der leidenschaftlichen Portugiesin wurde ganz schwarz vor Augen, so deutlich sah sie den Gnadenstoß ins Volle schon vor sich. Wenn sie es Adrian dagegen vorenthalten könnte, in ihr zu kommen, dann würde ihn auch eine sehnsüchtige Schwäche für sie nicht so schnell verlassen. Erspürte er ihre Gedanken oder blockierten ihn noch immer die trügerischen, lächerlichen Rücksichtnahmen auf seine Ehepartnerin? Jedenfalls wanderten seine tupfenden Lippen von oben wieder nach unten.

Marina konnte ein lautes Stöhnen nicht mehr unterdrücken, als ein langer Orgasmus – zusammengeprasselt aus zahllosen kleinen Gewitterwolken – sie zu erden versprach. Kaum war er abgeklungen, streckte sie ihre Hand nach dem markigen Stiel des Deutschen aus, der erneut aufstand. Nichts hatte sie diesmal in eine innere Verschlammung stürzen lassen, alles glitt nah und fern dahin. Griffig liebkoste sie seine leuchtende Eichel.

Rasch sprudelte seine angestaute Lust weiß über ihren vorgewölbten Körper. Um Adrian nachträglich ihre Bereitschaft zu zeigen, dass sie ihn ganz unmäkelig in sich aufnähme, fuhr sie mit dem Finger über eine schmilzige Spur und lutschte es ab.

Lächelnd streichelte er ihren Schenkel hinauf, und noch immer regten sich ihre Schamlippen bei einer leisen Berührung wie die Saiten einer kostbaren Zither. Infolgedessen verstärkte er sein Fingerspiel. Marina hob ein weiteres Mal ab und schlang einen Arm um ihn. So bestrickend wie unter Belladonnatropfen weiteten sich ihre Pupillen, dass die Iris nur noch als dünner Streifen um sie floss. Gleichzeitig begegneten ihr Adrians Augen in einem klaren und tiefen Sandsteingrau.

Nur einen Satz hörte sie ihn sagen: „Du bist so sinnlich, Marina, sinnlicher als alle Welt, die ich kenne."

Doch er genügte, dass ihre Freude einmal mehr explodierte, und sie versuchte sich unter verwaschenen Lauten all dem so lange zu öffnen, bis sie schlicht zusammenklappte.

Hinterher fand sie ihre Wahrnehmung ungetrübt und heiter wie den späten Nachmittagshimmel infolge eines Regenfalls. Die Sexualität hatte alle gefährlichen Spannungszustände gerinnen lassen.

Adrian schaute hinter sich, wo neben einem Waschbecken gestapelte Papiertücher lagen, und reichte Marina welche. Endlich berührten ihre Zehenspitzen wieder festen Grund, doch sie putzte sich nur ungründlich ab, ja schlampig. Sie wollte dieses besondere Ereignis anhaltend auf ihrer puren Haut wissen.

„So ein Schatz wie du sollte lieber selber achtgeben, dass er nicht seiner Frau mit ungewaschenem hübschem Schwanz und dergleichen ein Gutenachtküsschen aufheftet." Diese zarte Unverschämtheit, die sperrende und vielleicht überlegene Spießerin einfach abzuwerten, machte Marina schon wieder ein bisschen an. „Oder soll ich ihn dir noch schnell einschäumen?"

Zwar erlaubte Adrian es, doch sie fand daran so fleißigen Gefallen, dass auch er sich erneut erregt zeigte. „Marina, so können wir bis in alle Ewigkeit weitermachen."

„Ja, nicht? Wir liegen ganz auf einer Wellenlänge."

„Nur dass hier die Zeit fließt. Vertagen wir es bitte und ziehen uns an."

„Schade, aber ich sehe es ein."

Zurechtzippelnd kehrten sie aus dem Wickelraum zurück. Bei der schelmisch lächelnden Inhabertochter bestellte Adrian noch ein Zitronenwasser, teilte es hinuntergurgelnd mit Marina und bezahlte schließlich. Draußen lehnte schon der Taxifahrer am gelblichen Blech seines Autos.

Auf dem Rückweg schwärmte sie davon, wie gerne sie Berlin sehen, wie gerne sie dort leben würde. Adrian hörte zu und konnte sie kaum missverstehen. Sie fand endgültig genug Vertrauen zu ihm, um von ihrer Epilepsie zu erzählen, derentwegen sie schon so lange in diesem einsamen Landstrich festsitze. Betroffen erkundigte er sich nach den genauen Beschwerden. Marina hatte befürchtet, dass zugleich ihre starke Anziehung auf ihn bröckeln könnte, aber das schien keineswegs der Fall. Im Gegenteil, er verabredete sich unverzüglich noch einmal mit ihr, weil er nicht auf halbe Sachen stehe.

Unterdessen klingelte der geschädigte Fischer zusammen mit dem berenteten Kneipenbesucher, der nachts Marinas Schreie gehört hatte, an der Tür der Puripolus. Gerade jetzt war nämlich auch Pablo nicht da, und um die Ecken hatte jeder mitgekriegt, dass seine unbequeme Tochter mit der illegitimen Stiefmutter in stumpfem Hader lag. Hier wollten sie den Wetzstein ansetzen und die bislang schlecht bezeugte Angelegenheit auf einen Schadensersatz zuspitzen.

Alcaste öffnete und lauschte ihren Vorwürfen interessiert. Doch die Aussage, die ihnen hierauf entgegenflog, dürfte alle beide überrascht haben: „Ihr solltet euch schämen, eine kranke Frau zu beschuldigen, der ich zu dieser Zeit noch einen Kräutertee an ihr Bett gebracht habe. Untersteht euch, uns damit ein weiteres Mal zu belästigen. Schönen Tag noch."

Brummend senkten sie die Stirn und gingen.

Als eine halbe Stunde später Marina nach Hause kam, schlenzte sie unter eingeholter Müdigkeit einfach an Alcaste vorbei. Allerdings spürte sie schon wieder deren verlogene Blicke.

„Was ist? Für mich brauchst du kein Abendessen machen. Ich leg mich gleich hin." Sie schloss mit anklebender Haut mir nichts, dir nichts die Zimmertür.

3. Kapitel

*M*arina schritt zwischen den unermüdlich verharrenden Zwergpalmen auf und ab, während ein Taxi nach dem anderen an ihr vorbeikurvte. Konnte es irgendwie sein, dass Adrian einfach auf seinem Zimmer blieb? Es war doch klar verabredet. Ihr Optimismus drohte schon wieder einzutrocknen.

Sie wagte sich auf das eigentliche Hotelgelände und lehnte dort gegen die Umzäunung eines unbelegten Tennisplatzes. Auf einem weißen Bänkchen beim Portal erblickte sie eine rothaarige Dame, deren leicht beschuhter Fuß ungebändigt wippte. Offensichtlich wartete auch sie. Plötzlich wurde die Haupttür aufgestoßen, und brünett in petrolgrünen Jeansshorts stand dort Adrians Frau. Sie schaute abschätzig, beinahe feindselig die Rothaarige an, die allerdings gar nicht auf sie achtete. Dann pirschte sie geradewegs auf Marina zu.

Am liebsten hätte sich die scheingesunde Portugiesin aus dem Staub gemacht, wollte aber nicht feige vor sich selber aussehen und bezahlte für ihre Standfestigkeit mit sofortigen Muskelverhärtungen. Dennoch versuchte sie ihre pochende Aufregung hinunterzuwürgen und hob sogar die linke Schuhsohle gegen die nachgiebigen Zaunmaschen.

„Hallo", grüßte die Deutsche, „ist er frei?"

„Bitte?"

„Der Tennisplatz."

„Oh, ja, er ist frei."

„Wissen Sie, wo man Schläger kriegt?"

Was sieht sie in mir?, rätselte die Epileptikerin. Ganz egal, ob sie mich nun von der Hotelparty her in Erinnerung hat oder nicht: Wirke ich etwa wie eine Angestellte? Oder sagenhafterweise wie eine deutsche Urlauberin? Immerhin kam Marina die Frage der anderen nicht so schwer vor.

„Schläger gibt es an der Rezeption."

„Danke, dachte ich's mir", meinte die Betrogene. „Auf Wiedersehen."

„Auf Wiedersehen."

Fast zu Marinas Enttäuschung pirschte sie zurück nach innen, ohne der Rothaarigen einfach ihr feminines Smartphone wegzureißen, über das diese inzwischen mit ihrem Daumen flitzte. Unmittelbar danach aber schlakste ein schwarzgekleideter Mann daher, sie schmiss einen Arm in die Luft und stand von dem müßigen Bänkchen auf. Gemeinsam stiegen sie in ein Taxi.

Die liebestolle Südländerin hatte sich schon wieder eine andere Realität zusammengebraut, doch die herrschende schien ihr noch immer niederdrückend genug. Adrian käme nicht, beziehungsweise er käme mit seiner Frau, die ihn zum Tennisspielen verdonnerte. So viel Nerven oder schlechten Humor hätte sicher auch er nicht, um sich dabei Marina als Zuschauerin zu wün-

schen. Dafür schoss aus einem blanken Fenster im Erdgeschoss der nachtragende Blick einer kragengeknöpften
Angestellten auf sie. Verwundet ergriff sie die Flucht.

Als sie auf dem Heimweg an dem konkurrierenden Fischerboot vorbeikam, waren die Planken repariert und
frisch gestrichen. Ein schwächender Schwindel schraubte sich zwischen ihre Schläfen.

Nach zwei Tagen litt sie unter angewachsenen Befind-
lichkeitsstörungen. Ihr Vater schnarchte stockbetrunken
auf der Couch, während sie mit dem stumpfzackigen
Kamm über das Fensterbrett sägte. Derjenige, zu dem
sie alle Taue ausgeworfen hatte, reiste morgen wieder
ab, und nichts war geregelt.

Alcaste, die vom Sessel aus ihrem eintönigen Tun
zuschaute, bedauerte sie: „Hast du Pech mit den Männern?"

Barsch fuhr die Fischertochter herum: „Gieß dein Mitleid über dir selber aus, aber nicht über mir."

„Warum speist du mich immer an, Marina?"

„Das fragst gerade du mit deiner falschen Zunge."
Diesmal würde sie ihr endlich einen Batzen Dreck in
ihren Schmarotzerschlund werfen. „Du tust immer so,
als meinst du es gut, dabei bist du nichts weiter als eine
hinterfotzige Schlange!"

Alcaste drückte ihre braunen Hände auf die Sessel-
polster und erhob sich. „Du beschimpfst mich nur, weil
du einfach auf jede Frau wütend wärst, die …"

„Eine Hure ist, aber weniger die Hure meines Vaters
als vielleicht eine Hure des Teufels."

Pablo grunzte im Schlaf. Hatte Alcaste gerade noch finster dreingeblickt, so lichtete sich ihr Gesicht im nächsten Moment: „Du hast einen Anfall, Marina."

„Und wie ich einen Anfall habe!", schmetterte sie den zackenbrechenden Kamm zwischen ihnen auf den Boden. „Vater stellst du Portwein hin, aber ach, er soll bitte nicht so viel saufen, und welches Gift hast du mir gegeben? Freut es dich, verschafft es dir fiese Genugtuung, dass ich nie zu Erfolg, zu Kindern, zu Glück gekommen bin? Du lügnerisches Sauweib von einer Hexe!"

„Gelogen hab ich allerdings, und zwar gerade vor wenigen Tagen, als unsere Nachbarn wegen des kaputten Boots hier auf der Fußmatte standen. Bei der heiligen Muttergottes, ich hab dich in Schutz genommen, weil ich dich endlich mal zufriedener sehen möchte", schrie Alcaste zurück.

„Träum ich schlecht, oder wie?", rappelte sich Pablo auf.

Quer hinein meldete sich die Türklingel. Als wäre erst links, dann rechts ein Pfeil an ihr vorbeigesirrt, sah seine erstarrte Tochter ihn öffnen.

Wie farblich nicht abgestimmte Vertreter standen dort Rolando und Adrian. Letzterer versuchte sich mit einem grüßenden Lächeln in einem *„bom dia"*, das sofort den Deutschen hören ließ. Vor Verwirrung glaubte Marina umzukippen, doch sie blinzelte ihn nur an.

Der junge Portugiese erklärte: „Wir sind vom Hotel. Das heißt, ich bin Angestellter, Wanderführer und so. Er ist Urlauber und möchte gerne zu Marina."

Bevor der verknitterte Fischer antworten konnte, wurde ihm höflich die Hand gereicht: „Adrian Schwenckfeld."

„Pablo Puripolu", drückte er sie. „Mara!"

„Ich steh doch gleich hier." So innig ihre Freude auch rieselte, begann sie sich trotzdem in ihrem blauen Alltagskleid für das alles zu schämen. Während sie Alcaste gerne aus dem sichtbaren Winkel in die Abstellkammer geschoben hätte und ihr schnapsriechender Vater zwei Schritte zurücktrat, kam sie selber an die Tür.

„Hallo, Adrian. Hallo, Rolando", grüßte sie und hielt den unruhigen Blick dann auf ihren Hoffnungsträger gerichtet. „Was gibt's?"

„Ich wollte unbedingt noch einmal mit dir zusammen sein."

„Warum bittest du ihn nicht ins Wohnzimmer?", lallte auf Portugiesisch ihr absitzender Vater, der zwar großenteils Deutsch verstand, es aber nicht sprach.

Weil ich hier nicht auf allen Vieren den zerbrochenen Kamm auflesen will, dachte Marina. „Warum gehen wir nicht ein bisschen an den Strand hinab oder ins Grüne?"

„Wohin immer du willst", stimmte Adrian zu und verabschiedete sich gleich zusammen mit ihr.

Draußen vor der Tür wehrte Rolando ein Trinkgeld in gebrochenem Deutsch ab: „Irgendwann einmal machen wir vielleicht echtes Geschäft, aber nicht hiermit. Zurück kommst du mit Marina?"

„Ich schätze, ich würde den Weg jetzt auch alleine finden, danke, Rolando."

Sie selber merkte ihrem verlobten Landsmann gerührt an, dass er seine eigenen Gefühle verleugnete. „Macht's gut. Für mich ist noch zu Hause viel zu tun", verließ er sie.

Marina hakte für einen Spaziergang ihre Finger in die von Adrian. Sie stellte noch klar, dass Alcaste nicht ihre Mutter sei, wünschte ansonsten jedoch über die Szene zu schweigen. Erst als sie durch ein angepflanztes Heer schnell wachsender Eukalyptusbäume schritten, die wegen erhöhter Brandgefahr umstritten waren, wollte sie von Adrian genauere Rechenschaft wissen.

„Meine Frau hat Verdacht geschöpft", erklärte er, „auch wenn in der falschen Richtung einer rothaarigen Engländerin. Deswegen musste ich leider so tun, als hätte ich nicht dringend etwas Schönes vorgehabt, und gemeinsam Tennis spielen. Glücklicherweise sieht mich meine Frau dafür nicht gerne beim Kofferpacken helfen, und das Management wollte mir den Sonderwunsch einer kleinen abenteuerlichen Tour nicht abschlagen. Dass mich der zweite Wanderführer eines renommierten Hotels aber zu einer Geliebten bringen könnte, so groß und bunt ist nicht einmal ihre Eifersucht, zumal sie hierbei an eine Gruppe gedacht hat. Rolando witzelte sinngemäß, dass ich wahrhaftig die kleinste Gruppe seiner ganzen mucksmäuschenstillen Karriere sei. Natürlich hatte ich bei Gelegenheit schon vorher mit ihm geplaudert."

„Wie? Auch über mich?"

„Ja, er sagte, alles müsse nach deinem Willen laufen."

„*Was* hat er gesagt?" Marina war in Marschtempo verfallen, blieb nun aber kurz stehen.

„Er meinte es so, dass bisher zu viel deinem Willen zuwidergelaufen sei und deshalb der Tag noch kommen muss, an dem du jemandem verzeihen würdest. Es klang fast wie eine Drohung", bemerkte Adrian, als leicht bergaufwärts ein farbiger Blütenteppich die Eukalyptusbäume ablöste. „Ich weiß, dass du auf mich gewartet hast, und hoffe, es wiedergutmachen zu können, Marina. Gestern waren wir noch in Lissabon, also meine Tochter, meine Frau und ich. Einheimische erleben es bekanntlich oft anders, aber auch eure Hauptstadt fand ich wirklich romantisch."

„Ja? Ich kenne Lissabon nur von Postkarten."

„Jedenfalls habe ich noch eine Überraschung für dich."

Ihr Herz begann fröhlicher zu schlagen. Er würde sich trennen, bei ihr bleiben, sie mitnehmen. „Was ist es? Rück raus."

„Später. Wir haben uns noch nicht mal geküsst", zog er ihre Hüften an sich.

Sie entflammte sofort. Während er sanft an ihre Halsflanke griff, schleckte sie über seine mineralhellen Zähne. „Gleich da vorne", rauschten die Worte aus ihr, „ist eine Bucht. Dort würde sich sogar Robinson Crusoe paradiesisch fühlen."

Einen Pfad hinunter, wo sie der süßherbe Geruch von Rosmarin und Thymian und Lavendel betörte, erreichten sie ein weißsandiges Halbrund vor überwältigendem Leuchtblau. Ihre Kleider flatterten.

Diesmal hielt Marina ein höher treibendes Vorspiel nicht lange aus. Ihr windender Rücken im Sand, ihre Hände am strammen Körper über ihr, alles stöhnte nach Erleichterung: „Schieb ihn rein, schnell, lass uns eins werden."

Ihr Geist sog es tief in sich auf, als er sie mit seiner fleischigen Kuppel voran scheitelte. Mehr als bei früheren Männer hallten seine wohlabgewogenen Stöße wie ein Schmerzmittel in ihr wider, und sie zangte ihre Beine um ihn. Allerdings pulsierte seine Leidenschaft so heftig, dass er innehielt. „Marina", seufzte er, „Marina, ich komm gleich."

„Das macht nichts, Schatz. Warum solltest du von heute an nicht auch ein zweites Mal kommen? Mach ganz, ganz langsam weiter und beschleunige nicht, sobald du spritzt."

Dementsprechend versuchte er die Lust auszureizen. Sowie er sich eng und enger an der Hingegebenen festhielt, als zockelten auch durch ihn Krämpfe, empfand sie sein ganzes Gewicht doch nur als erfüllende Leichtigkeit. Erst nach einem langen sonnigen Augenblick zog er wieder aus ihr heraus, um sich neben sie zu legen.

Ein kleiner Vogelschwarm fiepte durch den zartviolett verfärbten Himmel. Marina reckte sich auf die Knie, und ihre Haarspitzen streichelten über ihren hingegossenen Liebhaber. Als wollte sie sein Glied sauberlecken, lockte sie es erneut steif in die Höhe. Rittlings setzte sie sich dann hinein.

Indem er ihr scharf umrissenen Auf- und Niederwogen zu bewundern schien, vergrößerte sich auch ihre erotische Selbstwahrnehmung. Ihr Wonne türmte sich auf, bis sie laut zerbarst: Hinter schwirrenden Wimpern sah sie alles – Bucht, Berlin, Adrian, Ehefrau, Matchball, Flieger und ihr eigenes Abbild – vorüberziehen. Auch seine Erregung zerrann noch einmal wie Butter.

Schließlich stand sie recht schwungvoll von ihm auf, obwohl die ranke Festigkeit in ihren Knien noch nicht völlig zurückgekehrt war. „Na? Was ist nun die Überraschung?"

Während sich Adrian ebenfalls auf die Füße begab, griff er nach seiner kurzen Hose mit weiter Seitentasche. „Das hier möchte ich dir schenken", reichte er ihr ein türkisschimmerndes Smartphone.

Alle ihre Gesichtszüge entgleisten nach unten. „Einen Minicomputer von Handy?"

„Damit du mit mir und der Welt in Kontakt bleibst. Abgebucht wird es monatlich über mich."

„Ich dachte, dass du", haspelte sie, „du nimmst mich mit nach Berlin."

Bekümmert trat er durch die hier trockene, dort aufgeweichte feine Erde. „Das würde ich liebend gerne, aber wie? Ich kann nicht einfach eine Scheidung durchboxen, jedenfalls nicht von heute auf morgen. Ich hänge an meiner Tochter. Aber ich werde in Deutschland alles gründlich überdenken." Er streckte ihr flehentlich das Smartphone hin.

Plötzlich vernahm Marina klar das urzeitliche Rauschen des Wassers, das sie daran erinnerte, wie versifft sie zwischen den Beinen war. „Und dann?"

„Ich werde wiederkommen, so oder so. Das verspreche ich dir."

Wie unwirklich hielt sie ihre leicht feuchte Handfläche hin, die so hell für eine Portugiesin war. Sie hatte das Gefühl, dass es auf einen Schlag dunkelte.

4. Kapitel

*I*mmer zögerlicher stand nach einem brütenden Sommer das warme Herbstlicht auf, während Marina mit einem Knurren im Magen den gähnenden Kühlschrank öffnete. Sie konnte nur einen Rest geräucherter Heringe auf einen Teller flappen, fand noch eine saftgrüne Salatgurke und trug alles an den Tisch. Abwechselnd mit einer Kruste Brot biss sie davon ab, noch ehe sie jedes Mal vollständig geschluckt hatte. Alcaste fütterte währenddessen die Waschmaschine.

Dann erblickte Marina ganz unerwartet durchs Küchenfenster ihren strubbelköpfigen Vater, der auf dem Bänkchen beim Räucherofen saß und die nervtötende Flasche hob, wo er doch längst auf See sein sollte. Sie brauste hinaus.

„Papa, was machst du hier? Warst du nicht im Bett?"

„Guten Morgen! Natürlich war ich, meine Beste. Ich ticke noch immer nach der Armeeuhr."

„Warum bist du dann nicht schon am Geldverdienen? Trinken kannst du auch auf dem Boot, wenn's unbedingt sein muss, aber ich nicht überall essen."

Er stand auf und bedachte sie mit dem gewohnten Schulterklopfen. „Recht hast du. Hilf mir mal, die olle Wiege startklar zu machen."

Sie folgte ihm, prüfte die spärlichen Gerätschaften und schlurfte das Boot mit brachialer Kraft ins Meer. Später setzte sie sich selber auf die schmale Bank vorm Haus.

Mit einer Gier, die sie sich gerne noch länger verkniffen hätte, zückte sie ihr Smartphone. Zu ihrer flüchtigen Befriedigung hatte Adrian ein Selfie geschickt, wie er an einem Brückengeländer der Spree aus einer Thermosflasche rotbläulichen Tee trank und weiter hinten Hochhäuser glimmerten. Darunter stand: „Lavendel. Danach hab ich süß von deiner Bucht geträumt, geliebte Mina."

Inzwischen hatte sie ein Dutzend fremde Freunde und surfte durch hundert hochglänzende Internetseiten, die ihr alle vorführten, wie unglücklich sie war. Jedesmal, wenn sie sich in diesem uferlosen Raum sagte, dass es reiche, fand sie doch noch irgendeinen interessanten Kram. Bis ihre flimmernden Kopfschmerzen endlich *Facebook* und *YouTube* bezwangen.

Als abends ihr Vater zurückschaukelte, grub sie den Fischen fingerfertig die Eingeweide aus dem Bauch und räucherte gleich noch einen größeren Teil. Mithilfe von multifunktional ausklappbaren Trageboxen links und rechts brachte sie die Ware am Morgen auf den allseits beliebten Markt im nächsten Dorf.

Zwischen einer Käseverkäuferin, Obst-, Gemüse- und Fleischhändlern hatte sie eine peinliche kleine Fläche gemietet. Schon seit Jahren mieden die einen Leute sie wie eine unkalkulierbare Tierart, die anderen kauften bei ihr und unterhielten sich sogar wie mit einem normalen

Menschen. Doch von Mal zu Mal strebten mehr zum gediegenen Stand des *sabichão,* der noch einen freundlichen Praktikanten mit abgedeckten Pickeln bei Fuß hatte und selber eine Miene voll säuerlicher Zufriedenheit bekam, wenn er zu Marina schaute. Nur ein hagerer Kauz, der sich einstmals als tatkräftiger Lümmel gefallen hatte, trat nach wie vor mit einem Lächeln an sie heran.

„Gib mir doch gleich zehn Makrelen."

„So viele?", wickelte sie es sofort ein.

„Nicht viele genug. Bloß weil seine Seeschüssel von einer temperamentvollen Frau 'nen Rippenstoß bekommen hat, hetzt der da drüben gleich ganze Dörfer gegen dich auf, der polierte Stinker mit seinem Mimosenpack!", wetterte der bezahlende Alte. Die meisten schauten jetzt unüberbietbar schief herüber, was zumindest ihn nicht kratzte. „Ich persönlich sehe dich hier wirklich gern, aber vielleicht solltest du woanders dein Glück versuchen. Grüß noch den guten, alten Fischekiller von mir, nä?"

„Mach ich. Und vielen Dank", lächelte Marina angestrengt.

Eine Schande war es, hier zu stehen, und eine Schande war es, einzupacken. Unter innerem Beben entschied sie sich für das Letztere.

Mehr noch, in ihrer Not schleppte sie die nicht losgewordene Ware querfeldein zum leinenweißen Hotel, und das nach der Hauptsaison. Sie bangte, dass man sie davonjagen würde, aber das hier war beileibe keine Party.

Immerhin kam sie mühelos durch das Portal. Den eher warmen Einrichtungstönen wirkten die kühl hallenden Schritte einzelner Urlauber entgegen. Marina sah in das halb afrikanische Gesicht der Rezeptionistin mit hochgebundenem Lockenhaar, die sie ganz vorurteilslos grüßte. Dagegen musste sie selber ihre Stimme erst freischlucken:

„Guten Tag, ich biete der Hotelküche Fische an."

Die Angestellte klickte in den abgewandten Computerbildschirm. „Hier ist leider kein Termin vermerkt. Ihr Name lautet?"

„Ich", erklärte Marina, „ich komme ohne vorherige Anfrage."

„Das ist nicht üblich."

„Möchten Sie sich nicht trotzdem von der Qualität überzeugen?", konterte sie bescheiden.

Die dunkelhäutige Bedienstete griff zum Hörer. Kurz danach schritt eine kragengeknöpfte Mittvierzigerin herbei, und deren Gesichtszüge kannte Marina so gut wie einen Wetterumschwung.

Nach einer taxierenden Sekunde, die ihr persönlich den Rücken hinunterkroch, wechselten auch sie beide einen höflichen Gruß. Über einen Verweis verlor die mutmaßliche Managerin kein Wort. Stattdessen erklärte sie nur: „Hier im Hotel importieren wir Fische grundsätzlich."

„Ich verstehe." Gebückt zu den Tragegriffen versuchte die epilepsiekranke Portugiesin zu verbergen, wie erbärmlich sie sich fühlte.

„Aber kommen Sie bitte einmal mit zur Küche. Unsere Firmenphilosophie will sich und anderen keine Möglichkeiten versperren."

Erleichtert und wiederum beschämt dränge sich ihr kurz der verdrehte Eindruck auf, als trage sie der Herrin die Koffer bis zu einer soliden Schwingtür nach. Erstaunlicherweise war es nicht unter deren Würde, diesen frühzeitig dampfenden Raum voll Karottenschnipslern und Eischaumpeitschern zu betreten. Der nicht sehr cholesterinbäuchige Chefkoch, der vor sich auch noch auftauende Krebse hatte, sollte seine Meinung zu Marinas offengelegten Fischen abgeben.

„Wie gewöhnlich", goutierte er, „kommt das Einfache erst zu einem, wenn man sich schon durch alles Komplizierte durchgebissen hat. Regionale geräucherte Heringe und Makrelen wären am Frühstücksbüffet sicher eine Versuchung."

Er ist eben männlich, seufzte innerlich die Fischertochter und übersah mutwillig die Großzügigkeit der zahlenden Frau. Hinausbegleitend stellte ihr diese zugleich unmissverständlich in Aussicht: „Wenn es bei unseren Gästen gut ankommt, dann dürfen Sie auf diesem Weg unsere Tür als offen betrachten. Ich wünsche Ihnen einen schönen Tag."

Sie hatte das Hotelgelände noch nicht verlassen, als erneut eine mehr anreizende als sättigende Mitteilung auf ihr Smartphone zwitscherte. So erfreulich es auch war, wenn Adrian beteuerte: „Ich liebe dich", was nützte das 2500 Kilometer Luftlinie entfernt? Unverblümt schrieb sie ihm zurück, ob er endlich mit seiner Noch-Ehefrau gesprochen und alles geregelt habe. Sie warte auf eine Entscheidung.

„Wer steht denn hier mit zwei ruchbaren Boxen, dem hübschesten neuen Handy und Gesicht nach unten, als wäre ringsum Ödland?", trat Rolando in einem laubfarbenen T-Shirt zu ihr.

„*Dein* Gesicht sieht dafür nach Regenwetter aus", umarmte sie ihn.

„So schlimm ist es nicht. Ich heirate." Er schien zu merken, dass in Marina eine sonderbare Enttäuschung hochschwamm, als wäre er ihr untreu. „Ich würde dich ja gerne zur Hochzeitsfeier einladen, aber …"

„Lass nur, ich weiß, wo ich fehl am Platze bin."

„Nun ja. Wie geht es dir denn so?"

Marina erklärte es ihm in einer Kette ungeduldiger Sätze.

„Man kann nicht unbedingt behaupten, dass Adrian gleich kopfüber ins Wasser hechtet", steuerte Rolando bei, „trotzdem sehe ich dich schon durch Berlin laufen. Was mich selber angeht, so darf ich jetzt auf dem Hinterhof zusammenharken. Tschüss, Marina", beugte er sich nochmals mit seinem doch ganz netten Körper zu ihr.

Kaum hatte sie unter lückenhaften Wolkengebilden den Strand erreicht, gehorchten dem pawlowschen Computersignal wie gewohnt alle ihre Nerven. Adrian vertröstete sie über eine aufgeschobene Entscheidung mit dem herzigsten Blabla. Wie aussichtsreich, wie lohnens-

wert!, packte sie verkrampft wieder die leeren Fischbe-
hälter.

An den Abenden legte sie sich wie früher mit den über-
sichtlichen Papierseiten einer Lektüre aufs Bett, obwohl
auch das kaum noch als Seelenpflaster taugte. Dabei
stopfte sie sich stundenlang mit lilaroten Pflaumen voll,
bis ihr Bauch quiekte. Alcaste kaufte regelmäßig im kleinen, örtlichen Discounter ein. Seit dem letzten missver-
ständlichen Streit richtete Marina dennoch keine Silbe
mehr an sie und schwieg eisern.

Dafür verließ ihr Vater kurz das labernde Werbefern-
sehen und schaute hüstelnd in ihr Zimmer. „Hier bist
du. Gehst du gar nicht mehr aus, irgendwohin weg?"

O wie gerne sie weggehen würde! Doch sie schüttelte
nur den Kopf: „Nein."

Am darauffolgenden Vormittag saß sie lauernd dem
Ozean gegenüber, der ihr in seiner funkelnden Mächtig-
keit lau die Füße leckte. Rauschend krochen die Wellen
zurück, und als würde das den nächsten nicht gefallen,
schoben sie sich flach darüber, nur um dasselbe Schicksal zu erleiden. Das Meer lag ewig mit sich im Hader,
und ewig lag es mit sich im Reinen. Es sorgte sich in
einer ebenso selbstbesessenen wie selbstverlorenen Weise
um das Dasein. Beizeiten schien es in sich selber un-
terzugehen, doch dann tobte und riss es sich wieder
aus der Erschöpfung himmelwärts. Denn auch die don-
nerndste Dissonanz suchte nichts als den Rhythmus der
Welt.

Kräuselnd und hell zog eine knappe Handymelodie die schmachtende Portugiesin aus ihrer Versunkenheit. Adrian ließ sie wissen, dass er in der nächsten Urlaubssaison wieder zu ihr komme.

Marina schoss auf ihre schaumig benetzten Füße. Als hätte diese Nachricht einen instabilen Damm durchbohrt, zitterten gewaltig alle Emotionen gleichzeitig hoch.

„Hast du vor, dann wieder mit deiner Frau zu kommen, oder alleine?", schrieb sie zurück. „Was hat es für einen Sinn, bei jemandem zu bleiben, der dich und mich unglücklich macht? Kein Mann hat mir je so viel bedeutet wie du, aber offenbar steckt auch hinter deinen Liebesschwüren nur ein hinhaltender Bluff. Darf ich dich daran erinnern, dass ich 32 werde und nichts als Leere am Horizont sehe?"

„Beruhig dich doch, Mina. Ich vermisse dich wirklich auch", antwortete er eilig.

Aber ihr Herz hämmerte so wild, dass sie kaum noch korrekt den Touchscreen traf. „Worte ohne Taten beweisen nichts und beleidigen nur, verstehst du? Ich bin bereits so lange einsam, da kann ich auch für den Rest meines Lebens einsam sein. Und wem nützt so eine beschissene Technikerfindung schon!"

Sie schleuderte das blitzende Smartphone ins Meer.

Wogend, salzig, dunkel brachen die Tränen aus ihr nieder, und ein Krampfanfall schmetterte sie in den Sand.

5. Kapitel

Zäh und lahm wirkten Marinas Finger, auch wenn dank einer Ölpflege nicht rissig, als sie vorm platten Haus einige Maschen im Fischernetz flickte. Der Anfall hatte ihr wie eine nachdröhnende Narkose allen Appetit verschlagen. Sie wollte schon wieder alles verfluchen, doch irgendwoher drangen sanft knirschende Schritte. Kurz darauf sah sie sich von einem deutschen Wörtchen gestreichelt: „Hallo."

Im blendenden Poloshirt stand vor ihr Adrian.

Schon öfter hatte sich Marina gefragt, ob sie noch tückische Wahnvorstellungen bekäme. „Habe ich mich in dir doch nicht geirrt? Was machst du hier?"

Sein Gesicht fand irgendwie die Balance zwischen einem lächelnden und einem ernsten Ausdruck. „Dich abholen. Ich habe die Scheidung eingereicht."

„Ehrlich?"

„Wäre eine Flunkerei die Mühe wert, nochmals hierher zu fliegen? Ich möchte mit dir zusammen in Berlin leben."

Wie das gebrochene Licht durch einen Schmuckkristall fächerten sich ihre Sinne pastellfarben auf. „Ich liebe dich", fiel sie ihm um den Hals.

Doch auf einmal wurde sie sich der furchtbar schweren Aufgabe bewusst, von ihrem Vater Abschied zu nehmen. Unwillkürlich wickelten sich ihre Finger wieder in das Fangnetz, als ihr deutscher Partner sie ermutigte, gemeinsam hineinzugehen.

„Papa?"

„Ja!", erschallte Meldung aus dem schattigen Wohnzimmer, wo Pablo mit einer gepanschten Flasche Likör in seinem Sessel lungerte. Seine graumelierte Gefährtin hatte in einer textarmen Illustrierten geblättert und stand beim Eintreten der beiden sofort auf. „Sieh an", grüßte er, „Adrian Sch... Wie noch gleich?"

„Schwenckfeld", verstand der dunkelblonde Veranstalter trotz seiner mangelhaften Portugiesischkenntnisse nachzuhelfen und reichte ihm wie schon damals die Hand: *„Como vai, Senhor Puripolu?"*

„Gut, gut geht's", raffte sich der alte Fischer auf und sprach zu Marinas Verblüffung ein lange nicht geübtes Deutsch. „Einfach Pablo, duzen wir uns doch, mein Junge. Wie muss ich sagen? Bist du nun wegen der bildschönen Algarve wieder zu uns in den Urlaub gekommen oder wegen meiner bildschönen Tochter?"

Adrian, der sich zwischenzeitlich für einen Gruß auch zu Alcaste gestreckt hatte, hob zu einer Antwort an: „Genau genommen können weder ein Urlaub noch eine Menge Urlaubsfotos je einem Land gerecht werden, und Ihrer – deiner – Tochter noch weniger." Hier stockte er.

„Nur möchtest du vielleicht erst mal einen Schluck trinken, nicht?"

„Papa, hör bitte", zwängte sich endlich Marina in das

Gespräch. Ungeachtet des platzbietenden Wohnzimmers empfand sie das alles als mulmige Stehquetsche. „Verzeih mir, aber Adrian ist nur gekommen, weil ich mit ihm nach Berlin gehe. Dauerhaft.“

Hatte sie zuvor in dem ohnmächtigen Schmerz geweint, hier festzustecken, so weinte sie jetzt aus der schmerzlichen Tat heraus, ihren Vater im Stich zu lassen.

„Das sieht mir noch nicht nach der rechten Freude aus, Mara. Hm?“, stand er bei seiner gestauchten Haltung doch unerwartet offen vor ihr. „Wenn das noch deine Großmutter erlebt hätte, dich in Berlin!“

Voll mitleidiger Rührung sowohl für ihren alkoholkranken Vater als auch für sich selbst drückte sie ihn eben wie sein Kind, das sie war und aus bewegter Brust schluchzte. Dabei verfing sich das Netz, weshalb sie ihn nur umständlich wieder loslassen konnte.

Er goss in sein bereits verfärbtes Glas nach und wechselte ein paar portugiesische Sätze mit Alcaste, die daraufhin ein zweites brachte. „So ist eben der Gang des Lebens. Adrian, nun musst du aber die …“, suchte Pablo nach den richtigen Formulierungen, „die Übergabe mit einem gemeinsamen Gläschen beschließen, komm!“

„Ein kleiner kräftiger Schluck wird bei den Reisevorbereitungen kaum hinderlich sein. Darauf, dass wir uns eines Tages wiedersehen!“, prostete Adrian und kippte den Likör gleichfalls hinunter.

Zu guter Letzt streckte Alcaste ihre braungeäderte Hand der Fischertochter entgegen, deren Tränen teilweise trockneten. „Gib mir das Fanggarn, Marina. Ich kümmere mich schon um das alles."

Teil II

1. Kapitel

Zusammen mit dem treppenausklappenden Flugzeug in Berlin-Schönefeld schien auch die Luft zu stehen, die Marina trotz Jeans als kühl empfand, ebenso aber gesättigt an bunten Geruchsnebeln. Eine müde Abgespanntheit wirkte ihrer Nervosität entgegen, als sie an der Seite ihres Liebsten in die deutsch und englisch durchsagende Halle trat. Noch nie hatte sie gedrängt vor einem Ringel aus Rollbändern gewartet, die auch ihren burgunderbraunen Koffer herantrugen. Schließlich ging sie mit Adrian zu seinem geparkten, glanzlackierten Mercedes.

Weil sie sich all die vorbeistreifenden Bauwerke und Stadtlandschaften genau ansah, kommentierte er manches kurz wie auf einer oberflächlichen Rundfahrt. Doch spätestens auf der Verkehrsdrehscheibe des Potsdamer Platzes kreuzte und sirrte ihr alles durch den Kopf. „Wie", wollte sie gar nicht mehr hinschauen, „finden sich hier Autos, Straßenbahn, Radfahrer und Busse nur zurecht?!"

„Das ist wie im Bienenstock: Noch ehe die Biene es weiß, ist sie schon ein Teil der durcheinanderzischenden Ordnung. Wir haben's gleich bis zu unserem Plätzchen geschafft."

Grundsätzlich fielen Adrians Entscheidungen desto endgültiger aus, je länger er grübelte. Denn er wollte seiner verlassenen Frau das gebaute Haus so wenig wie das Sorgerecht streitig machen und hatte deshalb in Charlottenburg eine frisch sanierte Wohnung gemietet.

Stilles herbstliches Sonnengold begrüßte Marina in dem noch leeren Wohnzimmer, obwohl eine Küche und Stühle schon vorhanden waren. „Wirklich ein schöner Rückzugsort ist das", setzte sie sich auf ein bespanntes Bett, das ein Freund von Adrian hergeschafft hatte. Dann ließ sie sich in der Breite nach hinten sinken.

Beruhigt legte er sich zu ihr. „Ich hoffe, dass du dich noch wohler fühlst, wenn wir die Zimmer erst vollständig eingerichtet haben. Die Decke wird weißer und weißer, umso länger man hinstarrt, findest du nicht auch?"

An den folgenden Tagen hatte er sich für Marina noch freigenommen. Damit sie nicht von Überforderung erschlagen wurde, sondern sich allmählich auch alleine zurechtfände, benutzte er mit ihr drei bis vier der insgesamt 25 S- und U-Bahn-Linien. Immerhin sah die Epileptikerin in den vielen verschiedenfarbigen Außenseitern schon halbwegs die Bestätigung dafür, dass sie sich

73

hier weniger außenseiterisch fühlen müsse als in ihrem gleichförmigen Heimatdorf.

In der Stadtmitte besuchte Adrian mit ihr ein französisches Café, das blitzsaubere Gemütlichkeit ausstrahlte. Als sie sich an einen Tisch setzten, grüßte er die schon reifere Besitzerin allerdings mit dem Namen „Selma", und tatsächlich war ihre Haut wie die einer Latina ganz cappuccinobraun. Unauffällig winkte sie einer Kellnerin ab, um die beiden gleich selber zu bedienen.

„Adrian hat schon immer gerne mit bescheidenen Worten das Feinwürzige angekündigt", lächelte sie in einer cremehellen Bluse seine neue Partnerin an. „So bescheiden, dass er mir nicht einmal deinen Namen verraten hat."

„Marina."

„Ein schöner Name, der das Portugiesische unterstreicht."

„Sieht man mir das an?"

Selma musterte sie auf diese Frage hin erst recht rätselhaft. Doch dann lockerte sich ihre Haltung: „Dass sich Adrian in eine deutsch sprechende Portugiesin verliebt hat, wusste ich von ihm ja bereits. Ich persönlich wurde als Tochter von Spaniern in Nordfrankreich geboren. Aber wer möchte darauf wetten? Man könnte dir auch mitten in Berlin begegnen."

„So lustig und gesprächig kenne ich dich bei deinem Fleiß sonst gar nicht, Selma", zeigte auch Adrian ein kleines Schmunzeln.

„Na, dann sagt schon, was ihr trinken wollt."

Bereits als zopftragendes Mädchen hatte Selma im Café ihrer Eltern geholfen. Als diese aber dem Bankrott entgegengingen und sie selber auf Klassenabschlussfahrt angetan Berlin kennenlernte, gelangte sie zu der Überzeugung, dass hier ein französisches Kaffeehaus trotz immenser Konkurrenz besser als ein spanisches in Frankreich laufen würde. Dementsprechend versuchte sie sich als Existenzgründerin. Entgangen war ihr unter Obhut der Lehrer nur, dass man in dieser vielgerühmten Weltstadt weder mit Französisch noch Englisch außerhalb von Tourismuseinrichtungen weit kam. Weil sie einerseits ihr mageres Deutsch nicht schnell genug aufzupäppeln verstand und sich andererseits nicht geschlagen geben wollte, strauchelte die Glücksritterin so sehr, dass sie vorerst bettelarm auf der Straße landete.

Zur Ironie des Schicksals waren es die keineswegs unkollegialen Obdachlosen in Berlin, von denen sie die Amtssprache lernte. Vielleicht weil sie noch frisch aussah, unterhielt sich mit ihr zudem ein freigebiger Passant in krawattenlosem Hemd, Selmas künftiger Mann. Er besaß ein mittelmäßiges Café und interessierte sich für das Vorhaben, es in ein echt französisches umzuwandeln. Als er später an einem Herzinfarkt starb, glaubte sie es ihm schuldig zu sein, dass die Trauer das Geschäft nicht lähmen dürfe. Selma war kinderlos geblieben. Doch ihr Café, das Tradition und eine freiheitliche Gesinnung zu vereinen wusste, florierte bestens.

Marina schlürfte wie beim ersten Rendezvous eine Schokolade, diesmal eine noch schmackhaftere und heiße.

Kaum hatte sich Adrian an dem harmonischen Augenblick erfreut, ließ sein Scheidungsanwalt das Handy trillern. Im Unterschied zu veranstalterischen Absprachen waren ihm diese persönlicheren Erklärungen unter Leuten unangenehm, so dass er sich auf „Ja" und „Nein" und „Mhm" beschränkte. Sowie er wieder aufgelegt hatte, befriedigte er allerdings Marinas stumme Neugier über den Anrufer.

„Wichtig ist mir, dass ich möglichst oft Filomena sehe, meine Tochter. Du wirst sie also kennenlernen", setzte er hinzu, „und wohl oder übel auch meine baldige Ex-Frau, Desiree."

Marina wollte nicht zugeben, dass sie Angst davor hatte. Die Trinkschokolade schloss wie mit einem lehmgebrannten Strich ihre Lippen.

Nach gestaffelten Möbelkäufen, die vor allem Adrian übernommen hatte, war die Wohnung mit einem klaren und teils pinienwarmen Anklang vervollständigt. Sich selber hatte er im kleinsten Zimmer ein Büro eingerichtet. Zugleich hing neue, auf dem Kurfürstendamm erschwungene Kleidung in Marinas Schrank. Doch sie fühlte sich wie angefahren und musste sich unter gliederzuckender Übelkeit mit der Schlafmaske hinlegen, um alle Informationsflut zu stoppen.

Am nächsten Morgen erklärte Adrian bei einem Heidelbeermüsli seiner gesund und wallhaarig zurechtgemachten Liebsten, dass er sich um ein terminlich feststehendes Konzert zu kümmern habe. „Ich werde erst zwei Stunden von daheim aus arbeiten. Wirklich reich

76

bin ich zwar nicht, aber das Geld reicht für uns beide. Ich sage das deshalb, weil du unbedingt eine Krankenversicherung brauchst."

Marina blickte auf ihre blaumilchigen Getreideflocken hinunter. „Das heißt, du willst eine für mich bezahlen?"

„Ja, in deinem Fall bietet sich eigentlich nur eine private Krankenkasse an", hakte er das ganze Thema aus Einfühlungsvermögen wie nebenbei ab. „Bevor ich jedenfalls zu organisatorischen Maßnahmen vor Ort aufbreche, gehe ich noch mit einem Bekannten beziehungsweise Freund ins Fitnesscenter."

„Was für ein Freund ist das? Derjenige, der vor meiner Ankunft das Bett hergeschleppt hat?"

„Genau der, ja. Er ist Deutschrusse und ehemaliger Europameister im Diskuswerfen. Um ganz ehrlich zu sein", löffelte Adrian auf ihr Staunen hin, „ist er ein Wrack."

„Das klingt etwas hart und nach mehr als einer körperlichen Verletzung."

„Wohl wahr. Seiner Meinung nach müsste er auch Olympiagold besitzen, aber faktisch verfolgte ihn das Pech, und das nicht erst, seitdem er sich eine Rückenverletzung zugezogen hat. Er kann nur noch ausgewählte Hebe- und Geräteübungen machen, keine schweren Kniebeugen mehr. Gerade als er dringend Trost benötigt hätte, wurde er damals auch noch von seiner Freundin in die Wüste geschickt, einer Bobfahrerin, die im Gegensatz zu ihm jetzt einen geregelten und stinknormalen Beruf ausübt. Das alles hat ziemliche Schrammen an seinem Ego hinterlassen."

„Und wie ist's gekommen, dass du dich gerade mit ihm zusammen fit hältst?"

„Er hat einmal als Ehrengast spaßeshalber ein paar Akkorde mit 'ner netten Band auf einer Veranstaltung von mir gespielt. Desiree, die wie eine typische Sozialarbeiterin denkt, hatte später Mitleid mit ihm und wollte mich dazu veranlassen, ihn wieder auf die Bühne zu holen. Aber so amnesisch, wie diese Welt nun mal ist, interessiert sich niemand mehr für ihn. Darum haben wir angefangen, uns wenigstens privat zu treffen, und so weiter." Adrian dachte, dass er mit ihm gut auch nur in ein Feuer schauen könnte, das bis zur bleichen Asche herunterknisterte.

Als es kurz nach zehn Uhr an der Wohnungstür klingelte, saß Marina mit einer nestelnden Zeitung in der Couchecke. Sie hörte Adrian öffnen und auf seinen Gruß hin eine kantige Stimme wie angelaufenes Messing, die aber keinesfalls gefühlskalt klang: „Hallo, und wie? Scheint so, als hätten sich hier schon allerhand hübsche Dinge eingefunden." Daraufhin ließ sie sich mit schlichten, weichen Socken im Gang sehen.

Selbst größeren Männern konnte Marina noch einigermaßen bequem den Arm um die Schulter legen, aber der Deutschrusse war riesig. In einem unscheinbaren Pullover stand er irgendwie zu gerade vor ihr, als möchte er angestrengt über seine Rückenbeschwerden hinwegtäuschen, hatte kurzgeschorenes Haar und wässrige

Augen. Seinen Gesichtszügen nach hätte er auch schon Anfang vierzig sein können, zumindest jedoch Ende dreißig. Unabhängig davon war er nicht ihr Typ, und die reizende Südländerin schätzte, dass sie nur aus allzu langer Gewohnheit überhaupt in diese Richtung dachte.

Er hielt ihr seine Pranke hin: „Wenedikt."

„Marina", drückte sie noch fester als sonst.

Ein erfreutes Lächeln nahm die Schwere kurzzeitig von ihm weg. „Willst du nicht gleich mit uns an die Gewichte kommen?"

„Vielleicht findet sich noch was anderes für mich. Macht nur", gab sie Wenedikt das Lächeln verneinend zurück.

„Dafür darfst du dich", nötigte Adrian ihn, „noch mit einem schnellen Rundgang durch die Zimmer aufwärmen." Gleich danach griff er einerseits eine breite Sport-, andererseits eine flach umhängbare Arbeitstasche und verabschiedete sich von Marina mit einem Küsschen. „Ich werde zwischendurch nicht noch einmal nach Hause kommen. Wenn du möchtest, kannst du dich auch in den Schlossgärten erholen, oder so. Bis heute Abend, Mina."

Wie angeraten besuchte sie einen der zahlreichen Parks von Berlin, wobei sie sich in ein gefuttertes Mäntelchen gehüllt hatte. Ein kalter Wind fächelte von den Baumzweigen die gelbroten Blätter und legte sie wie einen raschelnden Teppich aus, unter dem nur noch sporadisch ein Fleck grüner Wiese hervorschaute. Dennoch gingen gruppenweise Leute spazieren oder saßen um spielende Kinder herum. In der Wohnung war Marina alleine, hier aber fühlte sie sich einsamer denn je.

Am Wochenende fuhr Adrian mit ihr zu seinem abgetretenen Haus, dessen geziegelte Dachschräge steil aufschoss, so dass es zum Ausgleich für die geschmälerten oberen Zimmer breit auf der planierten Erde stand. Er wollte laut Verabredung seine Tochter für einen gemeinsamen Tagesausflug abholen. Marina war so unbehaglich zumute, dass ihr auf dem kurzen Weg vom Auto zur teils metallenen Haustür klammheimlich alle Glieder schmerzten.

Herausfordernd mit rutschendem Armkettchen öffnete Desiree, die aber sofort Wind aus den offensichtlich vereisenden Segeln verlor. „Du? Du bist die Portugiesin?"

„Demnach habt ihr euch zufällig im Urlaub gesehen?", stellte Adrian dagegenfragend fest.

„Ich bin mir nicht sicher, ob das Wort ‚zufällig' passt", stemmte Desiree die bekettete Hand in die Hüfte und äugte Marina an: „Passt es?"

Sie gewann im Gegenzug an Fahrt, wenngleich etwas gezwungen: „Es passt, sofern man darunter die nicht vorhergesehene Notwendigkeit versteht."

„Stimmt ja, Adrian hat sich im letzten Streit abquetschen lassen, dass du ganz furchtbar belesen bist."

Er hätte den Tonfall seiner Noch-Ehefrau vielleicht als zickig charakterisiert, vor allem aber so, als wäre sie das angebliche Besserwissen und Übergangenwerden müde. Ob sie für ihn noch Liebe hegte, bezweifelte er, doch umso besser konnte er es nachempfinden. „Ich hätte mir gewünscht, dass es auch wirklich der letzte Streit war. Willst du nun endlich Filomena holen oder uns die ganze Angelegenheit noch lange unbequem machen?"

„Unbequem", wiederholte und näherte sich hinter Desiree ein Männerkopf mit gelichtetem, aber schwarzgefärbtem Haar, „unbequem machst das alles doch nur du." Sein Teint sah nach haufenweise gewälzten Akten und Daten aus, während er hier eine offene modische Strichjacke über leichter Freizeitkleidung trug.

Dass auch noch der anwesend sein muss, ächzte Adrian innerlich über Desirees älteren Bruder und dachte: Eigentlich dürfen Kriminalbeamte nicht farbenblind sein, und sicherlich sind nicht alle schematische Bürohengste, aber mein Schwager wird mir gleich wieder aus Schwarz-Weiß gemischt die ganze Welt vorführen. Dessen Frau musste zu allem hin die Scheidungsanwältin der hoch geschätzten Schwester sein.

„Hier wird's immer kälter. Dürfen wir wenigstens reinkommen, wenn es noch länger dauern muss?", begann sich Adrian zu ärgern.

Marina hätte lieber eine ganze Stunde hier draußen als nur fünf Minuten drinnen wie eingekesselt verbracht, trat aber nach ihm über die Schwelle. Das mandelnusshelle Wohnzimmer war so geräumig, dass die matt gehaltene Couchgarnitur mit gläsernem Tisch gemütlich in der Mitte vor einem Fernsehschrank stehen konnte, woneben sie noch Zimmerpflanzen in terrakottafarbenen

Töpfen und eine Wendeltreppe sah. Weder ihr noch Adrian wurde Platz angeboten.

„Wenn du so deine Pflichten als Veranstalter erfüllst", litanierte sein Schwager, „dann wird früher oder später eine hübsche Klage ansegeln."

„Was hat das eine mit dem anderen zu tun?"

Desiree schob kurz ihre dünn geschminkte Lippe herab, schloss sie jedoch wieder. Dafür meinte ihr Bruder weiter in der morsch gewordenen Ehe herumstochern zu müssen: „Glaub mir, alles beginnt und alles endet mit der Familie, ich kenne als Polizist die Fälle. Wer hier betrügt, betrügt auch dort, und für Untreue gibt es keine Rechtfertigung. Selbst die größte, verästelte Gesellschaft wird ansonsten krank wie durch Termiten."

„Deine Fälle gehen mich persönlich nix an. Aber die Termiten sind hier wohl negative Gefühle und Affekte. Was willst du? Von dieser Scheidungsarbeit lebt deine Frau", entgegnete Adrian, „oder soll ich nun einen absterbenden Baum hegen und pflegen?"

„Was du hegst und pflegst, sehe ich. Hast du denn mit deiner jungen, arbeitslosen Urlaubsaffäre auch schon alle Amtsgänge erledigt?"

Selbst ohne dass der zivilgekleidete Ordnungshüter von ihrer Epilepsie wusste, war es nicht schwer zu erraten und im Gegenteil ganz selbstverständlich, dass sie hier nicht von heute auf morgen eine Anstellung hatte. Ein unbeabsichtigtes Kompliment fand sich sogar darin, dass er sie jung schätzte. Doch allein der absichtlich fehlplatzierte Ausdruck „Urlaubsaffäre" kränkte Marina

so stark, dass sie gerne aus ihm oder irgendeinem auf-
geblasenen Gesetz den Schwulst herausgeklopft hätte.
Unter plötzlichen Hitzewallungen hörte sie sich sagen:
„Warum sprichst du mich nicht direkt an, wenn du
Stunk willst?"

Stattdessen entrang sich ihm keine Silbe mehr, auch
deshalb nicht, weil Adrian endgültig jede Eskalation ab-
zuwehren versuchte: „Schon gut, wir sind nur wegen
Filomena gekommen. Lassen wir den Unfug. Filomena?", rief er in den oberen Stock.

Als hätte sie nur darauf gewartet, kam seine Tochter
in stilbewussten Sportschuhen die Stufen herab. Das
glatte, pechschwarze Haar reichte ihr mittlerweile bis
zum Po. Dabei war ihr Gesicht so blass, dass Marina
sie in einem geistig aufblitzenden Bild auf alle herunter-
kotzen sah. Dementgegen fuhr ihre schmale Hand langsam das geschlängelte Geländer entlang. Genau betrachtet war das Mädchen ihr unheimlich, während sie vor
den unfriedlichen Erwachsenen schon fast den Respekt
verloren hatte. Bei dieser graziösen Pracht, dachte Marina, bestürmen die Kerle oder Jungs sicher bald ihre
sogenannte Unschuld.

Leise, aber gefasst und nicht piepsig tauschte Filomena mit ihr ein „Hallo".

„Sie", zeigte Desiree auf die mutmaßlich gewaltbereite
Fremde, „nimmt nicht an eurem Ausflug teil. So war
das nicht abgemacht. Du wirst nachher gefälligst in der
Wohnung oder sonstwo bleiben!" Der mütterlich aufge-
stachelte Blick schoss zu Marina, die zweifelte, ob das

Normalbürgertum in ihrer heiklen Situation nicht längst übergeschnappt wäre. Schließlich sollte die Tochter es bezeugen: „Filomena, ich werde dich heute Abend fragen, ob die da mitgekommen ist, hörst du?"

Ohne ihre traubengrünen Mädchenaugen zu senken, nickte sie.

Im Wagen herrschte vorläufig zu dritt befangenes Schweigen, als Adrian umstandshalber noch einmal zur Wohnung fuhr. Sein Verdruss vereinnahmte ihn genug, dass er erst auf den letzten Metern sie und seine neue Partnerin, Marina, einander richtig vorstellte.

„Du warst auf dieser Hotelparty, nicht?", fragte vom Rücksitz aus Filomena.

Mit schnurrendem Motor haltend, staunte selbst ihr Vater über deren aufmerksame Wahrnehmung. Allerdings linste sie einfach durch die Seitenscheibe zu dem vanillegrauen Wohnblock hin und schnallte sich schon für einen Wechsel auf den Vordersitz ab, als die geprellte Südländerin „ja" sagte.

„Tut mir leid, Mina", reichte ihr Adrian die ungewohnte, schnieke Handtasche.

Sie stieg aus, schaute dem Mercedes nach und fühlte sich grob gedemütigt.

Als das poppige Rockkonzert in einer Mehrzweckhalle stattfand, wollte sie nicht ausgeschlossen sein. Eher still und mittelmäßig gieperte vor der noch gedimmten Bühne eine buntscheckige Menge. In einem hellen accessoire- und gerätebestandenen Raum dahinter weilte Marina mit Adrian bei einer strukturierten Gruppe umgänglicher Leute, teils Mitarbeiter, teils Musiker.

Ziemlich aufrecht in einem grün herabfließenden Kleid, aber irgendwie zerbrechlich war ihr sofort eine naturblonde Endzwanzigerin aufgefallen. Sie wurde als Sängerin der Vor-Band „Ivy Greeham" erwartet und hieß eigentlich Eva Günther. Ihr von der Plattenfirma ausgesuchter Manager stand ebenfalls herum, ein kahlköpfiger Typ, der weniger schmierig als vielmehr farblos war und immer wieder freundschaftlich auf den jüngeren Veranstalter zurückgriff, ohne dass dieser innerlich die Sympathie teilte. Nie hatte Eva den großen Durchbruch feiern können, obwohl sie schon als Elftklässlerin aufgetreten und nachher mit zwei ausgetauschten Mitgliedern ganz gern bei Adrians Gästen wie ein Aperitif gesehen war. Genau dieser Umstand hatte Desirees angeknackste weibliche Eitelkeit mehrfach auf die Palme getrieben.

Jedenfalls war Marina die gesund lebende Musikerin nicht nur aufgefallen, richtiger gesagt hatte sie diese schon am fernen Atlantik via *Facebook* kennengelernt, wenngleich eben nicht greifbar und wirklich. Neben der drei viertel portugiesischen Herkunft interessierte sich Eva sehr für die Epilepsie. Im Unterschied zu anderen Leuten, die zwar auch fragten, aber immer nur ihre eigenen Angelegenheiten und Sorgen verstehen konnten, zeigte sie sogar sensibles Verständnis für das liquidierte Smartphone. Weil leider die Zeit drängte und Marina angesichts der nahe Dabeistehenden ohnehin nicht noch

ausführlicher werden wollte, trug sie auf eine Bitte ebenjene in die Kontaktliste ihres neugekauften Handys ein.

„Wer hat's im rapiden 21. Jahrhundert nicht an den
Nerven?", scherzte dann die Sängerin, die mit fünf älteren Halbbrüdern ohne Vater aufgewachsen war. „Meine Mutter, die von Koffein über Alkohol bis Fleisch
alles verteufelte, schwor als kiffende Chiropraktikerin auf
Grünzeug wie Hanf. Heute läuft sie topfit und verwirrt
durch Berlin. Ich selber renne bei jedem Auftritt doppelt auf die Toilette – einmal davor aus Nervosität und
einmal danach, weil ich wirklich muss. Adrian hier …"

„Verausgabe nicht schon dein goldenes Kehlchen",
unterbrach er Eva betont wohlwollend, weil sie und die
anderen seine mitgebrachte Freundin so freundlich aufnahmen. „Dann renne lieber mal los und konzentriere
dich."

Wenigstens zum Rumhängen im hinteren Bereich hatte
er großzügigerweise auch Wenedikt eingeladen. Doch er
ließ sich noch nicht blicken, als Ivy bei aufsprühendem
Bühnenlicht mit ihren Bandmitgliedern klatschend begrüßt wurde.

Die E-Gitarren schrubbten. Bald flossen sie allerdings
softer, und aus der vorhin noch fidelen Naturblondine
ertönte eine melodisch schattierte Klagestimme, als hätte
sich ihr Innerstes an vielen tragischen Liebesgeschichten
verbrüht.

Vom Randbereich der Bühne, der seitwärts nach hinten lief und vorne gewissermaßen verschanzt war, konnte
Marina die Vorstellung genau verfolgen. Obwohl ihr so-

mit die wogende Mitte des Publikums erspart blieb, knatterte und zackte schließlich die Reizüberflutung durch sie hindurch wie eine pure Masse malträtierender Elektrizität.

Augenkneifend erklärte sie Adrian, dass sie alleine mit den öffentlichen Verkehrsmitteln nach Hause fahre, was ihn denkbar betroffen stimmte. Unter kaltem Schweiß eilte sie zum Hinterausgang.

Dabei streifte sie den runtergebrannten Diskusstar, der endlich eintrudelnd die Sicherheitsleute passierte. Drinnen fragte er, was denn los sei, vergaß offensichtlich die Begegnung gleich wieder und besah sich breitbeinig von einem niedrigen Klappstuhl aus Eva bei ihren letzten schmachtenden Rocksongs.

Sobald sie aber nach einer Verbeugung die Bühne für die bejubelte Haupt-Band räumte, stieß sie mit dem Näslein beinahe gegen seinen Brustkorb. „Huch, Wenja! Ich dachte schon, ein Stück Mauer erhebt sich plötzlich."

„Wieso Mauer? Steine rumsen herab und fühlen nix. So schön, wie du von einer Art Lustschmerz singst, würde ich mich allerdings über ein kleines Gebumse freuen. Möchtest du?", hielt er ihr ungeschickt grinsend, fast schielend eine Flasche hin.

„Daraus", nahm Eva angesichts des Etiketts von Mineralwasser an, „hast du wohl nicht getrunken." Sie quittierte seine zotige Bemerkung mit einem nachsichtigen Lächeln und gönnte sich einen frisch perlenden Schluck, ehe sie den Verschluss wieder draufschraubte. „Du bist schon beduselt, und alkoholische Küsse schmecken eben nicht. Tut mir leid, aber ich muss ganz, ganz dringend auf die Toilette."

Adrian, der nebenbei das missliebige Techtelmechtel beobachtet hatte, war vor allem mit seiner Sorge beschäftigt, Marina anzurufen. Doch er konnte sie nicht erreichen.

Gerade als Eva zurückkam und sich wegen der dröhnenden Bassstärke pantomimisch nach deren Verbleib erkundigte, erhielt Adrian eine *WhatsApp*-Mitteilung. Nach einem klar vernehmbaren Seufzer ließ er auch die befreundete Sängerin lesen:

„Ich bin am S-Bahnhof von Pankow. Hab mich verfahren. Will aber keine Umstände machen."

Er konnte tatsächlich den Veranstaltungsort nicht einfach verlassen, weshalb Eva auch sofort rief: „Ich fahre zu ihr. Keine Sorge."

Während Wenedikt mufflig inmitten anderer guckender Leute wieder auf dem Klappstuhl hockte, streifte sie ihr Kleid hinunter, um über die bikinigleiche Unterwäsche einfach Jeans und Wollsachen zu ziehen. Sie klimperte noch ihren Autoschlüssel hervor, ließ sich von Adrian vielmals danken und schritt ganz unbeirrt in das nächtliche Betonlabyrinth hinaus.

An der beleuchteten Haltestelle erspähte sie erst wartende, dann ein- und aussteigende Personen, aber auf dem gesamten sich leerenden Bahnhof misste sie das bekannte Gesicht. Nicht ehe sie von unten nach oben zurückging, bot sich ihr an der blechernen Hinterseite

eines Snackautomaten kauernd eine weibliche und man-
telgekleidete Gestalt.

„Marina?", beugte sie sich herab.

Ohne zu erschrecken, stand die krankhaft schlottern-
de Portugiesin auf. „Geht schon."

„Bist du sicher? Ich bring dich nach Hause."

„Ja, bin ich", schüttelte sie die stützende, jedoch für
ihr überreiztes Empfinden zudringliche Hilfe ab. Stattdessen legte sie ihre eigene Hand stabilisierend unter
ihren Rippenbogen und schindete sich neben Eva zu
deren schemenhaft erkennbarem Kleinwagen.

Als sich Marina nach der kurzen Fahrt am Treppen-
geländer in die Wohnung hinaufgezogen hatte, meinte
ihre mitfühlende Begleiterin: „Ich kann auch noch bei
dir bleiben."

„Nein, lass nur. Wozu? Willst du dich mit hinein ins
Bett legen? Geh ruhig."

„Okay, dann", erwiderte sie, „erhol dich gut. Tschüss."

„Tschüss", verriegelte Marina die Tür.

Sowie sie aber alleine und unbeobachtet war, brach
sie in einen stoßweise schreienden Weinkrampf aus. Sie
zerknüllte das Kopfkissen und ermahnte sich zugleich,
dass ihr dieses Gejammer auch nicht helfe.

2. Kapitel

Kristallen nieselten die Regentropfen gegen das breite Wohnzimmerfenster, als Adrian seine leichte Arbeitstasche auf den Tisch warf. „Die Scheidung ist endlich gerichtlich durch", setzte er sich zu Marina auf die warme Couch.

„Schön", sagte sie. „Aber am wichtigsten war und ist für mich, dass du persönlich mit deinen Beschlüssen zu mir hältst. Du hältst doch zu mir?"

Er las in ihren so harten, weichen Augen die Bedenken darüber, dass sie für immer von einem Teil seines Lebens – den Veranstaltungen – ausgeschlossen bliebe. „Irgendwann einmal bildete ich mir vielleicht ein, dass feiernde nette Puppen jedermann ausreichen müssten. Wenn das aber die Hauptsache wäre, warum habe ich mich dann erst zwischen einem Akazienbaum und einem Café in Portugal verliebt? Übrigens hat Eva nach dir gefragt."

Marina versuchte sich hierüber zu freuen. Interessiert hatte sie sich ein andermal das täppische Balzverhalten des Deutschrussen schildern lassen, doch an ihr selber klebte und ätzte ein nachtragendes Gefühl, weil die Sängerin sie in einer so schändlichen Lage gesehen hatte. Nicht einmal den leisesten Dank wollten ihre Stimmbänder darauf erwidern. Überhaupt war sie auf alle Frauen neidisch, die scheinbar tüchtig ihr Leben genossen.

„Bestimmt haben wir aber noch nicht alle Mittel und Wege ausprobiert", räusperte sich Adrian. „Wofür gibt es schließlich Medizin und Arztpraxen?"

„Da wurde ich schon als Kind hingeschleppt."

„Ich meine moderne Ärzte, die sich mit Epilepsie auskennen."

Marina furchte die Stirn. „Ich will nicht."

„Aber warum nicht? Vielleicht geht es dir dann besser und du quälst dich ganz unnötig?"

„Besser quälen?", stieß sie sich in die Höhe. „Weil moderne Spezialisten dabei so weit gehen, die Gehirnhälften mit dem Rasiermesser durchzuschneiden, darum nicht." Sie begann im Zimmer herumzutigern.

Indem er seine Finger rieb, stand Adrian ebenfalls auf. „Weißt du, Mina, du brauchst wenigstens ein Attest. Sonst bist du selbst als EU-Bürgerin illegal im Land." Seine Worte berührten durchaus die geltende Wahrheit, doch letzte Klauseln übersah er.

Dass sie ein deutsches Gesetzt einfach mit ihrem Dasein breche, klang in ihren Ohren buchstäblich wie eine pathologische oder technische Absurdität, auch wenn sie deren Hergang zu enträtseln glaubte. „Ich will ja arbeiten und hasse selber das Schmarotzen. Den lieben, langen Tag fühle ich mich so nutzlos! Sogar kellnern würde ich."

Adrians Gedanken sprangen darauf an. „Wahrscheinlich würde dich Selma einstellen – wenn du keine Epilepsie hättest. Das stressige Bedienen macht doch selbst einem Gesunden zu schaffen?"

„Selma braucht nichts von meiner Epilepsie wissen. Durch eiserne Willenskraft kann ein Mensch sogar seine Finger ruhig über eine Flamme halten, und ich schaffe das", hielt Marina sein uhrbeschwertes Handgelenk. „Ich schaffe das."

Die Anstellung lag bald zu ihren Füßen.

Zwar sprach die arbeitsfreudige Cafébesitzerin mit ihr nie ungeduldig, doch wenn stoßweise die Leute hereinsummten, konnte Marina nur unter äußerstem Selbstzwang ein Stolpern vermeiden. Oft bediente mit ihr zusammen eine zierliche Handwerkstochter, die sowohl für die französische Lebensart als auch von ihren Flitterwochen in Portugal schwärmte.

„Siehst du die volltätowierte Tussi da drüben mit dem auberginefarbenen Tablet-PC?", tuschelte sie kennerisch beim gemeinsamen Abstellen von Geschirr.

„Ich seh sie nicht nur, ich hab sie auch gestern und vorgestern schon bedient."

„Ja, die süffelt von Montag bis Freitag nichts als schaumige Leckereien, bastelt an einem Blog und lektoriert auch das Zeug, das andere schreiben. Irgendwo anders wäre sie damit ein Taugenichts, aber in Berlin gilt so was als seriöse Beschäftigung."

„Worum geht's in dem Blog denn?"

„Um Mode, Essen und ihre sexuellen Allüren", antwortete die andere Kellnerin, um sich dann in natürlicher Manier von einem hinausgehenden Grüppchen zu verabschieden.

Die zähe Fischertochter hätte zweifelsohne schwören können, dass mit einigen Ausnahmen auch die schärferen dieser rumhockenden Wohlstandseuropäerinnen von Dezembertag zu Dezembertag ein bisschen fetter wurden und trotzdem einen süßen Reiz verstrahlten. Fein übereinander sich legende Schichten von weißestem Schnee sorgten draußen für ein gemütlich anzuschauendes Wetter, mehr und immer mehr, als Marina je gekannt hatte. Wie in einem aufzappelnden Fieberwahn sah sie sich der bloggenden Stammkundin fünf Dosen eisgekühlter Schlagsahne in den Rachen sprühen. Besser noch wäre es — bildete sich die Sequenz um —, wenn es fünf kräftige Männer mit ihren nachhelfenden Stopfstangen übernähmen und sie selber die entblößte Hure dabei genussvoll auspeitschte.

„Könnte ich noch Sahne haben?", schnipste mit einem violettschwarzen Fingernagel die Dame sachte gegen ihre Tasse.

„Ja, natürlich", beeilte sich Marina.

Wäre sie frecher oder auch nur gefasster gewesen, so hätte ihr Blick einfach den Tablet-Bildschirm auskundschaften können, den die andere offen auf den Tisch gelegt hatte. Mit übereinandergeschlagenen Beinen spielte um deren Lippen ein freundliches, abwartendes Lächeln.

„Sonst noch was?"

„Später vielleicht, danke", rührte sie.

Im nächsten Augenblick kam Adrian herein und nahm auch sie von seinem umgänglichen Gruß nicht aus, wobei er seine schurzumgebundene Freundin nur flüchtig küsste, weil ihre Arbeitsschicht noch eine Viertelstunde dauerte. An der schnittig abgerundeten Thekenecke unterhielt er sich derweilen mit Selma, die ihm einen Espresso machte: „Wie schlägt sie sich?"

„Gut, sie hat viel Energie in Armen und Beinen. Um ehrlich meine Meinung zu sagen, würde aber auch etwas Verkopfteres zu ihr passen. Möglicherweise drücke ich mich ungeschickt aus."

„Ganz und gar nicht. Du sprichst immer aus dem Herzen", blickte er sich zu Marina um.

Als sie abgelöst wurde und ihn beim Verlassen des Cafés unterhakte, fragte sie: „Kennst du diese etwas alternative Frau, die du gegrüßt hast?"

„Ja, warum? Vom Sehen", öffnete er schulterzuckend für sie die Autotür. Mit dem harten Stammende zwischen den Vordersitzen lag darin ein Tannenbaum.

Schmückend erzählte Adrian zu Hause, dass er auf eine geplante Silvesterveranstaltung verzichte und stattdessen wie an Weihnachten bei ihr bleibe. Marina erinnerte sich in ihrem noch nicht ganz beruhigten Gedankenwirbel an den gelesenen Satz: „Nichts kommt einen Mann so teuer zu stehen wie die Opfer, die eine Frau für ihn bringt." Obwohl ihr sexistische Rollenklischees anerzogen wurden, konfrontierte sie sich unvoreingenommen mit der Befürchtung, dass alles auch umgekehrt gelten und sie Adrian verlieren könnte.

„Apropos", reichte sie ihm eine rotspiegelnde Weihnachtskugel, „ist Eva eigentlich alleinstehend?"

„Sie war nicht unbedingt sehr oft, dann aber sehr stark verliebt", suchte er einen stimmigen grünen Zweig, „und ebenso sehr verletzt. Jetzt hat sie nur noch Rendezvous mit der Lust. Du und sie, ihr kontrastiert in Sachen Mann perfekt."

„Wie meinst du das?"

„Na, du kommst aus der einen, sie aus der anderen Richtung, weil du schon genug One-Night-Stands hinter dir und die große Liebe gefunden hast, oder nicht?"

„Doch."

Für die Feiertage backte Marina mit massenweise Eigelb hundert *pasteis de nata,* muffinsüße portugiesische Puddingtörtchen in knusprigem Blätterteig. Sie hatte es satt, dass ihre prall gepriesenen Titten nur über dürren Hüften lockten.

„Wer soll denn das alles essen, Mina?"

„Wetten wir? Bis übermorgen hab ich's verputzt."

„Bekomm ich denn keine ab?"

„Klar, hier … Wie schmecken sie?"

Ein mampfendes Lächeln breitete sich auf seinem Gesicht aus. „Hundertmal toller als alles, was man sich unter Puddingtörtchen oder Fischigem so vorstellt."

„Fischig?", neckte sie ihn ihrerseits mit einem Stupser in die Rippen.

Obwohl sie bei einem längeren Frühstück mit Früchtetee schon ein Dutzend und hinterher noch mal einige verdrückte, ließ sie vom Mittagessen keinen einzigen deftigen Bissen übrig. Dafür entwich ihr ein Stöhnen, als Adrian abräumend fragte, ob sie nicht an der frischen Luft einen Spaziergang machen möchte.

„Ich hab mich so müde geschlemmt", erhob sie sich etwas schwer, „dass mir ein Verdauungsschläfchen doch lieber ist."

„Dann räkle dich, als wär hier das Schlaraffenland."

Ihr Bewusstsein sank so weit hinab, dass Adrian ihre Unterschenkel in wollenen Leggings auf seinen Schoß legen und leise fernsehen konnte, ehe sie nach zwei Stunden wieder aufwachte. Aufgrund der verdümpelten Zeit mästete sie sich schleunigst weiter, Stück für Stück für Stück.

Doch ihr schmerzhaft geblähter Magen bremste sie zunehmend mit übel aufstoßender Laune. Sie schubste beim Abendessen so lange eine Petersilienkartoffel durch die braune Soße, bis sie wirsch ihre Gabel hineinpfefferte und aufsprang: „Scheiße, ich bin total überfressen! Wie halten die anderen das nur aus?"

Adrian schaute sie entgeistert an. „Weder verstehe ich, wer die anderen sind, noch überhaupt den ganzen Grund, warum du dir das antust."

Statt gleich zu antworten, schob sie den elastischen Hosenbund tiefer und stülpte ihren Pullover nach oben, um ihn mit den Achseln festzuklemmen. Der Anblick entbehrte nicht einer perversen Ästhetik: Ihre gespannten Eingeweide drückten rund und hart das Muskelgewebe gegen die Haut, wodurch es sich im Lampenschein als dünnes Raster abzeichnete.

„Sicher, ich habe mich in einen Exzess verstiegen. Aber ich wollte Kurven wie eine leckere Deutsche oder wenigstens", gab sie schnaubend auf, „wie eine Latina. Stattdessen fühle ich mich sauschlecht und nur fress-schwanger."

Er legte das Besteck an den sanft aufklingenden Tellerrand und stellte sich hinter sie. „Wozu willst du wie die anderen sein, Mina? Du hast doch eine einzigartige Persönlichkeit. Halbe Sachen machst du jedenfalls nicht, und darum zieht es mich so entschieden zu dir hin", rieb er beruhigend ihren rebellierenden Bauch.

Am morgigen Tag würde sie ein bisschen weichgequollen aufwachen, zugleich aber verstopft und dermaßen mit Appetitlosigkeit geschlagen, dass sie 48 Stunden lang gar nichts zu sich nähme. Ihr naturgeschliffener Körper kannte seinen Bedarf genau und machte es ihr fast unmöglich, ihn langfristig mit einem Zuviel oder Zuwenig zu tyrannisieren.

Sie schob ihre Leggings ganz unter ihr verziertes Höschen und neigte den Hals nach hinten. „Würdest du mit mir und für mich auch eine andere ficken?"

3. Kapitel

*I*m stillen Treppengang ritschte Adrians Tochter langsam ihre goldbeschriftete Umhängetasche zu, aus der
zerknüllte Papiertücher und ein Kosmetikstift für Pickel-
chen geschaut hatten. Dann drückte sie mit dem Mittelfinger den Klingelknopf.

Ihr öffnete die leicht verunsicherte Portugiesin. „Oh,
hallo, Filomena. Du willst sicher zu deinem Vater?"

„Ja", stockte die mittlerweile 13-Jährige kurz.

„Er jongliert noch in seinem Arbeitszimmer. Adrian?"

Herauskommend sagte er: „Ich jongliere?", und grüßte
seine dastehende Tochter ebenfalls. „Hatten wir aber
nicht abgemacht, dass ich dich in einer Stunde abholen
sollte und wir dann in die Eishalle fahren?"

„Doch", zog sie ihre schmalen Schultern nach oben,
„ich hatte nur keine Lust mehr, zu Hause rumzusitzen."

„Ach so, dann komm noch einen Moment rein. Ich
bin gleich mit der", sah er zu Marina, „Zahlenakrobatik
fertig."

Schon wieder wusste sie nicht, wie sie sich genau verhalten sollte. Ob sich so Alcaste immer ihr gegenüber
gefühlt hatte? Formelhaft fragte sie Filomena im Wohnzimmer: „Möchtest du was trinken?"

„Nein, danke", nahm sie Platz und besah das schmucklose Buch auf dem Couchtisch. „Eça de Queiroz. Liest du das?"

Sie hatte „Kwairos" statt „Kejrosch" gesprochen, aber Marina bejahte einfach und setzte sich zu ihr.

„Ich lese auch hin und wieder", fuhr sie fort.

„Echt? Was denn?"

„Das Schmalbrüstigere von Stephen King. Besser etwas, das nicht altersgerecht ist und dafür Spaß macht, als Schultexte, die einem das Lesen verderben. Übrigens", heftete Filomena ihren hellgrünen Blick unverändert auf den Buchumschlag, „haben wir uns in diesem Jahr noch gar nicht gesehen. Frohes Neues."

„Das wünsch ihr dir auch. Wir können's gebrauchen, nicht?"

Nachdem Adrian mit ihr losgefahren war, wollte Marina ihren so fernen Vater anrufen, um dessentwillen eine merkwürdige Andacht durch sie rauschte. Bei einem früheren Versuch hatte sie ihn nicht erreichen können, doch endlich meldete sich die vertraute raue Stimme.

„Hallo, Papa, ich bin's, Mara ... Ich mich auch ... Ja, sehr groß ... Nicht unbedingt schlecht ... Einfach ziemlich deutsch ist das Wetter ... Und bei dir? Schwimmen die Heringe brav ins Netz?"

Doch sie hatte schon bei seinem ersten Satz förmlich die leeren Portweinflaschen rumschaukeln gehört. Enttäuschung, Besorgnis und Schmerz würgten sie, auch wenn sie aus geneigter Höflichkeit das Gespräch nicht gleich beendete. Anschließend sehnte sie sich wie unter einem seelischen Brandloch nach Adrian.

Darüber hinaus war sie froh, am nächsten Tag wieder in dem sauberen Café arbeiten zu können. Die subkulturelle Kundin ließ sich wie gewohnt die Schaumgetränke von ihr bringen.

„Wie geht's dir und deinem Freund?", fragte sie Marina.

„Eigentlich ganz gut."

„Schöne Schuhe hast du an."

„Wirklich? Danke", blickte Marina an sich hinab. Doch ihr fiel nur der seitlich gestellte und lackglänzende Fuß der Berlinerin auf, wonach sie diese ins Gesicht fragte: „Du schreibst einen Blog?"

„Ja. Interessiert?", rückte sie erfreut ihre Internetadresse raus.

Als Marina später bei auffunkelnden Hausfenstern und Reklametafeln zur S-Bahn ging, sah sie Wenedikt angeschmiegt mit einer brünetten Frau bummeln. Teilweise verdeckte eine dicke Strickmütze die Haare, und ihr Profil ließ sich aufgrund der zwielichtigen Entfernung nicht scharf erkennen, aber schon ihre unbescheidene Kopfhaltung verriet der sinnenden Portugiesin, wer es war.

„Ich habe deinen Freund händchenhaltend mit deiner Ex-Frau gesehen", schlang sie daheim ihre Wintersachen von sich.

„Welchen Freund?"

„Wenedikt." Zuerst hatte Marina befürchtet, dass sie einen kitzligen Triumph über Adrians kleine Niederlage empfinden könnte, doch zu ihrer Erleichterung wünschte sie sich für ihn wirklich nur das Beste.

„Bist du dir sicher? Desiree und Wenedikt?"

„Ja, tut mir leid für den Schlamassel."

Bitter reimte er sich zusammen, weshalb gestern seine Tochter verfrüht das Haus verlassen hatte.

„Damit, was und wer mir leid tut, meinte ich übrigens das neue Paar, Schatz." Fürsorglich lockerte Marina den Kragen an seinem Langarmshirt und setzte sich nachher ins Wohnzimmer.

Mit dem Notebookbildschirm auf den Knien klickte sie sich hier durch den opulenten Blog. Das samtige, sogar zweisprachig anwählbare Eingangsportal trug den Titel *Fashionable Stuffed Kitty,* wobei Marina nicht genau zu beurteilen wusste, inwieweit das lächerlich klang. Neben modegeilen Selfies, Werbeflächen und exotischen Rezepten vor Urlaubskulisse trumpfte die Macherin mit einer Art von tabulosem Sex-Tagebuch auf.

„Wo kriechst du denn trotz Epilepsie da hinein, Mina?"

„In Kitty."

„Alles klar. Darf ich meine Nase auch mal reinstecken?"

Dass in der einigermaßen charmanten Cafégängerin ein Luder steckte, hätte Adrian ihr noch zugetraut, nie aber ein so devotes wie hier ausgeschildert, und nie hätte er sie darauf angesprochen. Diejenigen Geschichten, in denen ihr fetischistischer Hang etwas gezähmt blieb, waren durchaus nach seinem Geschmack. Ob sie auch alle auf unverrenkten Tatsachen beruhten, ließ sich kaum nachweisen, denn die Personen und manchmal gleich Personengruppen waren ausdrücklich nur mit erfundenen Namen aufgeführt.

Als aber am nächsten Morgen wieder der Deutsch-russe mit seiner zu langen und deshalb schrumpeligen Sporttasche vorbeikam, grüßte Adrian ihn gereizt. Marina, die sich heute erst um die Mittagszeit zur Arbeit anschicken musste, sagte freundlicher hallo.

„Hat er schlecht geschlafen, oder wie?"

„Ich schlief schon besser", erwiderte Adrian. „Wie hast denn du die Nachtstunden im Bett verbracht?"

Wenedikt hob argwöhnisch sein breites Kinn. „Warum?"

„Weil es vielleicht das Bett von Desiree war."

„Angenommen, sie würde es mit mir teilen, was dann?"

„Dann möchte ich wissen, wie du dazu kommst."

„Schau", sagte Wenedikt, als sollte er kurz und gut Muscheln zerlegen: „Ich muss seit einiger Zeit dich und deine Ex-Frau getrennt besuchen, weil sie eben deine Ex-Frau ist. Ganz einfach."

„Irgendetwas Verletzendes kannst du daran also nicht entdecken?" Abgesehen davon, dass die zwei ein sehr gewöhnungsbedürftiges Paar für sein Empfinden abgaben, wusste Adrian selber nicht, warum er eigentlich so schnauzte. Marina, die alles schweigend mitverfolgte, entschied in diesem Moment, dass auch er intensivere Zuwendung bräuchte.

„Du selber hast doch Desiree nicht mehr gewollt und sie verlassen, schon vergessen?", entgegnete der Hüne.

„Sie ist aber kein Mehrwegartikel."

„Diesen Ausdruck gebrauchst du jetzt, nicht ich. Würden wir nicht alle für immer Verlierer bleiben, wenn sich eine Frau nicht beliebig einen neuen Kerl suchen dürfte, und umgekehrt?"

„Du meinst offensichtlich, dass einem diese Wahl sogar im engsten Bekanntenkreis freisteht. Gut, dann steht es auch jedem von uns frei, alleine ins Fitnesscenter zu gehen!"

„Frei oder nicht frei – tun wir doch nicht mehr so, als würde sich das vermessen lassen. Ich hab meine Kindheit noch im Scheißosten verbracht, und jetzt lebe ich eben im Schweißwesten. Komm, Mann, zieht uns nicht auch die Liebe wie ein mächtiger Zwang irgendwohin?" Wenedikt schaute zu der sinnlichen Portugiesin, die mit verschränkten Armen lässig an der Wand lehnte: „Weißt du, was ihm fehlt?"

„Erst mal nur ein gemeinsamer Gang ins Fitnesscenter, um sich ein bisschen abzureagieren."

Adrian willigte ein.

An einem Februarabend brütete er in der Wohnung und erhielt von Marina die ominöse Nachricht, dass sie später heimkomme, weshalb er sich noch entspannen soll. Sie habe eine Überraschung an ihrer Fangleine.

Als sie dann hereinpirschte, schwirrte zwar eine nervöse Erregung in ihrer Aura, aber beide Hände waren leer. Ohne gleich unfroh oder enttäuscht zu wirken, sah Adrian sie an: „Hast du dich noch mal zurechtgemacht? Wo ist denn nun aber das Haustier geblieben?"

„Es schnurrt noch vor der Tür. Bleib sitzen, ich hol's herein."

Kurz darauf hörte er den lispelnden Kleiderhaken und spitz anschlagende Stiefelabsätze, wie sie Marina nicht trug. Er glaubte sich schon von seiner anschwellenden Intuition genarrt, als mit ganz schwarzem Lederrock nahe dem Strumpfsaum und einem Halsbändchen die Naschkatze aufrecht wiegend unter Taillengriff hereingeführt wurde. Ihr verschmitzter Mund glühte wie Mohn.

Artig sitzen zu bleiben, war jetzt ein Unding. „Wohin doch ein Ja angesichts von krossen Puddingtörtchen führen kann."

„Meinst du die hier?", deutete die ungenierte Besucherin mit beiden Zeigefingern auf ihre hochgequetschten Möpse in einem Mieder.

Bevor sie mit ihrem Auto gemeinsam hergedüst waren, hatte Marina es ihr so schlank, so eng hingezurrt. Hämisch hatte sie sich daran ergötzt, wie Schnur um Schnur die Fettpölsterchen traktierte, zumal die Schwelgerin auch noch anheiternden Rieslingsekt in sich füllte und die angebrochene Flasche nicht zurücklassen konnte. Wie wollten ihresgleichen wieder abnehmen, wenn sie selbst in der Sattheit zu schwach für den Verzicht waren, und was half das lieblichste Parfüm, wenn man hässlichen Alkoholgeruch ausatmete? Unter verstrudelnden Gedanken vergaß die Epileptikerin, dass nur sie selber an einer Gewichtszunahme gescheitert war. Niemals aber sollte Adrian eine andere duftende oder nicht duftende Frau direkt küssen, das wollte sie bei aller Freizügigkeit vereiteln, und sie selber begehrte erst recht keine weiblichen Lippen.

„Packen wir die Überraschung doch mal aus", schlenzte sie der Dritten den Rock weg, krallte einen Finger in ihr onyxglattes Höschen und ließ es mit dem Befehl schnippen, dass sie raussteigen soll. Dann entkleidete Marina erst sich selber bis auf tinten-, ja tiefseeblaue Unterwäsche und band ihre Haare zu einem straffen Zopf. Sogar barfuß war sie noch ein Stückchen größer als die spaltnackt dastehende Gespielin in ihren Stiefeln. Erst jetzt bemerkte Adrian auch die anpassungsbemühte und ganz verblassende Bräune seiner Partnerin, weswegen er sich seltsamerweise schuldig fühlte. Ihn bestrickte der Eindruck, dass er durch außerordentliche Zugeständnisse irgendetwas wiedergutmachen müsse. Dagegen war diese nur damit beschäftigt, endlich Kitty ihre Verschalung aufzuschnüren. Quer durch ihre vortretenden Nippel waren dünne Metallstäbchen gepierct.

„Nun, du kleine schwanzsüchtige Schlampe", öste Marina an deren Halsband noch ein silbernes Kettchen, „begib dich runter auf Hände und Knie. Schatz, gehst du bitte vor ins Schlafzimmer, oder willst du die Mieze von hinten betrachten?"

„Ich geh vor", schöpfte er Luft.

Auf bestrumpften und beschwert nachziehenden Unterschenkeln ließ sie sich geschmeidig leicht zu einer freien Stelle vorm Bett führen. Diesmal wäre sicher nicht Marina diejenige, die wie eine Sklavin untergebuttert würde. Allerdings entging ihr nicht, dass Adrian über ihre herrische Rolle irritiert war, weshalb sie der anderen zärtlich das Kinn hob und fragte: „Gefällt es dir bei uns? Soll ich dich in ein paar nette, freudekribbelnde Erniedrigungen tunken?"

„Liebend gerne", schmunzelte sie, „ich bettle um den Schwanz für meinen Mund." Anscheinend bildete ihr Selbstbewusstsein ein so großes Guthaben, dass für sie das alles wirklich nur böse Spielereien waren.

Marina gürtete Adrians Hose auf und ließ ihr das Erbetene schon halbwegs hart entgegenragen. Sie beobachtete, wie die fremden Lippen es an der runden Eichelkante umschlossen, und als würde es nichtsdestotrotz alleine ihr gehören, übertrug sich der Reiz unerwartet köstlich auf ihre Klitoris. Indem sie kaum eine Handlänge hinter dem zu oft umgefärbten Kopfhaar der Knienden stand, griff Marina über diese hinweg und knöpfte auch Adrians Hemd auf.

Vorgeneigt begann sie ihn zu knutschen und richtete zugleich ihre umnebelten Gedanken darauf, wie die Lust himmlisch ihren Spitzenschlüpfer durchfeuchtete. „Lutscht sie dich auch allerbestens?", schmachtete es tief aus ihr.

Zweifellos fühlte sich Adrian schon mehr als steif genug. Seine Liebste wartete nicht länger damit, ihre zweiteilige Reizwäsche auszuziehen, und wies dann die abgefeimte Bloggerin an, sich genau neben sie zu stellen. Ach, es war die klarste Tatsache der Welt, wer von ihnen die stolzeren Brüste hatte. Auch wenn Marina es keineswegs als schöne Anwandlung betrachtete, dass sie sich dermaßen in einer prallen Arroganz aalen musste, war die Empfindung einfach zu umwerfend.

„Leg dich auf meine Betthälfte, Schatz", bat sie und unterstellte Kitty aufgrund ihrer gar nicht mehr kühlen Wangen: „Schreit nicht deine aufblühende Fotze danach, gestopft zu werden? Du brauchst es in absolut jeder Hinsicht und kannst dich nicht länger beherrschen, hm?"

Doch in Wahrheit dämmerte Marina, was sie beizeiten wieder verdrängen würde: Wenn hier jemand die Beherrschung zu verlieren drohte, dann sie, wenn sich hier jemand von zuckerwattiger Sinnlichkeit besiegen ließ, dann die Herrin, die trotzdem in der Sänfte emporgehoben wurde. Stark sein zu müssen, war ein Krampf. Denn nur die Macht der Schwäche berauschte.

Deshalb nahm sie sich das Recht heraus, vorneweg aufs Bett zu steigen und sich breitbeinig über Adrians nackte Lenden zu positionieren, wobei sein Blick jedoch ihren Hinterschenkeln zufliegen musste. Sie wollte umgekehrt nämlich auf die kecke Lakaiin herabschauen. „Erreichst du vom Fußende aus seinen Luststab?", fragte Marina. „Sehr schön, streck dich vor und peile ihn, damit ich mich ordentlich reinsenken kann."

Nachdem Adrian seine Ehe wie eine leidenschaftserstickende Kartause erschienen war, ließ er sich das natürlich gefallen. Welcher Mann hatte schon das Glück, eine so hinreißende Frau zu finden, die auch noch andere Frauen für ihn auftrieb?

Gleichzeitig spürten beide in ihrer ineinanderschmelzenden Verhakung, dass sie sich einmalig ergänzten. Er sah ihr abermals aufgefächertes Haar über dem durchgedrückten Rückgrat wie ein braunes Schattenspiel tanzen, während sie auf ihm saß und der noch immer Vornestehenden befahl: „Spaziere zu ihm herum an die Bettkante."

In einem Spiegel, der allerdings schmal an der mittleren und angelehnten Schranktür angebracht war, entschwand sie nahezu vollständig. Marina erblickte gerade in diesem Minimum an Kontrolle darüber, ob man ihr durch deplatzierte Zuchtlosigkeit in den Rücken fallen würde, eine aufregende Probe ihrer zugemessenen Macht.

„Du darfst dich von ihm streicheln und kraulen lassen. Schatz, prüfe doch mal, wie dick ihre Haut unter den Werbebemalungen wirklich ist", spielte Marina auf die rippennahen Tätowierungen der anderen an. Seitlich hinter ihrer eigenen auf- und niederfließenden Figur im Spiegel rührte sich die männliche Hand bis über diesen hinaus für die Liebkosungen. „Küsse auch um die Tittennägel herum und mit der Zungenspitze ihren Bauchnabel, den sie dir sicher hinhalten will, mehr aber nicht. Hörst du?"

„Alles, was dir recht ist, Mina."

Sie sah den mehr und mehr sich herumlehnenden Frauenkörper, den ihr eigener zwar in der Hauptsache verdeckte, doch die offenkundig mohnblumige Seufzerei hing einfach schon zu weit hinüber. Unterbrechend langte Marina nach hinten und schob sie eben zurück. Dann nahm sie selber ihre Bewegung wieder auf, steckte Adrian gleich drei Finger in die Mundhöhle und tat so, als suche sie ebenfalls diejenige von Kitty. Stattdessen verschmierte sie quer mit Speichel deren Schminke und juchzte: „Hab ich deine Wünsche getroffen, oder liegen sie um einiges tiefer? Press doch bitte fest ihre äußeren Schamlippen zusammen, Schatz."

Noch einmal spiegelte sich vor Marina seine greifende Hand, und noch viel wohltuender füllte sein harter Schaft ihre eigene Ritze. Sie senkte für einen Moment ihre weichen Wimpern, um sich besser den fremden Schmerz vorstellen zu können.

„Es tut nicht weh."

„Was?"

„Dein Schatz quetscht nicht fest genug."

„Na", keuchte er selber, „wenn ihr es so haben müsst, dann will ich nicht so sein."

Die kleine Masochistin schlürfte scharf die Luft in sich, als Adrian sie wie eine Apfelsinenpresse handhabte. Schließlich drehte sich Marina von ihm hinunter.

„Komm", dirigierte sie die andere, „du dürftest mittlerweile reifer als reif sein. Wechseln wir."

Kitty platzierte sich somit in normaler Reitstellung auf ihm. Ihr zugewandt setzte sich die nervöse Portugiesin unmittelbar über sein Gesicht, um so die Geilheit ein bisschen abzulöschen. Hierdurch fand Adrian, der sie stets gerne geschmeckt hatte, eine blinde und doppelt aufstachelnde Sinnenfreude auch in der ungewohnten zweiten Frau. Hart klatschend sausten ihre Lenden auf ihn nieder, bevor sie dazu überging, diese wie unter einem verrückten Jucken hin und her zu reiben.

Inmitten dieses allgemeinen Außer-sich-seins bemerkte Marina plötzlich ein Stocken und die beginnende Kontraktion in seinem Bauch. Weil sie sich aber gegen nichts stärker sträubte, als ein zeitiges Ende erblicken und wieder in sich gehen zu müssen, riss sie die Reitende rigoros von ihrem Liebsten hinab.

Dicht von der anderen Betthälfte stierten alle beide auf den zuckenden Kolben vor ihnen, der jede Sekunde die weißliche Essenz aus sich spritzen wollte. Beschwörend murmelte Marina: „Nicht, nicht", als er sich einmal mehr verzweifelt aufbäumte. Doch Adrian kämpfte um ihretwillen so lange gegen den Impuls, bis er sich aufhob.

Krude zog sie der Dritten anschließend das hohe Stiefelpaar aus, um diese auf ihren anthrazitgrauen Nylonsohlen fast bis zum Türrahmen beim Gang zu schleifen. Stehend hielt Marina sie hier mit einem Arm von hinten umschlungen und wollte mit dem anderen deren Klitsche züchtigen. Ihr Ekel reichte jedoch so unverständlich tief, als müsste sie ins Klo greifen. Dann blitzte durch ihr Bewusstsein, dass sie immer nur Gutes und angeblich sogar das Beste für Adrian suchte, weshalb sie sich über alle gezierten Bedenken hinwegsetzte. Wirklich fasste sich die Cafégängerin auch wie eine rotfleischige, herangereifte Orange an.

Marina fingerte sie erst nicht punktgenauer als ein mäßig erfahrener Mann, machte aber rasante Fortschritte. „Du flotte, flotte Lustsau brauchst ganz dringend einen Orgasmus, wie?"

„Ja", flehte sie, „ja, ja, mehr!"

„Aber sperre besser noch mal", blickte sich die vornehm tuende Fischertochter um und konnte ihre Zehen bis zu der großriemigen Handtasche mit dem angebrochenen Riesling strecken, „noch mal für zwei, drei anheiternde Schlucke das Mäulchen auf. Ich serviere gern."

Da auch für die portugiesischen Korkbauern der Export im Niedergang begriffen war, däumelte sie rechtshändig eben den synthetischen Billigpfropf heraus und schob Kittys bandgeschmückten Hals linkshändig nach oben. Entzückt schüttete sie nun das Genussgift weg in die andere Frau, die Mitbuhlerin, die hergelaufene Gratisnutte. Überbordend schäumten jedoch Rinnsale an allen ihren Kurven hinab.

„Schlucken!", strafte Marina sie mit längerem Würgegriff.

Wäre Adrian hier der Veranstalter gewesen, dann hätte er sich erhoben. Weil er einerseits so viel Gewalt nicht mochte und ihn andererseits die sektberührte Haut schon wieder erregte, wandte er stattdessen den Blick ab.

Marina öffnete daraufhin ihre Handzwinge. Sie erlaubte der lasziven Berlinerin, erleichtert zu hecheln, und hob langsam den Rest des moussierenden Weins. Makellos plätscherte er nun durch ihre Kehle.

Indem die Südeuropäerin den harten Flaschenboden aufschlagen und wegpurzeln ließ, machte sie sich erneut ans Kitzeln der gedunsenen Knospe. Voll trockener Güte hielt sie ihre Zähne an Kittys silberdurchstochenes Ohr, als diese selig zu wimmern anfing, und bemerkte: „Gleich hast du es geschafft. Gleich wirbelst du davon ins goldene Eden."

„Gott und Teufel, ja, ich komme ..."

Eiskalt drückte ihr Marina dagegen das Knie ins durchgebogene Kreuz, wirbelte sie nirgendwohin als bäuchlings auf die freie Betthälfte und legte ihr versteckt gehaltene Handschellen an. Zudem wischte sie ihr am verstärkten Saum je die Strümpfe herunter und scheitelte ihre nackten Beinen auseinander, wodurch die Gespielin mit den geketteten Händen beim Po verletztlicher wirkte als ein demontierter Clown.

„Du müsstest trotzdem noch zwanglos genug sein, selber dein Loch auseinanderzuspreizen. Mein Samariter", wandte sich hierauf Marina an ihren Partner, „sie leidet. Sei so barmherzig und ficke sie zu Ende, aber bitte in den Arsch."

Zwischen die Backen konnte sie gezielt gleitende Spucke träufeln, denn Kitty gehorchte willigst. Ihre Begierde schien so höllisch auf Befriedigung zu brennen, als hätte sie sich jeden unverschämten Wucher an Demütigungen gegönnt.

Was sprach also dagegen, dass er es ihr besorgte? Abgestützt über ihrem Rücken drückte sich Adrian in sie bis zum Anschlag.

Aus ihr trieb es nur noch helle Urlaute. Während er sie in immer schmiegsamerem Rhythmus eggte und dabei sein Unterleib streichelnd ihre gefesselten Hände berührte, versuchte sie sich immer brünstiger am Laken hin und her zu reiben.

„Halte gefälligst still", observierte Marina.

„Für so viel Sadismus solltest du in irgendeiner einsamen Ecke bei Wasser, bei Wasser und Brot vergrätzen. Ich sterbe!", johlte die andere. „Kann er nicht wenigstens von meinem Arsch senkrechter zu meiner Muschi stoßen?"

Marina war unersättlicher mit diesen Happen vanilleschotiger Wollust gemästet, als es alle Puddingtörtchen Portugals vermocht hätten. Sie kroch hinzu aufs Bett: „Tu, um was sie bittet."

Beinahe wollte sich Adrian beschweren, warum sie nicht die Hergenommene gleich noch geknebelt hatte, da er nachbarschaftliche Klagen wegen Geräuschen nur zu gut kannte. Umso stiller versuchte er sein Bestes.

Kittys Füße zappelten, erstarrten dann wie zwei Uhrpendel, und endlich heulte sie einen atemberaubend langen Orgasmus ins Kopfkissen.

Bremsend zog er aus ihr heraus. Mit den Armen umkränzte Marina ihn, turtelte und bog sich zufrieden.

„He, Schlumpfine", schellte sie an den Handfesseln und versuchte die geplättete Bloggerin umzudrehen, „hier gibt's noch ein bisschen Irdisches zu tun."

Trunken gelang es dieser, sich in einen falschen Lotussitz aufzurichten. „Seh ich wie eine Nein-Sagerin aus?"

„Nein", half ihr Marina aus dem zerwühlten Bett und gestikulierte Adrian, sich noch einmal vorne aufzupflanzen. „Darum begibst du dich nun freundlicherweise runter für eine letzte, kleine Runde Schwanzlutschen."

Selber stellte sie sich eng an seine Seite, als die o-lippige

Kniende ihn mit unübertreffbarem Schlafzimmerblick in sich hebelte, um gleichsam vor und zurück zu nicken. Doch Marina schob diese bis zum Kehlkopf in den langen Stiel, so dass ihr mehrfach hustend Speichel hochrasselte.

Die allzu tiefe Umschmeichelung drohte auch Adrian den Verstand zu verjuxen, zumal seine übererregte Freundin nebenbei mit ihm herumschmatzte. Ihre Ritze aber schlurrte sie an seinem Oberschenkel rauf und runter.

„Genieße es, mein Schatz. Lass dir deine vollen Sahne-Eier aussaugen und spritz ihr alles in den Hals. Spritz jetzt für mich, spritz!"

Die aufgestauten Gefühle lösten sich, durchschauerten ihn und schossen hinaus. Weil Kitty allerdings nicht einfach nur schlucken sollte, wurde sie weiter von Marina brachial reingedrückt.

Ungebeten grell verwandelte sich in ihrem Geist die Hingekauerte zu einer Schwester der Maria Magdalena, der sie beide scharfen Brustnägel herausziehen musste und in die schwach schützende Hüftbutter stach. Kirschrot schlängelte sich das Blut.

So gewaltig fühlte sich die ritzeschleifende Epileptikerin hierauf in ihre persönliche Befreiung erhoben, dass sie taumelte. Gerade diejenige, die sie so lange getriezt hatte, bot ihr nun von unten eine Stütze. Dennoch wäre auch diese weggesunken, weil sie selber schon zu sehr in Ermüdung versumpft war, wenn nicht vor allem Adrian seine Liebste gehalten hätte. Wie an einen festen Pfeiler gelehnt stöhnte sie sich an ihm aus.

Zu guter Letzt entriegelte sie die Handschellen.

„Das war göttlich", hickste die deutsche Liebesabenteuerin, sammelte ihre maschengerissenen Strümpfe ein und putzte sich damit das Kinn ab: „Geschaffen, um vermüllt zu werden."

„Lass besser dein Auto stehen", riet Marina. Nach ihrem fantastischen Gewaltrausch verspürte sie regelrecht Dankbarkeit, dass alle heil waren. „Adrian fährt dich gerne nach Hause, nicht?"

„Sicher. Ich spring nur noch unter die Dusche. Möchtet ihr auch?"

„Nö", kramte die gepiercte Berlinerin nach ihrem schwarzen Lederrock. Wenn überhaupt, dann würde sie morgen später das Café besuchen. „Mir ist's schnuppe."

Marina, die auf seine Rückkehr warten und in der Früh duschen wollte, ließ sich noch von ihr auf die Wange ein spermariechendes Abschiedsküsschen geben. Durch das aufreibende Hin-und-her-Wechseln war überdies Adrians Bettseite verschmuddelt. Obwohl nüchterne Laken griffbereit lagen, entschied Marina, dass sie lieber wie ein Dreckspatz hineinschlüpfen sollte.

Sie hätte gerne auch noch zwei-, dreimal kommen können, noch so viele Male. Wie hieß Kitty eigentlich richtig? Ach, sie war ersetzbar, nicht anders als all die Millionen, die speziell sein wollten. Marina besaß hier am Puls Europas ihren erträumten Partner, sie besaß Wohlstand, sie würde nie mehr in der Ödnis gefangen sein und sich stattdessen amüsieren bis zum Umfallen. So sehr alles darauf hindeutete, dass sie noch wachliegen würde, schmolz sie doch bleiern unter orangewarmen Gedanken in den Schlaf.

Klar wie mit Bleichmittel gewaschen stand morgens die Welt vor ihr, und sie verabschiedete sich eilends in das Café. Die Leute brachen massenhaft herein und bestellten dampfenden Tee, Baguette, Kuchen, Likör. Dabei wurde Marinas eigener Mund immer trockener, obwohl sie hastig kaltes Wasser trank. Sie verzettelte sich in den Bestellungen. Alles drehte sich, alles quasselte. Ihre Kollegin fragte sie noch: „Geht's dir nicht gut?"

„Doch, doch."

Dann spürte sie unter dem eng beladenen Tablett ihre Arme und Beine wegfliegen. Der dumpf aufschlagende Hüft- wie auch Schädelknochen, die klirrenden Schreie, davon hörte sie nichts mehr.

4. Kapitel

*W*enn es wahr sein sollte, dass diese mochmoder-
nisierte Bruchbude mit den drolligen Plapper-
schwestern die Berliner Charité war, dann grenzte der
weltberühmte Ruf an eine Lüge, und es sollte wahr sein.
Marina setzte sich in dem stinklangweiligen Kranken-
hausbett auf.

Neben ihrem betroffen dreinblickenden Partner stand
die eher hibbelige Cafébesitzerin, Selma, die während der
längeren Ohnmacht auch den Notarzt gerufen hatte. Eine
Entschuldigung von ihm wegen des Unfalls beziehungsweise der verheimlichten Epilepsie hatte sie gleich ab-
getan. Stattdessen packte sie selbstgekochte Calamares
mit grünem Salat aus, weil die matschige Hausmanns-
kost auf Station noch als behandlungsbedürftig galt und
sogar die 80-jährige Zimmernachbarin zum Asia-Imbiss
gekrückt war. Doch der benommenen Portugiesin wurde
bei dem fritierten Tintenfischgeruch so speiübel, dass
er wieder verschwinden musste, auch wenn es eine nette
Geste blieb. Viel mehr noch als physisch fühlte sie sich
psychisch wie geprügelt.

„Ich kann dir nur meine Bewunderung und mein Be-
dauern versichern, dass du die Arbeit so lange gemacht
hast. Aber bestimmt gibt es noch andere Tätigkeiten",

brachte Selma vor, „bessere Tätigkeiten, die trotz dieser Krankheit für dich geeignet sind."

„Ich bin nicht krank. Brauche ich etwa Antibiotika?"

In diesem Moment kam der teils indisch und teils arabisch aussehende Arzt herein, der einen dünnen Bart mit stellenweise grauen Härchen trug, obwohl sein Gesicht noch fast jung wirkte. Er grüßte mit einem klar akzentuierten und doch weichen Deutsch, als wäre gegenüber der Patientin besondere Schonung oder Vorsicht geboten. Im Gegenzug befleißigte sich Selma zu gehen: „Alles, alles Gute. Adieu."

Der orientalische Mediziner trat etwas näher ans Bett. „Wie geht es Ihnen, Frau Puripolu?", fragte er formelhaft wie schon bei Marinas Aufwachen.

„Besser. Wann kann ich nach Hause?"

„Wir müssen noch ein MRT machen."

„Entschuldigen Sie, ich bin schon unzählige Male in meinem Leben gestürzt, aber so viel weiß ich, dass bisher null Untersuchungen nötig waren. Darin hab ich Routine."

Adrian blieb schweigsam und hätte nicht sagen können, inwieweit das Lächeln des Doktors gezwungen war. Dessen Erwiderung fiel eindeutiger aus: „Dann muss ich Sie auch sicher nicht daran erinnern, dass Epilepsie eine ernst zu nehmende Sache ist, die medizinische Betreuung und eine möglichst stressfreie Lebensweise verlangt."

„Sicher nicht, nein. Darf ich jetzt nach Hause?"

„Darf ich Sie hier festketten? Ich muss trotzdem noch

einen Arztbericht schreiben und gebe Ihnen eine Über-
weisung zum Neurologen mit."

Daheim frachtete sich Marina auf der Couch so viele
Kissen in den Nacken, dass sie eher unbequem saß als
lag. Adrian fragte sie vom Sessel aus: „Wirst du zu einem
Nervenarzt gehen?"

„Ich denke nicht."

„Mina …", beugte er sich vor.

„Versuche nicht, mich zu überreden."

„Mina, ich bin selber einmal zu einem Arzt für Psychiatrie und Neurologie in Behandlung gegangen."

Die Überraschung in ihrem noch verspülten Blick ließ
nicht auf sich warten. „Wann war das?"

„Damals, als meine Schwester an Drogen gestorben
war und ich den Kontakt zu meinen Eltern abbrach.
Sogar eine Tagesklinik habe ich besucht."

„Wie muss ich mir eine Tagesklinik vorstellen?"

„Man geht jeden Morgen hin, nimmt an Gruppenan-
wendungen teil und geht jeden Nachmittag wieder nach
Hause", maß er eine Handbewegung ab, als würfe er
rückwärts einen abgelederten Baseball gegen die Wand.

„Und hat das irgendwas gebracht?"

„Na ja, nach fünf Wochen wusste ich, dass ich Veranstalter werden wollte."

„Mich würde das fertigmachen", löste Marina ihr Kis-
senbataillon auf und setzte sich an die Rücklehne. „Dafür bin ich nicht nach Deutschland gekommen."

„Du brauchst doch nicht unbedingt eine Tagesklinik

besuchen, und du brauchst dich auch auf keinen Fall einer Operation unterziehen", kam er zu ihr herüber. „Lass uns einfach mal bei diesem Arzt vorbeischauen."

Sie beugte sich und gab ihr Einverständnis.

Als Adrian für sie anrief, wollte ihm die Sprechstundenhilfe allerdings mit ganz hohnfreier Stimme in 27 Wochen einen Termin geben. Dass seine Partnerin nun amtlich als nervenleidend und arbeitslos galt, schien ärgerlicherweise nichts zu bedeuten. Erst die läppische Erwähnung der privaten Krankenversicherung strich die Wartezeit auf drei Wochen zusammen.

Er grämte sich zugleich, dass Marina die Wohnung nur noch selten verließ und wie ein domestiziertes Tier vor sich hin lebte. Als einzige Entdeckung äußerte sie, dass die erotischen Schilderungen in dem Blog mit veränderten Namen offensichtlich auf Tatsachen beruhten.

Sowie Adrian für den nächsten Ausflug seine Tochter abgeholt hatte, fragte er sie im lästigen Ampelverkehr: „Wie kommst du mit Wenedikt zurecht, wenn er bei euch ist?"

„Mit Marina würde ich mich sicher nicht schlechter verstehen", erwiderte sie schnörkellos.

Er sah das Rot auf Grün wechseln und bog nochmals nach Charlottenburg ab. Dementsprechend verwundert war die geknickte Südländerin, als die beiden vor der Wohnungstür standen.

„Wir wollen ins Museum, wo's ruhig ist", erklärte Filomena. „Hast du Lust, mitzukommen?"

Alles freundliche Zureden ihres Partners hätte Marina

ausdiskutiert. Doch dem ziemlich introvertierten Mädchen, dessen Gunst ihr nicht unwichtig war, antwortete sie schlicht: „Ja, okay."

Nie zuvor war sie durch ein Museum geschritten, und die mild echoende Galerie wirkte tatsächlich wohltuend, fast rehabilitierend. Vielleicht weil dies im Hinblick auf ein paar Kirchner'sche Bilder fragwürdiger schien, die doch bei aller schwungvollen Exotik an zementierender Zivilisationsblässe kränkelten, bemerkte Filomena nebenbei: „Ich geh in die Tanzschule."

„Ach ja?"

„Ja, nur stellen sich die Jungs leider etwas trantütig und noch unbeholfener an als ich", offenbarte sie, während ihr Vater bei einem benachbarten Gemälde weilte. „Wir müssen sogar Fado tanzen."

Marino erwog nicht, ob das in schmeichlerischer Absicht gesagt war, sondern spöttelte ganz unpatriotisch: „Fado *ist* trantütig. Mein Beileid, aber ehrlich, hasst euch die Tanzlehrerin? Fado ist verdurstender Tango, ist ein alter Rebstock, zu dem man sich immer nur hinsehnt oder zurückkriecht."

Filomena zollte ihr ein versonnenes Schmunzeln. Unversehens kam eine gemischte Gruppe jugendlicher Erwachsener herein, die zwar nicht sehr auffällig aussahen, aber alle aus problematischen Verhältnissen stammten und von niemand anderem betreut wurden als von Desiree.

Am allerwenigsten schien sie selber über die Begegnung erfreut, obwohl eine Sozialarbeiterin an dieser stil-

121

len Kulturstätte schlecht eine Szene machen konnte. Marina ärgerte sich, dass sie nicht in der Wohnung geblieben war. Lediglich Adrian grüßte aufrecht seine Ex-Frau, die halb zu ihm herüberkam, und äußerte ein fast naiv provozierendes Erstaunen: „Ich wusste gar nicht, dass du mit diesen Leuten auch an solche Orte gehst."

„Warum nicht?", zischelte sie. „Du hast doch deinen Integrationsfall auch einfach mitgebracht. Das gibt noch ein Nachspiel."

Ihrer angestrengten Mundpartie nach zu urteilen war Filomena das alles peinlich bis zum Ekel.

Später hörte Marina durch die geschlossene Tür des Arbeitszimmers, wie Adrian telefonisch mit deren Mutter stritt: „Es hat nie einen richterlichen Beschluss gegeben und geben können, der es meiner neuen Lebensgefährtin beziehungsweise Freundin verbietet, sich Filomena zu nähern … Im Gegenteil, wenn du Wenedikt mit einbeziehst, dann schaffe ich nur Gerechtigkeit für Marina … Hast du sie denn gefragt? Filomena hat nichts, gar nichts dagegen gehabt … Hör doch auf, Mensch, als könnte sie nicht selber entscheiden, was sich mittelfristig gut und was sich schlecht für sie anfühlt … In Wahrheit ist nur deine dämliche Eifersucht so krankhaft angeschwollen, dass du jetzt schon Angst hast, deine Tochter könne eine andere Frau mögen. Mal sehen, wie lange sich Wenedikt gängeln lässt, tschüss!"

Als neben den abgasgetrübten Fassaden die Veilchen zu leuchten begannen, besuchte Marina mit Adrian zusammen die Praxis des Neurologen. An einem eichengrauen Schreibtisch saß sie vorsichtig einem bejahrten Mann gegenüber, der sich in seiner Unscheinbarkeit kaum überbieten ließ: Er war weder groß noch klein, weder dunkel noch heiter, schien wie eine deutsche Brotspezialität fortschrittlich geknetet für alles und nichts.

Freundlich hatte er das Pärchen begrüßt und ließ sich von Adrian als seinem einstmaligen Patienten schildern, wie dieser in Portugal Marina kennengelernt habe, die aufgrund ihrer Krampfanfälle jedoch hierzulande von vielem ausgeschlossen sei. Sie selber sprach daraufhin von ihrer gescheiterten Caféanstellung.

„Es gibt viele verschiedene Epilepsieformen", unterstrich der Arzt. „Bei tonisch-klonischen Anfällen sekundärer Generalisierung, wie Sie dies beschreiben, kündigen sich die Symptome in einer bestimmten Hirnregion an und führen großflächig zu einer explosionsartigen Überreaktion von Neuronengruppen mit vorübergehender Bewusstlosigkeit. Aber durch Medikamente können wir das inzwischen recht gut kontrollieren."

„Was heißt das: durch Medikamente kontrollieren? Was für Medikamente?", hakte Marina nach.

„Sogenannte Antikonvulsiva, die sich im Wesentlichen zu den Psychopharmaka rechnen lassen."

Sie wertete es als Schmach, wenn sie lebenslänglich solche Pillen schlucken musste. Eigentlich wollte das auch Adrian nicht, weil der Verdacht in ihm schwärte, dass sich unter der Bezeichnung „Psychopharmaka" oft Drogen versteckten. Doch schließlich beschwichtigte er sich damit, dass dies altbackene Vorurteile seien. Wie durfte man eine Besserung erwarten, wenn man alles ablehnte?

„Bewährt hat sich in neuerer Zeit das Präparat Neurontin. Bei einigen Patienten lassen sich die Symptome dadurch so weit reduzieren, dass sie ein normales Leben führen können."

Marinas Herz weitete sich in einem Sonnenblick. Dennoch drängte es Adrian zu fragen: „Gibt es keine Nebenwirkungen?"

„Es kann zu Mundtrockenheit, Müdigkeitszuständen, einer Gewichtszunahme oder Kopfschmerzen kommen. Für gewöhnlich bessern sich diese Beschwerden nach ein, zwei Wochen von selbst, nötigenfalls aber durch eine Regulierung der Dosis. Rufen Sie mich an."

Nach der allerersten Einnahme musste sich gleich wieder ins Bett kriechen, schlief noch mal ein und schien sich dann zu erholen. Doch in der folgenden Woche quälte sie sich mit Schwindel, Augenzittern, Stimmungsschwankungen und abnormem Durstgefühl, als wären ihr nun pausenlos Anfälle beschert. Am sechsten und siebten Tag steigerte sich schrecklich ihr Appetit, am achten kotzte sie die Kloschüssel voll.

„K-k-können wir inzwischen recht gut kontrollieren", schmierte sie sich die hohntriefende Lippe ab, „die ach so verantwortungsbewussten Ärzte. Macht etwas Mundtrockenheit und Müdigkeitszustände, jaja. Vielleicht will auch er mal ein bisschen daran krepieren?"

Adrian rief den Mediziner an und erhielt die Verordnung für eine geringere Dosis, worauf sich das Martyrium änderte: Jetzt aß Marina nur noch Miniportionen, schlug sich mit immer zermürbenderer Schlaflosigkeit herum und entwickelte einen glühenden Menschenhass. Nach 14 Tagen und einem versäumten Termin setzte sie das Medikament eigenmächtig ab.

„Nie, nie wieder gehe ich mit dir oder ohne dich zu so einer überdressierten Null von Doktorarschloch!"

„Marina", versuchte ihr Liebster sie mit tiefem Mitleid zu besänftigen, „er meint, dass du in diesem Fall eine Unverträglichkeit auf das Präparat hast und ein anderes …"

Doch das wilde Naturkind in ihr schnitt ihm das Wort ab: „Meinetwegen könnt ihr veränderungssüchtigen Stadtmenschen euch narren lassen bis zum Weltende, aber ich fasse garantiert kein zweites Mal auf eine heiße Herdplatte, wie auch immer sie funktionieren mag. Ich bin doch keine Vollidiotin wie ihr oder dieser schulmedizinisch schwafelnde Scharlatan!"

Adrian geduldete sich, bis das toxische Chaos in ihrem Blut ganz allmählich abflachte, und versicherte ihr dann: „Dass du so denkst, verstehe ich natürlich, Mina. Ich kenne noch eine Psychotherapeutin."

Sie sah ihn an, als ticke er nicht mehr richtig.

„Das bedeutet, sie therapiert als *Psychologin, nicht* als Psychiaterin", pochte er auf Unterscheidung. „Sie hat weder ein medizinisches noch ein pharmakologisches Studium und somit keinerlei Befugnis über ein chemisches Arsenal. Betrachte sie als Geistes- oder Sozialwissenschaftlerin, vor allem aber als Mensch. Ich bin mit ihr zusammen zur Schule gegangen. Was spricht dagegen, wenn du außer mir noch jemanden hast, der dir einfach nur zuhört und vielleicht einen Rat erteilen kann?"

Knirschend gab sie nach.

Die Psychotherapeutin, Jelina, empfing ihre Patienten und Patientinnen im unteren Stock einer gemieteten Villa, während sie den oberen bewohnte. Unvergesslich steckten zur Studentenzeit allabendlich ihre Klamotten voll mit strammem Pommes- und Currywurstgeruch, so dass diese schier auch alleine in der Imbissbude hätten stehen, nur leider nicht den Nebenjob verrichten können. Seitdem liebte Jelina dunkelrote Granatäpfel und frische Orangen. Sie hatte bei einer schlank gebliebenen Figur weitgeschnittene helle Damenhosen an, einen weizengoldenen Kurzhaarschnitt mit allerdings langsträhnigem Seitenscheitel und vertrauenerweckende Augenfältchen hinter einer klaren Brille.

Auf einem etwas schräg gestellten Stuhl ohne Tisch dazwischen verharrte Marina ihr gegenüber in Schweigen. Umso mehr provozierte es sie, als die Psychotherapeutin irgendetwas auf ein weißes Klemmbrett schnörkelte, fragte sie deshalb: „Fühlen Sie sich denn nicht unbehaglich?"

„Ob ich mich unbehaglich fühle?"

„Ja, oder ist Ihnen etwa nicht aufgefallen, dass wir seit einer Viertelstunde kein Wort reden?"

„Doch, ich habe Notiz davon genommen. Manchmal ist die Gesprächstherapie still."

„Mein Freund, Adrian, hat Ihnen aber gesagt, weshalb ich hier mit Ihnen rumhocken soll?"

„Ich habe von ihm erfahren, dass Sie an Epilepsie leiden, und weiß, dass heute Dienstag ist."

„Verarschen lassen kann ich mich auch woanders", raunzte Marina.

„Ich verarsche Sie nicht. Ganz im Ernst, für mich sind unsere Krankheitsbegriffe eben ein provisorischer Behelf wie der Kalender, den wir raster- und musterhaft erfunden haben. Ich versuche einfach die Probleme der Menschen zu behandeln."

„Ich habe Probleme."

„Gut, ich spitze die Ohren."

Daraufhin spulte Marina ihr Dilemma als liebesgierige Tochter eines alkoholkranken Fischers herunter, die in Berlin aufgrund ihrer nervlichen Störung nur schlecht zurechtkam. Sie erwähnte auch noch eine bevorstehende Frühlings- und Open-Air-Veranstaltung von Adrian, die sie wieder nicht besuchen könne.

„Wie gut kennen Sie ihn eigentlich?"

Jelina schraubte ihren fast messingfarbenen Füllfederhalter zu. „Ich hatte meine ersten sexuellen Erfahrungen mit ihm."

„Was?!"

„Aber ich bin lesbisch", beeilte sie sich zu erklären. Ihre Mutter hatte naiverweise gehofft, dass Jelina noch davon geheilt würde, wogegen sie persönlich es bald als einen wesentlichen Teil ihres Ichs akzeptierte. Vor Adrians Portugalurlaub war ihre zweite tiefere Beziehung

127

zu einer Frau zerbrochen, wodurch ihr Leidensdruck so groß wurde, dass sie sich beinahe selber in Therapie begeben hätte. Doch wozu therapierte sie andere, wenn nicht auch für sich selbst? „Ich sage das gleich von mir aus, weil danach einige Patientinnen nicht mehr kommen. Möchten Sie einen weiteren Termin?"

„Ich", stand Marina auf, „ich überlege es mir."

Die Wochen verstrichen, und sie schien sich doch irgendwie auch ohne fremde Hilfe arrangieren zu können. Als immer kürzere, lauwarme Stadtnächte blühten, verriet ihr nicht zuletzt das Ausbleiben der Periode, dass sie schwanger war.

Die Übelkeit, die sie hierdurch verspürte, war gemessen an den Vergiftungserscheinungen geradezu erträglich. So sehr sich Adrian auch freute, beklemmten ihn doch schwarze Gedanken angesichts der Beeinträchtigungen und möglichen Vererblichkeit der Epilepsie.

Immerhin schnappte er endgültig Marinas Hand, nachdem er sie gebeten hatte: „Zieh dir etwas recht Hübsches an."

„Wohin gehen wir denn?", fragte sie im eiligen Spazierschritt auf dem Bürgersteig.

„Siehst du dieses Gebäude? Das ist das Standesamt. Ich war so frei, es auch noch hier mit einem Termin zu versuchen. Ja oder nein?"

„Ja", lachte sie, „ja!"

Heraus kam sie mit einem kostbaren Ring als Frau Puripolu-Schwenckfeld.

Der wankelmütige Sommer mit seinen Berlintouristen aus aller Welt reifte zwar nicht so weit heran, dass er die salzige Glut der Algarve ausschwitzte, bräunte aber manchen Rücken in einem luftigen Kleid. Eva hatte sich von dem frischvermählten Paar ins Restaurant einladen lassen und aß mit den beiden abends auf einem unüberdachten Platz marokkanischen Salat.

In einem normalbürgerlichen Beruf hätte sie mehr Geld verdient. An manchen Tagen, wenn alles still um sie herum war, schaffte es die Sängerin stundenlang nicht, das Bett zu verlassen. Nichtsdestoweniger fand sie zur Schwangerschaft nur beglückwünschende Worte.

„Ein Kind gibt einem doch fast immer Halt, weil man ihm Halt geben muss, oder nicht? Adrian hat mir noch vorletztes Jahr gesagt", schaute sie von ihm zu seiner Angetrauten, „dass er nichts gegen ein weiteres gehabt hätte. Und wenn nun die Frau so schön ist, und der Mann so schön, dann darf der Versuch eben nicht ausbleiben."

Marina lächelte, doch insgeheim störte und verwundete sie sich an deren Vertrautheit mit Adrian. Kurz darauf trudelten zwei Kerle und eine amerikanisierte Japanerin mit Baseballmütze vorüber, wobei einer von ihnen noch posaunte: „Richtig tolles Schmachtwetter, findet ihr nicht? Hallo, Ivy!"

Sie mimte ein Hallo zurück.

„Ein Fan?", zweifelte Adrian.

„Nein, das heißt ja", errötete sie, „ich hab mich mal mit ihm eine Nacht lang rumgedreht."

Plötzlich sah sich Marina wieder hinter dem angerosteten Snackautomaten auf dem Bahnsteig kauern, wo sie schändlich Hilfe von ihr angenommen hatte, der so lieben und reizenden Feindin. Ohne dass sie sich dagegen wehren konnte, strömte gleichsam durch eine krähende Schleuse die Vorstellung, einen Dreier mit ihr einzufädeln.

Am nächsten Morgen rief sie umgehend ihre Psychotherapeutin an.

Endlich, stöhnte diese innerlich.

5. Kapitel

*J*elina beobachtete in täuschend gelassener Sitzhal-
tung, wie die schmollende Portugiesin mit der beringten Hand an ihrem Hals kratzte, und erkundigte
sich: „Kann es sein, dass Sie noch frustrierter sind als
bei unserem ersten Gespräch? Ist irgendetwas Besonderes vorgefallen?"

„Ich habe geheiratet. Und bin schwanger."

„Ach." Jelina rügte sich endgültig dafür, dass sie enttäuscht war. „Das dürfte doch ein Grund zur Freude
sein."

„Ja, wenn ich nicht so eifersüchtig wäre."

„Sie sind eifersüchtig? Auf die Heirat hin?"

„Erstens scheint Adrian mich als Folge der Schwangerschaft oder nur aus Mitleid geheiratet zu haben. Zwei-
tens aber sind durch eine Ehe überhaupt erst außer-
eheliche Affären möglich."

„An eine solche Logik hab ich nicht gedacht."

„Sehen Sie", bekräftigte Marina, streckte ihr glattschim-
merndes Schienbein links nach vorne und behielt den
rechten Fuß am Boden. „Adrian findet es toll, dass ich
wegen seiner hübschen Konzerte nicht rumzicke wie
seine kontrollsüchtige Ex. Dabei muss ich mich ständig
fragen, was er dort so alles macht, und bin um nichts

als einen Dreck besser. Ich habe ihm eine Frau für einen Dreier verschafft und will ihm wieder eine verschaffen."

„In Algebra zählte ich nie zu den Einfallsreichsten", furchte die kornblonde Lesbierin herumrutschend die Stirn. „Schritt für Schritt, bitte."

„Wenn ich ihm dann und wann eine Schlunze besorge, sucht er sich doch keine selbst und denkt, dass er es nirgends so gut hat wie bei mir, ganz einfach. Kennen Sie Ivy Greeham beziehungsweise Eva Günther?"

„Die Sängerin? Ja, ich bin zwar nicht mit ihr befreundet, aber bekannt."

„Finden Sie es nicht auch unglaublich, dass Adrian und Eva noch nie was miteinander hatten? Halten Sie das nicht auch für überfällig?"

Jelina behandelte Patienten mit sogenannten Zwangsneurosen, Manien, Depressionen, Burn-out, Borderline, sogar schizophrenen oder in der neueren Fachsprache lieber als psychotisch betitelten Erscheinungen, und selten war sie um eine Antwort verlegen gewesen. Doch nun schwamm sie und haschte nach einem bodennahen Ast, zumal der Gedanke sie mit sich fortzog, dass Marina weibliche Intimität offenbar nicht scheute.

„Dieser verspäteten Hippie-Tochter gegenüber zwickt es mich am schlimmsten", stand sie weiterredend auf, um in einem schmalen Radius hin und her zu gehen. „Ich weiß nur nicht, ob ich damit wirklich vor einer Gefahr impfe oder sie erst wie süßes Gift heraufbeschwöre. Irgendwas Unvernünftiges peitscht mich an."

„Da könnten Sie recht haben. Wonach ich Sie aber schon das letzte Mal fragen wollte, das sind Ihre geschliffenen Deutschkenntnisse. Woher können Sie unsere Sprache nur so perfekt?"

Marina erzählte von ihrer deutschen Großmutter und den stiefmütterlich am Strand zurückgelassenen Büchern. „Haben Sie mal Rilkes Kleinod über den eingesperrten Panther gelesen? Das wehte mich immer so ominös an, dass ich fast geheult hätte. Die meisten Bücher aber – entschuldigen Sie den Ausdruck – wurden schlicht liegen gelassen wie nach einem Fick."

Baumelnd, als hätte sich Draht von einem tiefen Mast gelöst, nahm sie wieder Platz. „Ich war so naiv zu denken, dass einem Menschen mit nicht vollständig zerfetzter Erinnerung ein Neuanfang möglich ist. Wenn ich doch nur eine angemessene gesellschaftliche Aufgabe hätte, dann könnte ich vielleicht über mein Ressentiment hinwegsehen!"

„Warum werden Sie nicht Lektorin?"

Marina vergaß einen Augenblick lang zu blinzeln. „Ich werde 33 Jahre alt und muss erst mal die Schwangerschaft überstehen. Wie soll ich auf einer proppenvollen Uni zurechtkommen?"

„Dazu müssen Sie nicht auf die Uni. Sie können ein Fernstudium über den Computer machen."

„Mit meinen Anfällen?"

„Wenn Sie nach jeder Stunde eine Pause einlegen und sich einfach ein bis zwei Jahre mehr Zeit lassen, dann traue ich Ihnen das absolut zu. Die ganze Sache ist zwar einsamer als das gewöhnliche Studentenleben, aber noch freier und selbstständiger."

„Feier und selbstständiger", sinnierte Marina. „Wie melde ich mich dafür an?"

Ich muss ihr helfen, ich will ihr helfen, dachte Jelina und versprach der maronenbrünetten Wahl-Berlinerin alle Unterstützung. Sie ist so kompliziert und verdammt attraktiv.

Bevor ihr die schon halb verliebte Therapeutin die Tür öffnete, richtete sie es so ein, dass sich ein möglichst enger Winkel zwischen ihnen bildete. Dankend streifte Marina mit ihrem langsam noch volleren Busen deren Oberarm, aber nur deshalb, weil sie in Gedanken schon wieder etwas anderes abtastete und formulierte.

Draußen ließ sie eine Mitteilung an Eva schwirren.

Unter dem breiten Dachfenster ihres Zimmers, durch das nur flatternde Tauben und der zitronenrosige Sonnenschein hereinschielten, bediente auch Filomena ungeduldig ihr Smartphone. Wie in hoffnungsloser Tuchfühlung spreizte sich ein Schulbuch neben ihrem aufgeklappten Notebook, denn auf dem ganzen Rest des schräg platzierten Schreibtischs standen Red-Bull-Dosen. Der Aufdruck ihres T-Shirts, der wie eine geworfene Designerkralle voll antrocknenden Betons aussah, hob sich leicht über ihren erst knospenden Brüstchen. Doch ihre Beine und der schon rasierte Schlitz waren splitternackt.

Ihr Smartphone befingerte Filomena deswegen ungeduldig, weil sie sich nur in einem taubstummen Instantgespräch mit einer Schulfreundin sah. Allerdings nahm diese Fetzenliteratur zuletzt noch eine interessantere Wendung.

„Meiner Schwester hat nämlich ihr erstes Mal den Geburtstag versaut", bemerkte die Klassenkameradin.

„Olá, sie ist schon 16 geworden, oder? Fand sie's trotzdem überstürzt?"

„Na ja, sie meint, es war voll pornomäßig."

„Hat sie denn schon Pornos geschaut?"

„Nee, natürlich nicht. Welches Mädchen glotzt bitte schön Pornos?"

„Dann kann sie's doch auch nicht wissen", motzte Filomena zurück.

„Sie stellt es sich halt so vor. Ich muss jetzt noch Mathe lernen."

Prüfend hob sie ihre Dosengalerie wie Miniatur-Litfasssäulen an, schmiss diejenigen in den herzbemalten Papierkorb, die hohl entjungfert waren, und ließ eine noch volle zischen. Dann verstieß sie das Lernmaterial und legte ihre schmächtigen Waden beidseitig neben den Computer, wo das vulgäre Knallbonbon eines Pornoclips wartete. Sie klickte auf die Lautstärkeregelung des maskulin-femininen Gegeneinanderstöhnens.

Mit dem Mittelfinger betastete sie daraufhin ihre Klitoris, die wund wie eine Kaktusblüte prangte. Dementsprechend autschte sie unbelehrbar: „Tss, das Leben sollte Tango sein", zog aus einer Schublade unparfümiertes Mandelöl und träufelte es drauf. Zurückgelümmelt begann sie in ihrem Drehstuhl zu masturbieren.

Doch wann hätte sie mal wirklich aufgehört? Entweder sie war trotz ihres blutjung brodelnden Appetits schon derart übersättigt und abgestumpft, dass sich der Zündfunke kaum noch übertrug, oder die Szene bediente wieder zu rüde den männlichen Geschmack. Jedenfalls kämmte sich die Teenagerin einhändig weiter durch das schier endlose Überangebot.

Als der Himmel bereits lilablau ihr Zimmer tönte, splittete sie die große Bildschirmanzeige, um sich gleich mit vier auserwählten Szenen auf einmal zudröhnen zu können. Ihre Pupillen sogen sich voll, und gleichzeitig schien sie sich an ihren eigenen Beinen zu berauschen, die alle Augustwärme verschluckten wie Milch einen Tropfen Kaffee. Sie umrahmte damit das Notebook, als möchte sie die Darstellerinnen ausstechen und die Männer an sich raffen. Endlich quoll und dunste auch ihre geriebene Feige.

Sie beschnüffelte ihre Finger, schmauste an ihnen und zog das T-Shirt aus. Nachdem sie sich noch einmal mit Energy Drink gepuscht hatte, fasste Filomena ihr wunschfortpflanzendes Handy ins Auge, atmete hastiger und grapschte es sich.

Linkshändig filmte sie sich vom Bauchnabel abwärts. Dabei spitzte sie gelegentlich auf die glitschigen Männerstößel und zwirbelte ihre sehr enge, aber sich aufblätternde Vulva etwas nach oben. Sie eiferte, ja winselte und knurrte verfremdet: „Komm schon, komm schon, komm schon …" Aber es kam ihr nicht, so sportlich sie sich auch abmühte.

Ruckartig zog sie ihre edel anmutenden Fußspitzen auf den Boden und sprang – nicht ohne ihr Smartphone – aus dem Zimmer zur kleinen Toilette, deren Tür sie hinter sich anlehnte. Ihr klammheimlicher Narzissmus drängte sie offenkundig, sich sogar noch hierbei aufzunehmen.

Ungeschickterweise versuchte sie sich auf der Klobrille weiter selbstzubefriedigen, so dass ihr gischtklares Wasser überallhin abirrte. Bis zu Kosmetikartikeln und einem aufgehängten Handtuch ihrer Mutter spritzte es. „Scheiße", stockte Filomena.

Doch kurz darauf raste ein rotweißlicher Trotz über ihr Antlitz, sie schoss hoch und pisste alles zügellos voll. „Du lustfeindliche Gouvernante, du Harpyie, du Etepetete-Sau!", filmte sie blindlings vor sich hin. Sie stand in Pfützen der Entweihung und ihre triefenden Schamlippen wollten pulsieren.

Stattdessen musste sie schreckenerregend das Schnappen der Haustür hören. „Filomena, wir sind da, hallo!", rief ihre Mutter von unten.

Dort trug Wenedikt mit ihr Pappkisten herein, die er aufgrund seines lädierten Rückens maschinengerade absetzte. Noch einmal ging Desiree nach draußen zu ihrem Volvo, bevor sie die Wendeltreppe hochtingelte.

Wie sie es von früher gewohnt war, öffnete sie frontal das Kinderzimmer, hielt aber inne. Die bald 14-Jährige saß in ihrem grauscheckigen Shirt eng mit dem Schulbuch am Tisch. Ihre so nassen, nackten Beine waren aus diesem Winkel nicht zu sehen.

„Hallo, Mama."

Desiree schien zu überlegen, was nicht stimmte. „Du hast doch nicht vergessen, dass Wenedikt bei uns einzieht? Willst du ihm nicht hallo sagen?"

„Ich muss noch lernen."

„Aber fünf Minuten wirst du doch Zeit haben."

„Machen wir's so, dass ich in ein paar Minuten runterkomme, okay?"

„Na schön, auch wenn das wahrscheinlich 'ne Viertelstunde bedeutet", drehte sie sich zur Toilettentür, schürzte die Lippen und schaute nochmals ihre skulpturstarre Tochter an. „Das ist nicht gut für dich, weißt du. Vielleicht solltest du mal den Schreibtisch mehr an die andere Wand rücken. Du bist ganz rot von der Sonne."

Ohne die Türklinke herunterzudrücken, suchte sie aus irgendeinem Grund noch ihr Schlafzimmer auf, wo sie ab heute mit dem russischstämmigen Hünen liegen würde, und sicher nie mehr mit Filomenas Vater. Letztendlich tingelte sie wieder ins Erdgeschoss.

Filomena aber wühlte nach ihren Jeansshorts, die bei den scheppernden Dosen im Papierkorb gelandet waren, sauste zurück zur Toilette und wirbelte mit Rollen von Klopapier sowie Reinigungsmitteln.

Unten im Wohnzimmer packte Wenedikt seine teils goldenen Trophäen aus, bis er kniend die bronzene Olympiastatue in den Händen drehte. Wo war sein Platz wirklich?

Als sein mittlerweile verstorbener Vater nach dem Zusammenbruch der Sowjetunion wie viele andere in

Rostock die Arbeitsstelle auf der Neptun Werft verloren hatte, war die Familie nach Berlin gezogen. Hier verschaffte sich Wenedikt bald fauststarken Respekt in einer Jugendbande. Vielleicht war es nur dem rigiden Drill seines Diskustrainers zu verdanken, dass ihm ein höherer Bekanntheitsgrad bei der Polizei erspart blieb.

Weil er sich körperlich gut beim Computerspielen und -tüfteln entspannen konnte, wollte er außerdem Informatik studieren. Nur fiel sein Notendurchschnitt so mäßig aus, dass er auf einen hinteren Platz der Warteliste rutschte. Wie raketenschnell er aber aufrückte, als er Europameister wurde! Zugleich lag es an genau diesem Ehrgeiz, dass sein Studium endlos nebenherlief. Ja, er hatte es nie abgeschlossen, obwohl das Diplom nach seinem niederschmetternden Karriere- und auch damaligen Beziehungsende sein einziges Standbein gewesen wäre. In unschlagbarer Bestform war es geschehen, dass sich Wenedikt vor der geplanten zweiten Olympia-Teilnahme beim Training verletzte, und für die Weltmeisterschaft danach schaffte er nicht einmal mehr die Qualifikation. Beinahe wäre er sogar in eine schleichende Abhängigkeit von Schmerztabletten und Alkohol geraten, wovor ihn ein Rest an sozialen Kontakten noch bewahrt hatte. Pleite war er sowieso.

Wie verrostet legte er seine schimmernden Trophäen wieder in die Pappkiste zurück. „Es sind die falschen. Erster hätte ich werden müssen, immer. Alles andere sind nur Ziffern für die namenlosen Verlierer."

Desiree kniete sich zu ihm und streichelte seinen breiten, gebeugten Nacken. Als Mädchen war sie immer zaghaft gewesen. Was ihren Vater betraf, den als Polizist übrigens ihr nicht leicht abzuschreckender Bruder überflügeln sollte, so war ebenjenem bei einem Einsatz eine Messerklinge haarscharf an den Herzgefäßen vorbei in die Brust gerammt worden. Körperlich regenerierte er sich nach einer Operation relativ schnell, doch verfolgte ihn noch lange ein Trauma. Nicht genug, dass ihm nachts aufgrund von leuchtrot besudelten Traumbildern der Atem stockte, litt er überdies am Tag unter gewaltbedrängten Wahnvorstellungen. Selbst Desirees emanzipierte Mutter, die stets verlässlich in der Kita arbeitete, bekam infolgedessen Angst vor ihm.

Lediglich ihr älterer Bruder beharrte: „Unter diesen Umständen ist Papas Verhalten doch normal. Hauptsache, der Täter schmort lange hinter Gittern."

Diese geradezu römische Haltung spendete ihr Trost, auch wenn sie von der sogenannten Hauptsache nicht einzusehen vermochte, wie ihnen das helfen sollte. Trotz Hilfsprogrammen der Polizei besserte sich der starr huschende Blick ihres Vaters nur langsam, bis er zumindest wieder Schreibtischarbeit verrichten konnte, wo ihn nichts als ein labbriger Stoß von Formalitäten bedrohte.

Dafür hatte sich Desiree auch noch mit einer zu spät erkannten Legasthenie geplagt. Sie war durch das alles auf der Hauptschule gelandet, wechselte aber schon ein Jahr später in die angesehenere Mittelstufe. Erst hier machten die neckenden Annäherungsversuche einiger Jungs ihr bewusst, dass sie vielleicht ganz hübsch war.

Doch sie blieb zu schüchtern, um einen von ihnen ranzulassen. Leider interpretierten die unreifen Verführer dies als Ablehnung, und Desiree musste zuschauen, wie leichtfertigere Mädchen mit ihnen rumschmusten. Bis sie das Abitur nachgeholt hatte, gedieh zwar ihr Selbstbewusstsein, aber dadurch wurde erst recht ein wählerischer Zug an ihr sichtbar. Sofern sie sich für und mit einem Mann auszog, musste sie in ihm auch einen treuen Partner erschnuppern, was sich freilich nicht immer bewährte.

Desiree war nicht frigide. Dennoch wurde ihrer Meinung nach Sex mächtig überbewertet und vergoldet.

„Was zählt, ist etwas anderes, Wenja", tröstete sie den demontierten Diskusstar. „Einfach füreinander da zu sein."

In diesem Augenblick streunte wie erbittert Filomena hinzu, hieß ihn willkommen und verdünnisierte sich wieder nach oben.

Der Spätsommer ließ die regionalen Früchte platzen, als Marina mit Adrian in einem gedimmten Hotelapartment an zwei von drei alkoholfreien Cocktails nippte. Dezent wölbte sich über ihrem Bäuchlein ein nachtblaues Kleid, so dass sie auf natürliche und ungezwungene Weise, wenngleich kurzlebig ihr lange ersehntes Gewicht besaß. Unter ihnen blinkte das Lichtermeer von Berlin, und vor ihnen wie wachehaltend der Fernsehturm.

„Kommt sie denn nicht?", stelzte Marina vom Fenster weg. Sie hasste High Heels und zog sie einfach aus, basta.

Adrian, der dieses Zimmer nur wegen des exklusiven Ereignisses gebucht hatte, fühlte sich, als warteten sie auf ein Leuchtfeuer oder eine Sternschnuppe. Stets verkohlte sie in völliger Taubheit für fantastische Wünsche, war bekanntlich aber meteorologisch vorhersehbar. „Sie kommt."

Fantastischerweise klopfte es unmittelbar darauf mit soften Knöcheln an die Tür, und er öffnete. Frischer als an allen Morgen grüßte Eva in einem nektarinenfarbenen Kleid, das sich durch − insgeheim fast billigen − dunkelgrünen Halsschmuck und silberbläuliche Ohrstecker von ihrem Haar abgrenzte. Ihre vegane Handtasche wollte herunterfallen, doch in einem Sekundenbruchteil schnappte sie diese noch am Riemen.

„Hoppla, ich muss doch heute gar keine Performance geben, jedenfalls nicht wirklich", lächelte sie.

„Nein, heute herrschen nur Lust und Laune."

„Komm rein", schloss Marina die leichtschwingende Tür umso unbefangener, als die anderen zwei befangen wirkten. Zufällig wollte Adrian zuerst dasselbe Poloshirt anziehen, in dem er damals hell strahlend aus dem Taxi heraus ihr die Hand gereicht hatte, so dass sie ihm noch ein anderes geben musste. Jetzt streckte sie der liebenswürdigen Deutschen das dritte Cocktailglas hin und küsste diese mit einem vieldeutig erwiderten Lächeln südländisch auf die Wange. „Wenn ich ein Mann wäre, dann müsste ich entweder eisern sein oder mich einfach austoben, weil du sozusagen zum Hinschmelzen aussiehst."

te. Halb aufrecht wagte er somit den – unwirklichen, nein traumhaften – Vorstoß. Heißt rauschte das Erlebnis durch ihn, und er hatte es nur seiner portugiesischen Ehefrau zu verdanken, die vermeintlich in souveräner Pracht daneben stand.

Sie hob sein Kinn zu sich, während er Eva bumste, schnappte mit ihrem Mund nach seinem und sog aus ihm brünstig allen Speichel. Von einer klarsichtigeren Geistesebene aus bemerkte Marina zwar noch den verführerischen Niedergang ihres Urteilsvermögens, ließ sich aber gerne die lebenslange Furcht trüben, es könnte ihr vollständig wegknallen und sie buchstäblich verblödet zurücklassen. Überall auf ihrem licht- und schattenumspielten Körper perlte Schweiß, was Adrian höchst animierend fand. Allerdings zitterte sie auch ein bisschen wie am fauchenden Feuer einer Gletscherhöhle, an das sie näher rücken wollte.

Ach, wenn sie die goldig daliegende, seufzende Konkurrentin doch ungestraft zusammenschlagen dürfte! Stattdessen hob sie den Arm gleichsam weihend über Adrian und flötete mit der zahmsten Unverschämtheit: „Leck mir bitte meine Achselhöhle aus."

Er hielt in seiner ein- und ausgleitenden Bewegung inne, weil ihn die Frage beschäftigte, ob ihm vor Eva oder sich selber etwa seine Liebste unappetitlich vorkommen müsste. Dann setzte er seine Zunge auf die salzige Haut an ihren Rippen. Sie keuchte sterbenslüstern, und er fuhr langsam trinkend ihr Schweißbächlein nach oben.

Sowie er die blanke und duftbetünchte Stelle erreicht hatte, konnte Marina ein Kichern nicht unterdrücken. „Lasst euch", wiebelte sie an seinem Ohr und blickte auf Eva, die leise mit einstimmte, „lasst euch von mir nicht stören. Vögle sie ruhig weiter, Schatz."

Weil er die Epilepsiekranke mit einer so einmaligen Huldigung erhöht hatte, erlaubte sie sich nun auf niederer Ebene auch die körperliche Betrachtung, wie sein treuer Schwanz treulos dem Kuschelrockfötzchen frönte. Bis sie ihre eigene Stimme wie aus einem Überdruckventil schleichen hörte, die Adrian vertraulich und eben doch störend zuflüsterte: „Ssst, ich würde sie gerne piesacken. Wie Kitty damals … verstehst du? Spaßeshalber misshandeln. Aber irgendwas hält mich davon ab. Irgendwie", erregte sie sich an der ungeheuerlich intimen Pointe, „bin ich zu feige."

Weder konnte Eva entgehen, dass über sie getuschelt wurde, noch teilte er die ganze Meinung. Dabei erhoffte sich Marina eine Art Lizenz von ihm. „Du bist nicht feige", sagte er.

Entschuldigend wandte sie sich an die blondlockige Dritte: „Wir haben gerade über einen heikleren – vielleicht zu heiklen – Stellungswechsel beraten. Aber gibt es unter modernen erwachsenen Menschen überhaupt noch Tabus?"

Offenbar hatte für Eva die Frage eher einen rhetorischen Anstrich. „Sex jenseits der Missionarsstellung ist wohl immer ein wenig wie Zirkus", rollte sie sich hoch. „Ich schlage vor, wir fassen uns alle an den Schultern."

Wie die Nummer aber genau aussehen sollte, entschied letztlich Marina. Stehend in einem gleichschenkligen Triangel hoben die Frauen dicht an Adrian vorbei je eine Fußspitze auf den noch cocktailbestandenen Tisch hinter ihm. Doch selbst wenn er abwechselnd die Knie etwas beugte, war Eva einfach zu klein und nicht auf selber Lendenhöhe. Unwillkürlich suchte die ungeduldige Portugiesin deren hochhackigen Riemchenschuh, krabbelte ein Stückchen und hielt ihr diesen sogar noch wie eine hilfsbereite Lakaiin hin. Als die andere beteuerte, sie hätte ihn sich auch selber geholt, und dabei Adrians samengefüllte Bälle schaukelte, ärgerte sich Marina besonders über ihren Impuls.

Alle Bedenken hinsichtlich ihres Urteilsvermögens waren mittlerweile verschüttet und sollten erst später in ihrem bewussten Gedächtnis wieder angespült werden, aber sie wollte hier sicher nicht die liebe Mina sein. Sie wollte ihre geifernden Hunde aus dem Seelenkeller spazieren führen, bevor die Meute irgendwann noch so böse an der klirrenden Kette zöge, dass sie Amok lief. Warum zum Teufel verhielt sie sich also wie eine gute Freundin?

Sie reihte sich trotzig wieder in den Schulterschluss ein, kaum dass Evas schlankes Standbein unterbaut war. Fruchtig scharf hebelte und tunkte Adrian endlich mal in diese, mal in jene. Sein Stengel linderte etwas die widersprüchlichen Hintergedanken der Nervenzerfressenen, doch in den Intervallen heizten sie sich gnadenlos auf.

Ihr zuliebe versuchte er wiederum seinen Orgasmus hinauszuzögern, bis sie ihn leise schnaufen hörte: „Ich kann's nicht länger zurückhalten."

Schlagartig lenkte und zog sie die einseitig beschuhte Musikerin zu dem drapierten Bett. „Einmal geschwind nach hinten fallen lassen", federte Marina sie hinein, so dass diese allerdings nur von ihrem Po bis zu ihrem Haarschopf quer die kühlenden Bezüge eindrückte.

Gleichzeitig ließ sich Adrian an den Bettrand zitieren. Marina wollte, dass er nur eine einzige Spritzwoge verschoss, nicht die ganze Munition. Demgemäß nahm sie seine spannungsgeladene Rute in die Hand und rieb einmal, zweimal. Ein glasiger Lusttropfen fädelte sich vor Evas Augen auf ihren Schamhügel herab. Die dominante Südländerin strich ein drittes Mal. Geradezu flehentlich stöhnte Adrian auf, sonst passierte nichts wie in einem vollgelaufenen Uhrwerk. Und plötzlich löste sich ein stiller Schuss und sudelte ergötzlich die platt liegenden Brüste vor. Sogar einen Wangentupfer malte er, der Eva ausgesprochen gut stand.

Unterdessen vergrub Marina die Nägel ihrer weggezogenen Finger unnütz in den Handballen, da sich das schäumende Rohr erneut aufbäumte. Doch es würgte nur hilflos an der weiteren Sahne, und Adrian litt in diesen Sekunden mehr, als dass ihn der brenzlige Kitzel eben noch befriedigte.

Voll zärtlicher Erleichterung küsste dafür Marina vorsichtig die nachtropfende Lust ab. Ungleich gröber verrieb und verschmierte sie alles, was auf Eva gelandet war, die ihre Stirn furchte. Für den befreundeten Veranstalter sah es aus, als bemühe sie sich um Verständnis. Sie war konfessionslos, vertraute laut eigener Aussage jedoch unbestimmt auf eine höhere schöpferische Güte und meinte auflockernd: „Das nenne ich eine Salbung."

Marina flimmerte ihre nie anerkannte Stiefmutter durch den Kopf, die Hure ihres Vaters, die artige Hexe. Wenn die beiden fernsahen, war grundsätzlich der Farbkontrast zu grell eingestellt gewesen, was das trostlos herangediehene Mädchen auf Dauer doppelt und dreifach überreizt hätte. Aber ähnlich verfremdet bildete sich nun das wolkennahe Berliner Apartment mit der angeknipsten Nachttischlampe in ihr ab. Das alles musste aus ihr raus, das alles musste verflucht noch mal aufhören.

Sie stützte sich vorgebeugt mit ausgestreckten Armen gegen die Wand, wobei die tiefbrünetten Wellen von ihrem herabhängenden Haupt ein unheimliches Schattenspiel zeichneten, und befahl laut: „Fick mich von hinten!"

Adrian fühlte das nötige Standvermögen dazu wieder in sich, und ihr den Wunsch zu verweigern, hätte wirklich niemandem von ihnen gedient. Während Eva noch zu den Servietten beim kleinen Zimmerkühlschrank lief und sich damit notdürftig abputzte, tat er Marina mit einem flüssigen Ruck den Gefallen.

„Ja, das ist gut, aber noch nicht gut genug. Fick mich haarscharf wie einen Fang aus der Gosse – schonungslos", stöhnte sie.

Er fürchtete, dass dies alles ihr und dem noch unentwickelten Kind schaden könnte. Obwohl sie selber mehr denn je über die Epilepsie aufgeklärt war, versuchte sich Marina an einem primitiven Exorzismus, als müssten Dämonen aus ihr herausgehämmert werden.

„Ich habe gesagt, du sollst mich nicht schonen. Wenn ihr wüsstet, was ich schon alles gedacht habe! Ich brauche kein Mitleid, ich will kein Mitleid, ich kann Gewalt vertragen. Eva", toste sie, „knie dich hin, hier an die Wand, genau unter mich."

Vielleicht sträubte sich die jüngere Liebesabenteuerin nicht dagegen, weil auch Adrian keine Abwehr andeutete, jedenfalls gehorchte sie. Marina stand leicht gekrätscht im Hohlkreuz und fand somit die helle Stirn der Knienden nahe ihrem Unterbauch, als sie an ihrem schwummerigen Busen hinabschaute.

Bei dem allem zwang sich ihr der unzweideutige Eindruck auf, dass sie schwerer und schwerer in der Sinnlichkeit verschlickere, wo sie doch nur um ihr Glück kämpfte. „Zieh mal aus meiner Möse raus, ja. Lutsch seinen Schwanz, du herziges Luder!"

Diesmal wollte sie keine Zuckerschleckerei mehr wie anfangs veranstalten. Ganz eindeutig, wie sie es selber noch vorhergesehen hatte, brannte eine Sicherung nach der anderen in ihrem anfallsweisen nymphomanen Hirn durch, denn sie setzte Eva mit Kitty gleich. Indem sie nur den linken Arm gegen die Wand gestützt hielt, schob Marina mit rechts deren hübschen Kopf in die stolze Knute.

„Hast du dir das etwa nicht immer gewünscht? Weißt du eigentlich, wie sehr ich dich beneide? Oh, aber ich glaube, die quillt Sabber aus dem Mundwinkel", ließ sie los, bevor die andere ernstlich Luftnot bekam. „Bitte steck ihn wieder rein und bestrafe mich, Schatz."

Mit jedem leidenschaftlichen Stoß spürte Marina allerdings mehr, wie ihre Bodenhaftung wacklig wurde. „Zieh noch einmal raus. Lutsch, lutsch meinen Mösensaft von seinem Schwanz, du weltverbessernde Blümchenschlampe!"

Zornig verlor sie sich in das ausnutzende Spiel zwischen ihren Schenkeln mit jener uneingebüßten Kraft, die sie noch in allen beiden Armen hatte. Dass Adrian klagte: „Ist gut jetzt, Mina. Lass sein", erreichte sie nicht. Sie drückte die feinstimmige Sängerin in den Schaft, bis diese röchelte. Verzwackterweise tat Marina ihr extremes Benehmen fast ebenso sehr leid, wie sie es genoss, aber nur fast. Sie schwamm in einem finsteren Meer der Wonne.

Erst als sie Evas Zunge entsetzt bei ihrem Schamlippen spürte, wurde ihr klar, dass sie in einem Black-out endgültig nachgegeben und vielleicht sogar deren Wange gestreichelt hatte. Um ihr zu entweichen, bog sich Marina nach hinten, wodurch sie einerseits ihr Schambein versehentlich ganz nach vorne auf den weiblichen Mund schob und andererseits gegen ihren Liebsten stieß. So weich ihre Knie auch waren, wrang sie sich aufs hartnäckigste, aber er hielt sie wie einst Rolando umklammert.

„Beruhig dich doch, Mina. Warum wehrst du dich gegen das, was du willst, wenn Eva schon so gut ist? Ein Orgasmus wird dich befreien."

Ihr Wimpern senkten sich wie ein lackiertes feinzackiges Gitter. Wenn sich das nur deshalb so bestechend geil anfühlt, taumelte Marina durch den Kopf, weil die selber 'ne Kitzleranatomie hat, ohne dass sie sonst je Frauen vernascht ...! Langsam, aber unausweichlich begann sie zu beben.

Da Adrian die Sturzgefährdete bloß noch sicherheitshalber hob, nicht mehr fixierte, krallte sie sich zudem bettelnd an Eva fest. „Ah, ich wäre gerne ein keuscher Engel gewesen, leck mich, ja leck mich weiter", drehten sich ihre Pupillen unter den aufflackernden Gitterhärchen weißlich weg.

Wie sie doch ihr Leben zwischen dem gepriesenen Kurfürstendamm, Parkanlangen und Lokalen verschwelgen wollte! Wie kotzvoll sie dank dem deutschen Schlaraffenkühlschrank gewesen war! Gehoben von einer Böe der Wollust schrie sie auf, zappelte und schwebte in einem nah-fernen Land dahin.

Eine schamvolle Bruchlandung riss das Ruder jedoch herum, und so wie sie die Bootsplanke des *sabichão* zerdonnert hatte, holte sie nun zu einer brachialen Ohrfeige aus. Eva flog augenblicklich von ihren Knien zu Boden.

Schluchzend aber rannte Marina ins Badezimmer und schloss sich ein. Währenddessen beugte sich Adrian entrüstet, sanftmütig, durcheinander zu seiner guten Freundin. „Das tut mir fürchterlich leid, Eva. Kann ich, darf ich dir helfen?"

„Ja", ließ sie sich beim Hochrappeln von ihm an die nackte Körperflanke fassen. Ihr Gesicht glühte nicht einfach, sondern blitzte stinksauer in die Richtung der Badezimmertür.

„Sie steckten rote Nelken in die Gewehrläufe, angeblich nur rote Nelken. Ich bin nie in Lissabon gewesen. Oma, was heißt *querido* auf Deutsch?", drang Marinas Stimme wie fiebergeschüttelt durch die Tür und antwortete sich selbst: „Lie-be. *Mas por que os outros são saudáveis, médico? Isso me torne ruim, que eu esteja doente?* Ich wollte das alles nicht, wollte, wollte, wollte nicht."

Eva, die ihr Kleiderbündel wie eine gesenkte Fackel hielt, zeigte jetzt einen Ausdruck tief betretenen Mitgefühls. Wenn sie an ein Unrecht dachte, dann wohl nur daran, dass sie nicht hätte sauer sein müssen. Als Adrian unter der beschwichtigenden Verwendung des Kosenamens an die Badezimmertür klopfte, fügte Eva hinzu: „Komm doch wieder zu uns raus. Wir sind nicht böse."

„Nein!", weinte Marina vehement. Die Tatsache, dass sie die verständnisvolle Sängerin erniedrigt hatte, war vielleicht schon schlimm genug. Dass diese es aber Marina überhaupt erlaubt hatte, sich durch das ganze vulgäre Tamtam und Leckenlassen selber so lange zu erniedrigen, bis sie sich gleich einer schäbigen Maus hier drinnen wiederfinden musste, das konnte sie ihrerseits Eva absolut nicht verzeihen. „Sie soll verschwinden!"

„Ich geh schon", zog sie sich raschelnd an, während Adrian langsamer zu einem Teil seiner Kleidung griff. „Das war für uns alle ein bisschen viel. Offenbar braucht sie eine Zeit lang Ruhe. Ruf mich an oder schreibe mir, wie's ihr geht."

„Du bist wirklich ein sehr guter Mensch, Eva", betonte er fast sentimental.

Sie winkte einfach und ging.

Für einen Moment fühlte sich Adrian verlassen, aber dann klopfte er noch einmal an die Badezimmertür, deren saubere Wertarbeit ihm zunehmend tückisch vorkam. „Marina, sie ist weg."

Eine Viertelstunde später ging auch er mit seiner indigoblau betuchten Ehefrau, die sich hinter den fallenden Girlanden ihrer Haare versteckte, vorsichtig die beleuchtete Hoteltreppe hinab. Er stützte sie auf dem kurzen Weg zum Parkplatz, trug allerdings zugleich ihre leidigen High Heels. Sofern einige vorübereilende Nachtschwärmer nicht solche Merkmale und überhaupt die ganze Welt anders wahrnahmen, hätten sie bei ihrem Anblick glauben müssen, es sei unvermittelt sibirische Kälte hereingebrochen.

„S-s-sicher hasst du mich jetzt? Hasst du mich?", faselte Marina immer weiter.

„Du hast nur einen Anfall. Schau, wir sind schon beim Auto." Sowie er aber den automatisch aufblinkenden Mercedes geöffnet hatte, tastete er hektisch nach unten: „Mina! Dein ganzer Kleidersaum ist durchnässt mit Blut."

Doch sie rutschte wie Salz und Sand aus seinen Armen, kringelte sich nach links, nach rechts und lag dann totenstill da.

Teil III

1. Kapitel

*T*röstlich wie auf Wäscheleinen reihten sich die Wörter aneinander, bis sie vor ihr zerflimmerten, und auch wenn alles Irren menschlich war, so durfte doch Marina nicht einmal den läppischsten Kommafehler am Computer übersehen. Sie arbeitete als Lektorin für einen halbseriösen Verlag und hatte die Charlottenburger Wohnung seit vier Jahren nicht mehr verlassen.

Nach ihrer Fehlgeburt in jener traumatischen Nacht hatte sie sich erst noch über Hausbesuche von Jelina betreuen lassen. Sie überzeugte Marina zumindest davon, dass der Anfall nicht wirklich eine Strafe für die sexuellen Ausschweifungen war, selbst wenn er direkt daraus hervorgegangen schien und nicht wie beispielsweise beim vorigen Mal in einem Café erfolgte. Doch so, wie sich der Gefangenen tatsächlich die Wochentage als erdichtet und fast ununterscheidbar zeigten, existierte den mangelnden Fortschritten nach eben auch kein Instrument, das seelische Granatensplitter entfernen konnte. Darum hatte sie schließlich alle angebotene Hilfe und Sympathiebezeigungen der Therapeutin abgeblockt. Wenn Marina noch irgendwen hinter der Türschwelle begrüßte, dann waren es wie Adrian fast ausnahmslos Männer: sein Kumpel Wenedikt, Paketzusteller oder lästigerweise mal einen reparierenden Handwerker. Ganz selten ließ sie immerhin auch Filomena zu sich durch.

Mit den Fingerspitzen massierte Marina ihre überforderten, geschlossenen Augen. Dann stand sie von dem kleinen pinienfarbenen Schreibtisch auf, der lediglich mit ihrem silbernen Notebook gekrönt an der Wand des Wohnzimmers ruhte, und schaute aus dem Fenster.

Zehn Meter über Blech, Büschen, trottenden Leuten, hier einem Kosmetik- und dort einem Dönergeschäft endete ihre Welt an der gegenüberliegenden rosagrauen Hausmauer. Im winzigen Ausschnitt dieser Scheuklappen wirkte das fremde Berlin beherrschbar. Nie zuvor in den weggekehrten Jahren hatte Marina aber einen derart lausigen Sommerhimmel gesehen, der nicht zu wissen schien, ob er noch den Frühlingsmonat April imitieren oder doch schon lieber der Herbst sein möchte.

Sie riss sich aus ihrer matten, ärgerlichen Sehnsucht heraus und setzte sich wieder konzentriert an die Arbeit. Grundsätzlich wurde sie nur für grammatikalische Verbesserungen und nicht dafür bezahlt, irgendwelche Inhalte umzuschreiben, wozu ihre kreative Ader auch kaum ausgereicht hätte. Das durchzulesende Romanmanuskript berührte sie so merkwürdig wie ein kabarettistisches Flötenspiel, das die unlustige Modernitätspolitik doch um keinen Deut ändern konnte und den provokanten Titel trug: „Webcamgirl – 4 Wände und 1 Dach über der Muschi."

Weil Marina den Namen des Autors rein mechanisch geprüft hatte und eigentlich erst bei Fertigstellung des Auftrags bräuchte, glitt sie dennoch auf dem Bildschirm noch einmal ganz nach oben. „Zefanja Nelkeisen" stand dort. Woher kannte sie den kuriosen Namen nur? Wie wenn klebrige Körnchen zusammenwirbelten, fiel ihr jener Erzählband ein, den sie mit gemischten Gefühlen damals noch gelesen hatte, damals in der Algarve.

Abends kam Adrian mit zwei hochgeschleppten Einkaufstüten nach Hause. Er war mittlerweile Anfang vierzig und bereits angegraut. Dagegen beeindruckte Marinas Haar, das sie ebenso wenig färbte, wie es noch der feuerweißen Sonne trotzen musste, mit dem schwersten Bitterschokoladenbraun. Zuerst hatte sie eine nervöse Elle davon abgeschnitten, doch nun rankte es sich wieder tief in ihren Rücken.

Tatenlos stand sie am Küchentisch, als Adrian die Tüten auspackte. Er beschwerte sich mit keinem Wort, wirkte jedoch müder und sogar melancholischer als sie, weshalb Marina endlich mit hineingriff. „Ich helfe dir. Wie war dein Tag?"

„Na ja, ich schlage mich organisatorisch mit einer – wie soll ich sagen? – rappenden Rockband herum, die sich als absolut unzuverlässig erweist. Einer von denen ist Syrer, und ausgerechnet mit ihm könnte ich noch vernünftig reden, wenn er mich denn verstehen würde." Obwohl Adrian noch immer am liebsten mit Eva zusammenarbeitete, bereitete sie sich dank einer neuen Managerin gerade auf eine Veranstaltung in Frankfurt vor. Er hütete das Bild der nackten Sängerin wie abgelichtet in seinem Innern. „Übrigens", öffnete er einen sortierten Küchenschrank, aus dem trotzdem ein Päckchen Vanillepulver fiel, „hat Jelina mich angerufen und intensiv nach dir gefragt. Möchtest du nicht, dass sie wieder einmal zu dir kommt?"

Marina sah ihm innehaltend dabei zu, wie er sich bückte und das knitterige Päckchen dann auf einer Ablagefläche seines Schicksals harren ließ. „Bereust du es, mich kennengelernt zu haben?"

Langsam drehte er sich zu ihr und traf sie mit seinem nostalgischen Gesichtsausdruck, als er wiederum indirekt antwortete: „Ich erinnere mich sehr gern daran, wie ich dich im blauen Kleid vorm blauen Atlantik gesehen habe. Alles floss so natürlich ineinander."

Marina konnte beim besten Willen nicht länger in der Küche auspacken helfen.

Als Adrian später im Bett noch vor- und zurückblätternd an seinem Terminkalender herumdoktorte, stand sie immerhin mit einem blau verzierten Schlüpfer vorm Spiegel. Sie hatte dasselbe beneidenswerte Gewicht wie früher, und obwohl das sogar von ihrem festen Bindegewebe galt, wirkte doch fast alles an ihr weicher. Offenbar hatte sie im gleichen Maße an Muskulatur verloren wie an Körperfett zugenommen. Besonders fiel das an ihren Schenkeln auf, die einst jene zäh geballte Kraft einer Mittelstreckenläuferin verheißen hatten, sich jetzt aber mit der Hand etwas knuffen ließen. Ihre Taille sah schon deshalb gleichbleibend schlank aus, weil sie sich bei ihrer Körpergröße streckte. Sobald Marina allerdings saß, bildete sich ein nie gekanntes störendes Speckröllchen, das sie ständig daran erinnerte, wie schwach sie geworden sei. Sicher, sie hatte sich einen Crosstrainer liefern lassen. Inzwischen staubte er jedoch im hintersten Winkel der Wohnung ein, weil sie damit buchstäblich nicht von der Stelle kam.

Sie urteilte über sich selbst mit erbarmungsloser Vereinfachung: Ich bin schlichtweg zu faul und kriege meinen Arsch nicht mehr hoch. Doch wie sie wusste und zugleich nicht wissen wollte, war das Wechselspiel viel komplizierter.

Ja, sie wäre gern wieder die starke Mara gewesen, die querfeldein Fischboxen hievte. Ja, sie vermisste ihren raubeinigen Vater, die klappernden Küstenstörche, die Eukalyptus- und die Kiefernwälder. Aber zum Teufel, sie hatte in der portugiesischen Provinz keine Zukunft!

Dafür schob sie hier als gebildete Berlinerin ketchup-, wenn auch gemüsehaltige Fertiggerichte in den dämlichen Mikrowellenkäfig. Wie habe ich noch vor vieren Jahren über die rumhockenden Wohlstandseuropäerinnen gespottet, dachte sie, und jetzt schau mich an.

„Meine Titten sind so prall und fett, als würde gleich ein Batzen warmer Butter aus ihnen explodieren." Übersetzt bedeutete das: Schau, ich brauche Hilfe, liebe und begehre mich bitte. Marina wusste nicht, wie sinnlich und umwerfend sie aussah. Denn Adrian hob zwar seinen Blick, und insgeheim erregte es ihn kurz, aber er reagierte nicht weiter.

Er schlief nicht mehr mit ihr, und somit spielte sich das gleiche Übel – nur umgekehrt – wie in seiner ersten Ehe ab. Für die einsame Tochter eines Alkoholikers, die sich gewohnheitsmäßig durch sexuelle Aufmerksamkeit über Wasser gehalten hatte, war das eine echte Strafe. Manchmal trieb ihre Verzweiflung sie fast so weit, sich an einen grinsenden Techniker ranzuschmeißen. Doch sie schmiegte und tastete sich lieber noch einmal zu Adrian ins Bett.

Er klappte den Terminkalender zu, streichelte sie entschuldigend und drehte sich zur anderen Seite. „Ich bin müde. Gute Nacht."

Diese Ablehnung durchfuhr sie wie ein körperlicher, gellender Schmerz. „Wahrscheinlich hast du schon mit deiner Eva rumgehurt und kannst nicht mehr. Meinetwegen hure doch gleich mit vier, fünf Schnallen auf einmal rum", schaltete sie das Licht aus und kehrte ihm mit der herumgeschleuderten Bettdecke ebenfalls den Rücken zu.

Bestimmt nicht ihr Körper, der zum Anbeißen war, sondern ihre in sich selbst verbissene Hilflosigkeit kühlte seine Leidenschaft ab. Lange bevor er oder Marina einschlief, wurde ihm bewusst, dass sie genauso eifersüchtig war wie Desiree. Vermutlich wäre auch die Beziehung zwischen ebenjener und Wenedikt bald ausgelaugt.

Wenige Tage später schickte Marina die übliche E-Mail mit Anmerkungen zu der korrekturgelesenen Datei an Zefanja Nelkeisen, dessen Adresse sie vom Verlag bekam. Allerdings flocht sie die harmlose Allüre ein:

Sie schreiben anders. Vielleicht erstaunt es Sie ebenso wie mich, dass ich privat schon einmal über ein interessantes Buch von Ihnen am portugiesischen Strand gestolpert bin.

Bitte teilen Sie mir mit, ob Sie mit den Korrekturen einverstanden sind.

Ich freue mich auf Ihre Rückmeldung,
Marina Puripolu-Schwenckfeld

Das war schon ein Zeichen dafür, dass sie auch die lesbische Therapeutin wieder in ihren vier Wänden begrüßen würde. Denn mit dem geköderten Autor entwickelte sich sofort ein lebhafter Briefwechsel.

Zefanja wirkte wie eine noch unausgesottene Mischung aus Schiller und Woody Allen. Inwiefern sein Heidelberger Elternhaus einen Dachschaden hatte, bemerkten die Außenstehenden erst, als es für die drei Bewohner innen schon Normalität war.

Obwohl der Vater als gediegener oder gar eigenbrötlerischer Notar galt, brauste er zum Ausgleich auch gerne ins Theater und brachte recht komische Einfälle wie eben den Namen Zefanja zustande. Die Mutter legte eine fast krankhafte Priorität auf drei vollständige gesunde Mahlzeiten täglich und war als Visagistin gleichzeitig dem kalifornischen Schönheitsideal dermaßen überdrüssig, dass sie ihren Kundinnen am liebsten den Gruftschick aufgeschminkt hätte.

Je üppiger die Ideenwelt ihres Sohnes blühte, desto dürftiger schnitt er in der lästigen Schule ab. Schließlich blaffte der Deutschlehrer die ganze Klasse an: „Warum müsst ihr denn alle witzlosen Streiche von diesem Querkopf imposant finden? Wer ist das größere Würstchen — er oder ich?" Alle brüllten vor Lachen.

Manchmal schien Zefanja zum Gruppenführer zu taugen, manchmal nur zur schillernden Randfigur. Er hatte ein mädchenhaft hübsches Gesicht, das zusammen mit einer männlich kühnen Gleichgültigkeit gegenüber seinem Ruf viele Schülerinnen für ihn schwärmen ließen. Nichtsdestoweniger fanden sie keinen Zugang zu seiner geistig-ästhetischen Eigenwilligkeit.

Als die anderen sich Ausbildungs- und Studienplätze suchten, eröffnete er seinen mümmelnden Eltern mit zwingender Logik: „Alle, die große Dichter *waren,* sind tot und berühmt. Wer ein Dichter *werden will,* lebt und ist verrückt. Ich lebe und bin verrückt, Punkt."

Eben hierin lag natürlich nicht die Verrücktheit, und die eigene zynische Darstellung dieses Entschlusses sollte auch nur aller fremden den Garaus machen, wenngleich ohne Erfolg. „Warum versuchst du es mit deinem Ränzlein voller Sprüche nicht gleich als Schauspieler in Hollywood?", spottete der Vater. Doch für Zefanja blieb es unbeugsamer Ernst.

Leicht zickig und besorgt gab die Mutter nach. Dagegen betrachtete es der Vater als seine Pflicht, nun bis zum konsequenten Wahnsinn zu protestieren. Er sperrte sich in seinem Zimmer ein.

„Hier drinnen sitze ich und krickle tausend und abertausend Seiten voll! Ihr werdet schon das brotlose Ergebnis davon sehen, wenn man keine Lust mehr hat, auch nur einen Fliegenschiss an Geld zu verdienen", bockte er ungeachtet mehrfachen Klopfens laut durch die massivhölzerne Tür hindurch.

Brotlos war das alles nun nicht unbedingt, da er jedes Mal wenigstens einen Spaltbreit öffnete, um die teils vorgekochten Mahlzeiten entgegenzunehmen. Zur Mittagszeit, wenn die Mutter frustriert für den gemeinsamen Lebensunterhalt arbeitete, muss dies Zefanja übernehmen. Obwohl er inzwischen ein schmachtendes Interesse an manch radelnder oder picknickender Brünetten zeigte, wäre es ihm unter diesen Umständen zu peinlich gewesen, eine nach Hause mitzubringen. Deshalb genoss er leider nur sehr sporadisch Sex zu zweit.

Weil die Mutter ihn monatelang nur lesen sah, fragte sie ihn, wie viel er denn schon geschrieben habe. Selbstbewusst erwiderte er: „Wie viel? Ärzte studieren oft zehn Jahre, bevor sie in der Praxis richtig loslegen können. Darum habe ich bisher keine einzige Seite geschrieben und werde es in der nächsten Zeit auch nicht tun."

Die hysterischen Ausbrüche der Mutter folgten mit natürlicher Gesetzmäßigkeit, zumal der Vater selbst auf gutes Zureden nicht mehr reagierte. Der Gedanke, dass er verhungern könnte, provozierte sie aufs äußerste und unüberhörbar.

„Du feige, schwanzlose Drecksau!", johlte sie normalerweise. Denn sie konnte bei dergleichen darauf rechnen, dass er die Tür für eine tollwütige Sekunde aufsperrte.

Weil eines Abends aber sogar das versagte, verschaffte sie sich mit einer Axt gewaltsam Zutritt und fand ihren Ehemann erhängt vor. Als der ausgegangene Sohn zurückkam, baumelte daneben gruftschick auch noch die Mutter. Notarisch hatten sie ihm den gesamten Besitz vermacht.

Wie er Marina schrieb, hatte er das stattliche Haus in Hälften unterteilt und beide durch niedrige Monatspreise trotz des horrenden Rufes vermieten können, aber auch trotz seiner horrenden Schuldgefühle, die sich nur langsam relativierten. Er zog in die Stadt der Künstler, als würde hier alles besser, und kehrte nur stichprobenweise zu Sichtungen seines Elternhauses zurück. In Berlin bestritt er seine eigene Miete gleich vom einen Teil der finanziellen Überweisungen, vom anderen die Kosten für beispielsweise Klamotten und Lebensmittel – meist scharfes Kartoffelcurry mit Ei oder dünne Spinatpizza –, nicht zu vergessen Fahrkarten. Leider behielt nämlich sein toter Vater mit dem „Fliegenschiss" recht: Zefanja hatte für seine letzten Endes anrüchigen Werke schwerlich einen Verlag gefunden, geschweige denn erhielt er mehr als zehn Prozent vom Verkaufserlös beziehungsweise 50 bis 60 Euro monatlich, da eine Lektorin schon teuer genug war.

Oftmals hatte er den entmutigenden Eindruck, als würden seine Bücher nicht weit über die Neuköllner Pizzeria hinausdringen, in der er mit Bekannten ironisierte und säuerliche Witze riss. Deshalb belebte ihn die Tatsache besonders, dass eines davon wie eine Art Flaschenpost am südwestlichen Zipfel des Kontinents gelandet war.

Zefanja ging in psychotherapeutische Behandlung. Irgendeine Liebesbeziehung, die länger als ein Vierteljahr gehalten hätte, bekam er schließlich nicht gebacken. Die politisierenden Kerle aus dem Lokal waren alle Pornofreaks.

Filomena, die schon ihren Führerschein machte, kniete gleichsam unbekümmert um den heranflatternden September im dunklen Minirock auf dem Rasen einer nicht unbedingt sehenswerten Brandenburger Ruine und schob ihre Kamera zurück in die abgelegte neue Tasche, ein Geschenk von Marina ohne besonderen Anlass. Darin steckten nicht mehr zerknüllte Papiertaschentücher, sondern unter anderem eine Oberstufenlektüre zur Kunstgeschichte, ein heimlich gekaufter Sex-Ratgeber für Anfänger sowie Reinigungscremes über ein paar Stücken dreckiger Unterwäsche. Ängstlich oder schüchtern erregt blickte sie nach hinten zum angrenzenden Campingplatz, wo ein aufgepflanzter Lehrer mit einer von zwei Schulgruppen palaverte, die einen Reisebus und nicht wie Filomena ein „chauffierendes" Familienmitglied erwarteten. Sie hatte zu Beginn der zwölften Klasse an einem Projekt für Film- und Fotokunst teilgenommen.

Vor ihr auf einem niedrigen Mäuerchen saß ein 17-jähriger rosahäutiger Junge, der eine hochrasierte Bastion krauser Haare trug. Da sie nur mit einem Knie die grasbedeckte Erde berührte und das andere nach oben ragte, wirkte er aufgrund der unverhofften Perspektive verlegen, als Filomena hochfedernd zu ihm schaute. Im Unterschied zu anderen, die sich über jeden Zentimeter Wachstum freuten oder tricksten, trug sie grundsätzlich flache Schuhe und war mit 1 Meter 79 laut ihrer eigenen Meinung schon extrem groß. Ihrer Sucht nach zuckerhaltigen Energy Drinks zum Trotz blieb sie aber dünn und flachbrüstig. Ansonsten sah sie schrecklich perfekt aus, weshalb ihr einmal ein Modelscout angeboten hatte, es mit einer Karriere auf dem Laufsteg zu versuchen. Doch Filomena konnte hierauf verzichten und lief nur auf den abgekapselten Burschen zu.

„Würdest du mal meine Tasche halten? Aber bitte nicht aufmachen", hob sie ihm das hübsche Ding entgegen, obwohl ihre Arme auch spielend über die abgeschürfte Kante reichten.

„Ja, klar."

Dann kletterte oder schwang sie sich vielmehr wie auf einen steinernen Sattel. Der Klassenkamerad hingegen saß seitlich im Profil zu ihr da und begann mit seinen sportlich beschuhten Fersen gegen die Mauer zu trommeln.

„Kann ich jetzt?"

„Was?", drehte er ruckartig den Kopf zu ihr.

„Kann ich jetzt die Tasche wieder haben?"

„Ach so, ja. Klar."

„Danke", nahm Filomena, zögerte, stellte eine schnell herausgeholte Dose Red Bull zwischen ihre Schenkel und die Tasche behutsam hinter sich. „Hoffentlich sitzt sie besser als die Aufnahmen. Wie fandest du's?"

„Die Fotos oder den Kurzfilm?"

„Den Kurzfilm", hakte sie einen indigo sternchenbeklebten Fingernagel unter die Aluminiumlasche und ließ die Dose zischen, „den will ich mir auf gar keinen Fall ansehen. Die ganze Idee unserer lieben stellvertretenden Frau Rektorin war bescheuert."

Der Junge starrte mit offenen feuchten Lippen auf Filomenas Hals, solange sie trank. „Wieso, du", stammelte er und strahlte urplötzlich, „du hast dich doch als Geist der Lady Jane Grey gut gemacht. Vielleicht hat sich einfach die inspirierte Rektorin nachts beim Pinkeln mal erschreckt. Die Idee ist so uncool, dass sie schon wieder cool ist." Durch diesen spontanen Ausspruch anscheinend in seinem Selbstvertrauen beflügelt, hob er ein Bein und hockte sich ebenfalls rittlings hin.

Unter einem kryptisch anerkennenden Lächeln tat Filomena so, als nähme sie noch einen Schluck, ließ jedoch alles aus ihrer Mundhöhle zurückschwappen und sagte anschließend zu dem süßen unerwachsenen Mann: „Du hast den Wachposten auch gut rübergebracht. Möchtest du?"

„Kann nicht schaden", nahm er die anregende Gummibärchenplörre aus ihrer Hand. Filomena trug eine parfümierte und gewohnheitsmäßig stärkere Slipeinlage, obwohl ihre Menstruation so gut wie abgeklungen war. Unter ihr erhob sich aus dem teils zerklüfteten Stein eine Riffelung, die dadurch ihrer geliebten verletzlichen Feige eher weich begegnete. Zwar musste sie achtgeben, die Haut ihrer baumelnden Beine ganz oben nicht aufzurauen, dennoch begann die bleiche Schönheit sich vor- und zurückzuschieben. Das Schauspiel, wie sich der junge Kerl einen kleinen klebrigen Teil ihrer Körpersäfte einverleibte, bildete offenbar eine unwiderstehliche Versuchung.

„So ein Geist", bemerkte sie, als er wieder absetzte, „ist trotz allem ziemlich blutarm. Siehst du das nicht genauso?"

Beunruhigt spähte er an ihr vorbei zu der entfernten Schulgruppe, die langsam mit der auftauchenden zweiten verschmolz. „Wie würdest denn du", streckte er das Getränk wieder hin und wagte seinen Blick weder auf ihrem still wiegenden Schoß noch auf ihrem Gesicht ruhen zu lassen, „so ein Filmchen aufziehen?"

„Berechtigte Frage. Hast du reingespuckt?"

„Was?"

„Spuck für mich rein!"

„Filomena", drang er mit Worten in sich, „das kannst du doch hier nicht bringen. Die anderen Mädels nennen dich schon 'ne chronisch geile Masturbiererin."

Prompt hörte sie mit herabfallender Mimik auf.

„Ach nein, Mann, das wollte ich auch nicht. Lass die doch reden und dir von ihnen nicht den Spaß verderben. Ich bin schließlich der Wächter, oder?" Beherzt spuckte er in den Energy Drink.

„Das ist nett von dir. *Ich* bin aus Fleisch und Blut", schlürfte Filomena, wobei sie ihre reibende Bewegung schamloser wiederaufnahm. Infolgedessen riss ein kleines Loch in ihr Höschen. Unvorteilhafter war, dass auch die mit Flügelchen ausstaffierte Binde knitterte und in ihre Spalte rutschte, was ein hörbares Aufseufzen nach sich zog. Einarmig fasste Filomena deshalb unter ihren Minirock und versuchte alles zurechtzuzupfen. Dabei konnte ihr nicht entgehen, dass sich die knielange Hose ihres Mitschülers gewissermaßen nach oben stemmte.

Sie träufelte von ihrer purpurroten Zunge angesammelten Speichel in die Büchsenöffnung hinein und beobachtete gleichzeitig sein verhülltes Glied wie einen Seismographen dafür, ob er sich ekle. Doch es schwoll im Gegenteil noch drückender an.

„Weißt du, das ist meine letzte Dose. Tu mir einen Gefallen und trink sie aus. Ganz, ganz langsam", versuchte Filomena ihren braven Komplizen zu pervertieren, der später als Zahnarzt arbeiten würde. Denn jegliches Verliebtsein bediente sich wohl einer anderen Zunge.

Er spähte noch einmal an ihr vorbei, kratzte sich und murmelte: „Wer möchte einem das verbieten? *Cheers!*" Damit genehmigte er sich die Mixtur hoch erhoben wie einen falschsilbernen Kelch.

Filomenas grünliche Augen und ihre Brust weiteten sich, als würden gerupfte Lotusblätter auf sie herunterschweben. Dann schoss entschieden über ihr Gesicht ein lüsternes Zucken und in ihre Slipeinlage ein unerhört erleichternder Pinkelstrahl. Weil mit jedem weiteren Tropfen aber eine Überflutung gedroht hätte, biss sich die Laiendarstellerin der enthaupteten Lady auf ihre Unterlippe und klemmte innerlich die Schleusen zu.

Der gestylte Junge mochte glauben, dass ihre ablesbaren Gefühlswallungen alleine durch ihn verursacht waren, als er das blechern hohle Massenfabrikat wieder zwischen ihnen abstellte. Gleichzeitig schien er jedoch begierig einen Rat zu suchen. Filomena beugte sich vor und flüsterte stimmlos genug, dass es die hüpfenden Spatzen auf den Zweigen schon nicht mehr hören konnten: „Hol dir vor mir einen runter."

„Was?", entfuhr ihm zum dritten Mal. „Wie soll ich das anstellen? Wir sind hier in der Öffentlichkeit."

„Öffentlichkeit!", mokierte sich Filomena angesichts der Ruinen. „Ich schau nach links, ich schau nach rechts, und ich schau über deine Schulter, so wie du über meine. Was fragst du mich noch, wie du das anstellen sollst, wenn niemand mehr als dein Ständer es will?"

Ihr Schulkamerad schlitterte moralisch in ein Dickicht. „Irgendwie hab ich immer gedacht, also, du wärst so 'ne Superfeine."

Filomena leckte sich mit einer erlernten vulgären Geste die Mundwinkel aus. „Grundbedürfnisse zu haben, ist keine Schwäche. Im Gegenteil, ich fände es saustark, wenn du dir einen runterholst. Ich will es in echt sprit-zen sehen."

„Okay, wenn du deinen Rock hochstülpst."

Ihr rauschte die Schamröte in die knochigen Wangen.

„Mach doch, ich könnte als Deal viel mehr wollen. Wozu ziehst du denn so was Knappes an?"

Sie tastete noch mal, ob ihre Slipeinlage so lag, dass er nichts Weißes oder gar Weißgelbliches sehen könn-te. Ihr mattes Höschen schien zwar nicht trocken, aber auch keineswegs pitschnass. So schnell, wie sie sonst nur ein Pflaster von ihrer flaumigen Haut zog, litzte sie ihren Rock um.

Selbstvergessen glotzte der Jugendliche hin und holte seinerseits einen ausgewachsenen netten Knüttel hervor. Sofort bearbeitete er ihn.

„Ja, zeigte sich Filomena fasziniert, „wichs dir deinen Schwanz."

„Fass auch mal an", schnappte er ihr Handgelenk.

„Nein, nein, mach nur du."

„Warum denn nicht? Komm schon."

„Bitte, lass das, ich hab Berührungsängste."

„So was Albernes, los!"

Doch sie sträubte sich so ernst, dass ihr Hin-und-her die leere Dose hinunterkegelte. Beinahe im selben unge-schickten Moment sah sie den Mercedes ihres Vaters herbeikurven.

„Scheiße", drückte sie ihr Röckchen hinab.

Der hocherregte Junge riss den Kopf herum, obwohl auch auf der anderen Seite die Schüleransammlung ein argwöhnisches Interesse zu schöpfen begann, und dementsprechend schnell sprang er mit zusammenwurstelnder Hose von der Mauer. Filomena wartete noch, bis er hinter einem braungrauen Torbogen verschwunden war, und hüpfte dann selber ins flache Gras.

Sehr viel hatte Adrian durch die Windschutzscheibe nicht erhascht. Dennoch kam er zu dem richtigen Schluss, dass seine immerhin bald volljährige Tochter den Mitschüler sexuell aufgewiegelt hatte, und nicht umgekehrt. Bevor er ausstieg und sie begrüßte, entschied er deshalb, das Zwischenspiel möglichst locker zu übergehen.

„Na, bist du bereit, vom Acker zu ziehen? Deine Tasche sonnt sich noch auf der Mauer."

„Oh", holte Filomena sie runter, „gut, dass dir so was auffällt."

Unheilverkündend, um nicht zu sagen gespenstisch, erschien unter dem Torbogen auf einmal die Kunstlehrerin und stellvertretende Rektorin. Für eine deutsche Endvierzigerin wirkte ihre Kleidung recht unkonventionell, fast wie auf einem modischen Yoga-Basar oder wo auch immer erschwungen, aber niemand der Schüler fragte sie das ins Gesicht.

Sie musste der Vollständigkeit halber alle zählen. Darüber hinaus vergewisserte sie sich jedoch bei ihrer vielleicht einstmaligen Lieblingsschülerin: „Hast du was dagegen, wenn ich mal mit deinem Vater spreche?"

Filomena konnte nur mechanisch den Kopf schütteln und es gewähren. Statt einzuknicken, trat sie noch mehr beiseite und blieb dann wie eine Hintergrundstatue ste-

175

hen. Ebenso wenig machte sie sich weiter in die Hose, aber ihre schon vollgeschwemmte Scheide konnte ihr Selbstbewusstsein kaum erhöhen. Die Unterredung schien nicht von Lappalien zu handeln.

Schließlich bedankte sich die Lehrerin und wünschte Filomena noch ein schönes Wochenende, um zu den übrigen Schülern bei ihrem wartenden Kollegen zurückzuwandeln. Dort tummelte sich inzwischen auch der geflüchtete Junge, weil gleich der Bus anrollen würde.

Im silbrig die Landschaft durchschneidenden Auto schwieg Adrians Tochter so lange, bis ihre Knie in- und auseinanderscherten. „Was hat sie denn gesagt? Was Schlimmes oder was sehr Schlimmes?"

„Sie hat gesagt", hielt er beide Hände geradeaus am Lenkrad, „dass du schätzungsweise bis zu 20 Dosen Red Bull am Tag trinkst – genau habe sie es nicht gesehen. Ich weiß nicht, ob das als Einstiegsdroge durchgeht, aber ich muss dich wahrscheinlich nicht daran erinnern, warum du deine Tante nie kennengelernt hast. Andernfalls würde ich mir wirklich Sorgen machen. Glaubst du, dass du deinen Konsum reduzieren kannst?"

„Ja, das glaube ich."

„Gut."

„Danke für dein Verständnis, Papa", küsste Filomena ihn auf die Wange und zog geflissentlich den Rock unter ihrem kleinen hübschen Gesäß wieder zurecht. „Kannst du bei der nächsten Raststätte oder so mal halten? Ich muss auf die Toilette."

In der Zwischenzeit stritt ihre Mutter, die schon eine

Zahnschiene gegen nächtliches Knirschen benötigte, mit Wenedikt. Das heißt, er versenkte sich breitbeinig auf der Wohnzimmercouch in ein Konsolenspiel und sie bekrittelte ihn laut wie eine dastehende Unteroffizierin.

„Du verschwendest meine Pennys und deine Lebenszeit, hörst du? Statt davon zu träumen, was aus der Vergangenheit hätte werden können, solltest du endlich 'ne anständige Arbeit ergreifen."

Nachdem Wenedikt auf dem Fernsehbildschirm halsbrecherisch mit einem weißen Ferrari über die palmengesäumten Straßen einer sonnigen Metropole gewetzt war, ließ er sein großes muskulöses Männchen aussteigen und in eine Bar rennen, um dort mit feuerspeienden Gewehrsalven eine Drogenbande niederzuknattern. Unverletzt in dem schreienden Blutbad blieb nur eine bildschöne Crack-Tussi, die er auf der Suche nach einem gemütlichen leichenfreien Zimmer die Treppe aufwärts bumste.

Desiree stöhnte, als wäre dieser erbarmungslos unnütze Zeitvertreib nur schwer zu toppen, und schaltete kurzerhand das Gerät aus. Weder sie noch er hatten gerade hören können, wie der ehemalige Besitzer des Hauses mit Filomena zurückkehrte, die dank einer sauberen Slipeinlage wieder sicher und getrost aus dem Auto gestiegen war. Durch das gekippte Fenster war dafür Desirees androhende Stimme zu hören: „Wenn du dein Verhalten nicht änderst, ist der gemeinsame Sex tot."

„Was soll denn der Quatsch?", protestierte Wenedikt.

„Das frage ich dich. Wie lange besuchst du schon diesen Sex-Chat mit dem dämlichen Namen ‚Berlin Frenzy‘? Es lässt sich wohl kaum Filomena in die Schuhe schieben, dass gestern jemand vergessen hat, diese Seite aus dem Speicher von unserem Tablet zu werfen. Filomena hat ihren eigenen Computer. Denn das steckt doch dahinter: eine Plattform, um so furchtbar niveauvolle Flittchen wie diese Ivy Greeham aufzustöbern.“

Adrian wollte schon seine geballte Faust gegen die Tür schwingen, besann sich aber eines Besseren und presste denn einladend tirilierenden Klingelknopf. Nach einem Moment ungeklärten Schweigens öffnete Desiree, schaute ihrem Ex-Mann kurz ins Gesicht und ließ dann ihren übellaunigen Blick über Filomena wandern.

„Du bist ja wieder reizend knapp eingetütet.“

„Musst du immer alle bevormunden?“, ärgerte sich Adrian. „Lass sie doch endlich.“

„Sie lassen? Wegen ihrer großartigen Ungezwungenheit ist sie von ihren ehemaligen Einsen und Zweien mittlerweile so weit abgerutscht, dass wir um ihr Abitur bangen dürfen, weißt du das?“

„Ja, das weiß ich. Ihre Lehrerin hat es mir gesagt.“ Aber wie sollte ein Mensch vom Schlechten genesen, wenn man nicht länger auf das Gute in ihm vertraute? Adrians Einschätzung nach hatten nur beispielsweise extreme Triebtäter keinerlei Recht auf Vertrauen mehr, womit man sie eben aufgab und aussortierte. Kurioserweise verlor Desiree in ihrer Arbeit mit problematischen Jugendlichen selten die Geduld und wusste so gut wie er, dass bei Strafmaßnahmen der Schuss oft nach hinten losging. Sobald sie jedoch die persönliche Sorge um ihr Kind oder Eifersucht plagte, hielt er ihr Denken für so verkrustet und blöd, dass eine Besserung lange auf sich warten ließe.

Verächtlich schritt Filomena an ihr vorbei ins Wohnzimmer, weshalb auch Adrian hineinging. Der sportverschlissene Hüne war inzwischen von der Couch aufgestanden und grüßte mit einem Nicken.

Wenigstens geht's ihm auch nicht rosiger als mir, dachte Adrian vor allem hinsichtlich des vertrackten Sexuallebens. Im Grunde war ihm Schadenfreude fremd. Während er aber vor Wenedikt stand, entschlüpfte ihm gegenüber seiner Ex-Frau der sarkastische Seitenhieb: „Wenn du schon mit deiner Tochter und dem Vater deiner Tochter unzufrieden sein musst, hast du zum Ausgleich jetzt immerhin einen viel vertrauenswürdigeren Partner."

„Soll das heißen", grollte Wenedikt, „dass auf mich nie Verlass gewesen ist, bloß weil du da draußen ein paar Fetzen von unserem Scharmützel erschnüffelt hast?" Offenbar würde auch er keinen Anlauf mehr brauchen, um irgendjemanden vor den Kopf zu stoßen.

„Ich schnüffle nicht", entgegnete Adrian. „Ansonsten hast du aber nicht weit über den Bereich der Wahrheit hinausgeworfen."

„So? Erinnerst du dich noch an dein Angebot, dass sich auch jeder von uns alleine ins Fitnesscenter verpissen kann? Da auf mich angeblich sowieso kein Verlass ist – auf mich, der ich immer pünktlich meine Treter auf deiner Matte abgewischt hab –, ist diesbezüglich die Nachfrage gerade ins Unermessliche gestiegen. Wir gehen getrennt!"

Filomena, die nahe der Wendeltreppe stand, hatte bei dem ertönenden Wort „verpissen" ihre Mutter scharf beobachtet. Doch diese drückte neben ihrem unehelichen Lebensgefährten beide Augen zu.

Für Adrian war er nicht mehr als einer dieser hundert Freunde, die trotz hin- und herwechselnder Gefälligkeiten eben nur Bekannte mit ihren eigenen Sorgen blieben. „Wozu brauchst du mich auch? Du hast schließlich eine passionierte Sozialarbeiterin an deiner Seite."

Diesen zweiten Aufguss an blankem Spott wollte Desiree nicht schlucken, denn sie nahm Wenedikt nun indirekt in Schutz und spie zurück: „Wenn jemand einen Sozialarbeiter braucht, dann wohl deine geisteskranke Portugiesin!"

„Halt doch einfach deine Fresse."

Alle starrten frappiert zu Filomena. Nach ihrer dagegengeschleuderten Unverschämtheit legte sie sich erkennbar den Selbstzwang auf, betont unhektisch die Stufen hoch zu verschwinden. Adrian, der wieder seinen zahnig klappernden Autoschlüssel hervorzog, wollte schon fast stolz auf seine Tochter sein. Allerdings drückte Desiree erneut ihre Augen zu – diesmal, weil deren sprachwütiger Pfahl sie wohl mitten in die Mutterliebe getroffen hatte.

Als die wohlwollende Psychotherapeutin mit einer leicht schraffierten Bluse endlich zu Marina in die Wohnung kam, klopfte ihr Herz wie verrückt. Ihr halbkurzes Haar hatte mittlerweile die Goldnuance einer geduldig gepäppelten Sonnenblume, da sie es färbte. Sogar ein bisschen Make-up ließ sich an ihren angefüllten Augenfältchen erkennen, zumal sie Kontaktlinsen statt einer Brille trug. Der Eindruck, dass es sich bei diesem abgemachten Termin um ein Rendezvous handeln könnte, wurde am ehesten noch durch ihre Aktentasche aus burgunderbraunem Leder geschmälert.

Ihre so lange entbehrte Patientin schien sie auf den ersten Blick zu durchschauen. Umgekehrt entging Jelina nicht, dass diese schon wieder die Starke zu spielen versuchte, und das ausgerechnet deshalb, weil sie gravierender denn je in Unsicherheit gefangen war. Ebenso wenig konnte ihr entgehen, dass Marina jedes spitzknochige Covergirl weggefegt hätte.

„Ist Adrian nicht da?"

„Nein, er holt seine Tochter von einem mehrtägigen Schulprojekt ab und will danach bei Musikproben dabei sein. Setzen wir uns doch."

Demnach waren sie ungestört und hatten Zeit! „Du siehst gut aus, um nicht zu sagen umwerfend."

Das ging der vernachlässigten Einwanderin natürlich runter wie Öl. Gleichwohl blieb das rosagraue Mauerwerk jenseits des Fensters bestehen, so dass sie von ihrer monotonen Beklommenheit erzählte, hier noch sinnlos runzlig und schlapp zu werden. Sie habe sich niemals

in ihrem Leben reicher und niemals noch ärmer ge-
schätzt.

Jelina saß schräg zu ihr gewandt auf derselben Couch
und benutzte die übereinandergeschlagenen Beine als Un-
terlage für einen Schreibblock. Ihr Füllfederhalter, den
sie schwungvoll auf der Linie führte, zitterte trotz ihrer
Aufregung kein bisschen. Abgegriffene Fragen wie: Was
würde passieren, wenn du die Wohnung verlässt?, spar-
te sie sich. Allerdings horchte sie wie an einer gelben
Ampel auf, als Marina von ihrer Lektoratsarbeit und Be-
kanntschaft mit Zefanja Nelkeisen erzählte.

„Was ist? Kennst du ihn?"

„Ja", wollte Jelina an ihre Brille fassen und gab dadurch ein etwas drolliges Bild ab, weil sie schließlich
keine trug. „Er ist ebenfalls bei mir in Therapie und
der einzige Mann, mit dem ich vielleicht ins Bett gehen
würde."

Abermals wurde Marina von ihr auf die natürlichste
Weise völlig verdutzt. Zu allem hin ergriff sie nun auch
in diesem Fall eine kribbelnde Eifersucht. Sie brauchte
einen Moment, um zu begreifen, warum und auf wen sie
eifersüchtig war. Hatte Jelina es ihr deswegen verklickert?
„Schön, aber verstößt es denn nicht gegen das Patien-
tengeheimnis, wenn du mir das sagst?"

„Der erste Teil meines Satzes – ja. Der zweite Teil,
dass er der einzige Mann ist ..."

„Warum? Warum würdest du mit ihm vögeln?"

„Er hat ein mädchenhaft hübsches Gesicht."

Das konnte Marina bestätigen, da er und sie sich gegenseitig ein Foto geschickt hatten. Dennoch widerstand Jelina seiner Anziehung so sachgerecht, wie sie sonst ihre weiblichen Patienten auch niemals in heikle Geheimnisse einzuweihen versuchte. Dass sie ihre Schweigepflicht jetzt verletzt hatte, bewies nur, wie viel sie für die attraktive Deutschportugiesin hingeben würde. „Als ich das letzte Mal hier war, hast du mir erzählt, dass du alle Blondinnen mit der Angelschnur lynchen möchtest. Erinnerst du dich?"

Noch bevor sie die Antwort erhielt, überzeugte sich Jelina: Das sind keine Eisaugen, die mich anschauen. Egal, was passiert.

Marina zog ihr das Schreibzeug vom straff umhüllten Schenkel und legte es beiseite. „Nicht alle, nein."

„Sondern?"

„Eigentlich möchte ich gar niemanden töten. Eigentlich wollte ich in Frieden mit allen anderen leben, aber …" Ihre wundgelegene Seele rangelte sich eine halbe Minute lang hin und her. „Habe jemals ich *dir* gesagt, dass du schön bist?"

„Ich höre es von niemandem auf der Welt lieber."

Nicht so strahlend, vielmehr wehmütig erinnerte die Epileptikerin sie daran: „Du bist so familien- und kinderlos wie ich, Jelina. Soll ich dir sagen, was ich will? Fehltritte hinter den Fassaden will ich sehen. Denn ich selber bin voller Fehler."

Sowie die homosexuelle Therapeutin etwas erwidern wollte, hielt sie ihr einen Zeigefinger auf die Lippen. „Widersprich mir bitte nicht. Ich will andere Frauen, nicht nur mich in der Enge sehen. Schwächeln, fallen sollen sie!", senkte Marina den Finger zu deren verlockender Bluse.

„Wenn es dir dadurch besser geht, warum nimmst du dann nicht gleich mich?"

„Das tu ich doch."

Jelinas Sehnsucht glühte so unerträglich, dass sie in all diesen dahingeschmachteten Jahren sich privat nicht einmal fähig gefühlt hatte, eine Beziehung mit einer anderen Frau einzugehen. Eben darin, dass sie allzu menschlich war, lag die richtige und auch von Marina erwünschte Fehlbarkeit. Doch wie sah es mit der falschen aus? Weil Jelina wusste, dass dieser Jungfernflug schnell durch ein danebengegriffenes Wort zerschellen konnte, versuchte sie sich eine genießerische Passivität aufzuerlegen.

Unter einem zabaionefarbenen Büstenhalter, der eindeutig nicht in die vielgenutzte Sammlung banaler Unterwäsche gehörte, fand Marina zwei Handvoll leicht auseinanderdriftender und nichtsdestoweniger noch hübscher Rundungen mit hochspickenden Zitzelchen. Ein Jammer, dass dies alles an der fruchtigen Männerwelt vorübergehen muss, dachte sie und stand auf. Wie sie es dagegen von ihren Abenteuern mit Männern gewohnt war, schnallte die vollbusige Brünette versiert Jelinas schmalen Ledergürtel auf und entblößte sich selber in einem bescheidenen Strip bis auf ihr Höschen.

Das still knisternde Wohnzimmer schien Funken zu atmen. Auftauend ließ sich Marina von der sitzenden und tiefer gerutschten Lesbierin ihre knackig gedunsenen, schon geradezu schmerzenden Brüste küssen. Diese zyklischen Schwankungen und ewig scheißsalzigen Fertigprodukte! Sie fühlte sich wie dieser Wolf aus dem deutschen Märchen, der so viele unschuldige Zieglein fraß. Dabei erwies sich lediglich ihre Selbstwahrnehmung als schwer verzerrt. Ihr Körperfettanteil war und blieb minimal über demjenigen von Jelina, die für ihr Alter eine gute Figur hatte, aber auch nur unregelmäßig Sport trieb und nun mal einen leichteren Knochenbau besaß.

Marina fasste in deren aufgegürtete Hose und presste eine Hand auf den dreieckig zulaufenden Schlüpfer, als wäre er ein Druckverband. Gleichzeitig schmatzte, knabberte und sog Jelina fester an den Brüsten, viel fester. Denn sie erriet, dass Marina einen mildscharfen Gegenschmerz suchte, und wahrhaftig tat es ihr – scheißgut.

Ihre eigene Zunge reckte sich noch mit leerer aphroditischer Gier gegen die oberen Schneidezähne, als sie das gegriffene blonde Köpfchen wieder losgelassen hatte und die an Tüll erinnernde Unterwäsche in den Schlitz ihrer Liebhaberin zog, ja pulpte. Stumm schnalzte und heischte diese nach einem brünstigen Kuss, doch Marina tauchte weg.

Für den Bruchteil einer Sekunde fühlte sich Jelina gekränkt. Selbst wenn sie aber keine geduldige Psychologin gewesen wäre, hätte nicht viel Grund bestanden, sich davon entmutigen und ausbremsen zu lassen. Schnell hob sie auf der Couch den Po und streifte ihre restliche Kleidung ab, da Marina offenbar die Zunge anderweitig gebrauchen wollte.

Noch niemals hatte sie eine andere Frau vernascht. Sie war nur vernascht worden, und das eben so nervenzerfetzend, dass sie jetzt auf dem schwach spiegelnden Boden beinahe einen Rückzieher machte. Doch wer oder was blieb ihr übrig? Sie musste einfach die rosige Schluft vor ihr mit Tantalusqualen durchdringen. Zum Glück ahnte Marina nur ansatzweise, dass sich die nette Intellektuelle in ihrem Leben wahre Leck-Marathons geliefert hatte, mehr noch als gewisse Dildospiele, die auch schon so manche heterosexuelle Frau fix und fertig gemacht hätten. Sonst wäre sie zudem in die Angst verfallen, Jelina zu enttäuschen.

Auf deren Schamhügel fand sich ein frischer Tupfer süßlich belebendes Parfüm. Während sie die Gefühlsregungen ihrer Patientin in einer dahinbaumelnden und zugleich gespannten Vorfreude noch mitbekam, begann ebenjene, sich quer an deren Leiste vorzutasten. Ganz langsam wischte sie mit ihrer Zungenspitze erst an der einen glänzenden Schamlippe und danach an der anderen entlang. Doch warum zum Teufel musste sie auf einmal über ihre Stieftochter nachgrübeln? Rasch vergrub sie sich tiefer in Jelina, weil sogar aus ihrer aufgewinkelten Möse ein warm-reinlicher Geruch strömte. Er beruhigte sie wie der Blütennektar die Biene.

Fast unbewusst schob Marina ihre am Boden liegenden Schienbeine weiter auseinander und stützte sich bloß noch mit einer Handfläche auf. Dafür schlang sie die ganze Fülle ihres schweren Haars zu einer Nackenseite und ihren Arm dann unter Jelinas Schenkel hindurch, um oben auf deren Nabelgegend zu langen. Dabei atmete sie mal durch die Nase, mal durch den Mund und ließ endlich unter feuchten Anschlägen deren Klitoris erzittern.

„Das machst du gut ... ganz traumhaft", versicherte die hingebreitete Lesbierin.

Wie gut würde erst sie es können, lauerte Marina. Ihre eigenen erotischen Bedürfnisse verhielten sich jedenfalls so drängend, dass sie der Versuchung erlag, eine Hand an sich selber entlang bis in das noch immer anbehaltene Höschen wandern zu lassen. Nicht einmal als Teenagerin hatte sie masturbiert! Wozu auch? Ihre vertröstete und bewahrte Jungfräulichkeit hätte absolut niemandem genutzt. Wollte sie jetzt, da sie bereits die Mitte dreißig mehr oder weniger überschritten hatte, wirklich wie eine Loserin damit anfangen? Sie zog die so wohltuende Hand wieder hervor.

Jelina spürte, dass die Finger seidig klebten, und dachte ihrerseits niemals in Kategorien wie „Loser" oder „Loserin". Außerdem war sie im gegebenen Fall ohnehin schrecklich verknallt. Ja, sie hätte die leidende Schönheit gerne auf der Stelle befriedigt.

Abgesehen davon war sie persönlich bald wie hypnotisiert, weil Marina in eingeschliffenem Rhythmus zu lecken begann. Und sie leckte deshalb in eingeschliffenem Rhythmus, weil sie sich schon wieder gegen ihre Prinzipien, aber diesmal gleichgetaktet fingerte. Schlicht ihren

Mann mit seiner einstmaligen Schulfreundin zu betrügen, reichte offenbar noch nicht als neu geerntetes Laster.

Marina war wütend auf die Deutschen, die Portugiesen und vor allem auf sich selbst. Keusch ihr einengendes Spitzenhöschen anbehalten zu wollen, gab auch keinen Sinn. Gerade als Jelina selig dem Höhepunkt entgegenkreiselte, erhob sich die lüstern gereizte Lektorin, um es auszuziehen.

In diesem Augenblick wäre schwer zu analysieren gewesen, welche der beiden Frauen sich weniger beherrschen konnte. Jelina machte den verflixten Fehler, sich von den Polstern runterzurollen und ihr Gesicht frontal auf deren glosende Scheide zu drücken. Reflexartig stieß Marina sie zurück, holte zur Ohrfeige aus und – wimmerte stattdessen. Wenn die nackte Therapeutin zusammengefahren war, dann nur aufgrund der Einsicht, wie grob sie an das Trauma gerührt hatte. Vermutlich wandelte sich deswegen Marinas Wimmern in ein Schlucken, Keuchen und gelindes Zürnen. Sie glaubte wieder zu wissen, was sie wollte, hatte nun aber auch ein besseres Verständnis für alle weiblichen Geschöpfe, die masturbierten.

„Aufstehen, Süße!"

Jelina starrte von unten Marinas kurvige Linie an. Auf Mundhöhe waren ein paar rübergewundene Haarsträhnen duftig vollgeschmaddert, von ihrem Gesicht ganz zu schweigen. Sie müsste es nachher waschen und den Raum lüften.

„Wie sieht's aus? Schwach geworden in den Beinen?"

„Ziemlich", mühte sich Jelina trotzdem hoch.

„Sehr schön. Und jetzt", wies ihre südländische Patientin sie an, „üben wir, langsam im Zimmer spazieren zu gehen."

„Aha, verstehe. Auf und ab, meinst du?"

„Ja, aber wie bei diesen Straßenspielen der Mädchen mit den hingekratzten Kreidelinien, nur dass wir uns die Felder einfach hindenken. Anscheinend verstehst du mich doch nicht. Malen die deutschen Mädchen nicht mit Kreide so nummerierte Felder aufs Straßenpflaster, um breitbeinig kreuz und quer zu hüpfen?"

„Du bist lustig. Ich hab dabei nie mitgespielt. Höchstens beim Seilspringen."

„Wir zwei wollen weder springen noch hüpfen. Mir geht's nur darum, dass die Parade nicht zu schmalspurig und eng wird. Bereit?"

„Für dich immer", bejahte Jelina.

Als sie wie ein Pärchen nebeneinander standen, schien Marina nach ihrer Hand greifen zu wollen. Stattdessen fasste sie ihr in den unabgekühlt pochenden Schritt. „Einen Fuß gemächlich nach links vorne setzen. Einbeinig stehen bleiben. Den anderen jetzt nach rechts vorne. Wieder stehen bleiben. Nach links … Rechts …", spazierte sie mit Jelina und glitschte voll unerbittlicher Zärtlichkeit um ihre Knospe herum. Ah, ja, die gesunde Geschlechtsgenossin wankte und drohte zu kippeln wie unter einem Anfall.

„Ich werde vor Lust gleich ohnmächtig."

„Nicht doch", säuselte Marina. „Wir sind erst an einem

Ende des Zimmers. Du willst es doch auch noch zurück zum anderen schaffen."

Gleichwohl war Jelina fähig, diesen sinnlichen Spießrutenlauf ungemein auszukosten. Sie gab ihr Bestes, die Grenzen zu verschieben.

Selbstverständlich erregte das nicht nur die Bewunderung der schönen Epileptikerin. Sie war ebenso sehr gekränkt. Drosselnd wie unter dem Druck einer weichen Wäscheklammer kitzelte sie weiter und ließ Jelina dabei im Zickzack gehen.

„Langsamer. Du hast es gleich geschafft, gaaanz langsam. Es tut mir aufrichtig leid, dass ich mich daran ergötzen muss", steckte ihr Marina die ausgiebig benutzte Zunge ins Ohr, worauf die Beine der verzückten Frauenliebhaberin vollends zu Wackelpudding wurden. „Wenn mein erbärmlich kleiner Wirkungskreis nicht auf diese Wohnung hier beschränkt wäre, dann würde ich ständig mit dir ausgehen, und weißt du auch, warum? Um an jedem Wochentag vor deinen Augen ein anderes blutjunges Weib zu vernaschen, bis du vor Eifersucht platzt oder zur Ziege wirst. Vielleicht musst du sogar Tabletten schlucken. Beim Verlassen eines ausländischen Restaurants übersiehst du einen Radfahrer, der dir mit dem Lenker brutal in den Bauch hineinbumst, und kotzt. Aber leider Gottes kann ich nicht anders, als dich auf dem dreckigen Straßenpflaster liegen zu lassen, weil ich selber einfach viel zu gevöllert mit Steinen bin. Vorsicht!"

Im Taumel stürzte Jelina zur gefährlichen Tischkante.

Erst später wunderte sich Marina über den Schreck, den sie empfunden hatte. Zutiefst besorgt, dass sich ihre Liebespartnerin verletzen könnte, streckte sie impulsiv beide Arme nach ihr aus. Sie fiel dabei selber einen Schritt nach vorne, hatte wider Erwarten aber noch genug Kraft, um die andere zu halten. Herumreißend warf sie Jelina zurück auf die dumpf nachgebende Couch und sich gleich mit dazu.

Sie presste ihr unverhofft einen wilden Kuss auf, schlürfte allen Speichel aus ihrer Kehle und verschlierte zusätzlich den anhaftenden Geruch von Mösensaft über beider Gesicht. Unter dem erstickten Stöhnen verdrehten sich gar Jelinas Hände in spastischer Ekstase, obwohl die helle Latina überhaupt nicht mehr an den Kitzler rührte. Allerdings schob sie zu guter Letzt ihren eigenen möglichst darüber. Die sapphische Therapeutin klammerte ihre Beine um sie, fühlte im heißen Glücksrausch überall Haut an Haut und knutschte so lange, bis sich ihre Glieder allmählich entspannten.

„Wie ich vorhin schon sagte: Du bist umwerfend", lächelte sie.

Wer denkt ernüchtert denn genauso wie getrieben von Geilheit!, wunderte sich Marina. Sie hatte fest darauf gerechnet, dass es ihrer Gespielin danach schlecht gehen würde, nicht anders als ihr selbst nach gewissen Affären, und nun empfand diese nicht einmal die leiseste Reue. Oder hatte sie darauf nur deshalb gerechnet, weil ihr Jelina – bis soeben – noch nicht ans Herz gewachsen war?

Nachdem sich die beiden Freundinnen auf Wiedersehen gesagt hatten, blieb Marina in ihren vier Wänden
unbefriedigt.

2. Kapitel

*A*uf dem gemachten Bett vor ihr lagen ein mandel-
weißes, ein knallrotes und ein schwarzes Kleid in
gleichgültigem Wettstreit miteinander. Marina hatte nur
eine Vorhangseite zugezogen, weil sie zwar keinesfalls
die nachbarschaftlichen Blicke, aber das warme Tages-
licht brauchte. Als sie nacheinander die teuren Fummel
anprobiert hatte, hing sie alle zurück in den Schrank,
und die Reihe der zwanzig Holzbügel klackte weiter ratlos gegeneinander.

Endlich zog sie ein trägerloses, türkisfarbenes Kleid
heraus. Mit Leichtigkeit hätten dazu auch Flip-Flops gepasst, um für ein Picknick ins Freie zu latschen. Seit
dem leidenschaftlichen Besuch Jelinas vor einer halben
Woche hatte sie zumindest von neuem die Kraft gefunden, sich selber erfrischenden Obstsalat oder anzu-
dünstendes Gemüse zu schneiden, und auf alle Fälle
würden sich die beiden Frauen demnächst wieder treffen. Doch heute sann Marina weder darüber nach, was
der realistischen Lesbierin gefiel, noch würde sie natürlich irgendwohin ausgehen.

Sie zupfte das Kleid stramm und bündig am Dekolleté
zurecht, als es an der Tür klingelte. Nervös entschied
sie, barfuß zu bleiben, zumal sie heute Morgen vor der

Arbeit noch picobello die Zimmerböden gewischt hatte, und lief zum Guckloch.

Da stand er verzerrt und verschroben, kein Postbote, kein Techniker, sondern wie verabredet Zefanja Nelkeisen. Nur leider verspannten sich unwillkommen Marinas Nacken und Waden, so dass sie mit einem kurzentschlossenen Ruck öffnete.

„Du bist überpünktlich", sah sie ihn freundlich an und sofort aber nach unten.

„Schöne Füße. Schönes Kleid. Schön, dich leibhaftig kennenzulernen", sah er seinerseits von unten wieder nach oben. Er hatte haselnussbraunes Wuschelhaar und hohle Wangen. Sein T-Shirt war limonenblass, aber seine Arme angebräunt, sehnig und geschmeidig. Gegenüber der modernen Portugiesin hätte er wie ein Heiliger gewirkt, wäre nicht sein Grinsen so süß gewesen.

Marina war sich nicht sicher, ob sie zueinander passten. Doch warum fragte sie sich das überhaupt? „Frauen lieben Komplimente. Magst du Beerensaft mit Eiswürfeln?"

Hereinkommend zog der Besucher seine eigentlich sauberen Galoschen aus, wozu er sich vor ihr bückte. „Da verläuft fast der ganze Sommer wie ein Rohrkrepierer, und nun, wo niemand mehr darauf gehofft hat, schießt eine portugiesische Hitze hoch. Morgen soll es sogar noch heißer werden, bevor die Temperaturen endgültig nach unten in den Obstkeller stürzen."

„Gut zu wissen. Dann kann ich mich ja noch einmal auf der Tischplatte sonnen." Normalerweise war Marina von den Fremden angeödet, die das Wetter thematisierten, doch er poetisierte es. „Heißt das ja?"

„Wie war die Frage noch gleich?"

„Beerensaft mit Eiswürfeln."

„Ja klar! Natürlich", erbot sich Zefanja in ihre wohnliche Exklave, wie er sich zudem ausdrückte.

Er nahm genau dort Platz, wo die nicht allzu verschwiegene Therapeutin gesessen hatte. Marina stellte die vitalen Getränke auf das Tischchen und ließ ihren Hintern so dicht neben dem erfolglosen Schriftsteller nieder, als reisten sie in einem kleinen Jet.

Demgemäß entwickelte sich ihr Gespräch zu einem nur halbwegs überschaubaren Streifzug. Bald meine sie: „Du wirkst nicht unbedingt wie jemand, der sich in Therapie befindet."

„So wirkt man meistens erst nach dem Suizid."

„Und deine Therapeutin?"

„Sie hat auch noch keinen Suizid begangen."

„Grausamer Spaßvogel", piekte ihn Marina. „Hilft sie dir?"

„Ich war vorher schon bei zehn anderen Therapeuten. Insofern kann sie nicht die schlechteste sein. Und deine?"

Plötzlich wurde ihr klar, dass sie Jelinas Geheimnis für sich behalten möchte. „Ich fand sie erst blöd, aber vielleicht war ich's nur selber. Sie ist gut."

„Kommt vor."

Jedesmal, wenn Marina trank, lehnte sie sich zurück, und jedesmal drehte Zefanja aus allernächster Nähe seinen Oberkörper zu ihr. Eine bunte Brunnennymphe hätte er nicht philosophischer angaffen können. Bis übrigens sein Werk auf dem völlig überschwemmten Buchmarkt veröffentlicht und vermutlich untergehen würde, dauerte es noch. Die temperamentvolle Lektorin nahm einen teils runtergeschmolzenen Eiswürfel in den Mund und zerbiss ihn.

„Dein armes Webcamgirl", entsann sie sich, „muss vonseiten einiger sprücheklopfender Wichser ganz schön viel einstecken."

„Zum Beispiel?"

„Nun, ‚ich an deiner Stelle würde den Chirurgen verklagen, der dir deine Squashbälle zurechtgeschlachtet hat'", zitierte Marina.

„Auf der Welt gibt's bekanntlich Sachen, die gibt's gar nicht."

„Gibt es dein Webcamgirl? Wirklich?"

„Zu welchen Anteilen sie außerhalb der Buchdeckel existiert, meinst du?" Er rieb und rieb sich das bartlose Kinn. „Ich würde es dir gerne zeigen, aber ich habe kein internetfähiges Handy, genauer gesagt gar keines."

„So jemand existiert noch?" Sie sah sich jetzt vor einem zweifachen Rätsel. „Selbst Afrikaner fummeln heutzutage auf Handys herum, und du bist deutsch."

„Das habe ich schon mitgekriegt. Die Leute glauben, ein Smartphone mache sie unabhängig, und fressen den großen Konzernen damit aus den Händen. Die Leute glauben nämlich auch, dass sie ihr Stresslevel runterschrauben und Zeit gewinnen, wenn alles immer noch schneller dahinfliegt. Mein Computer ist alt genug, dass ich sogar noch auf einer soliden Tastatur schreiben kann."

„Dann hole ich jetzt zackig vom Schreibtisch meinen rüber und leihe ihn dir", stand Marina auf. Sie spürte von hinten seine Blicke, bevor sie sich mit dem glänzenden Notebook wieder umdrehte. „Moment mal. Heißt das, wir müssen gleich mit einer supermodernen Stripperin kommunizieren?"

„Nein, die Realität ist zerbrechlich, aber uns wird niemand sehen."

Sie reichte ihm das Notebook und räumte sicherheitshalber die leergetrunkenen Gläser weg. Danach ließ sie sich abermals nieder und beobachtete vorgebeugt zum Couchtisch, wohin er navigierte. Ihr Anti-Viren-Programm musste wahrscheinlich wie ein verborgener Türsteher achtsam die Ellenbogen hochdrücken, da Zefanja auf einer Seite mit ästhetisch grässlichen Werbeflächen einen Videoclip anwählte.

Vor ihnen erschien der ranke Körper einer jungen Dame, die ihre Jeansshorts heruntertändelte und aufs ungemachte Bett längs der Zimmerwand stieg, ohne in irgendeinem Moment ihr Gesicht zu zeigen. Zwar senkten sich pechschwarze Haare über ihren flachen Busen, doch der Kopf war geschickt abgeschnitten und ihre Haut geradezu gespenstisch bleich. Gegen die kahle Wand gelehnt, begann sie mit ihrer Masturbationssitzung, wobei der Daume und kleine Finger abgespreizt blieben.

„Sie ist kein *Cam Model,* das Geld rausschlagen will, sondern eine echte Amateurin", erläuterte Zefanja. „Biologisch ist sie mit Sicherheit erwachsen. Ob sie aber auch volljährig ist, kann man ärgerlicherweise nicht wissen."

„Woher kommt sie?"

„Du glaubst doch nicht, dass sie das preisgibt? Schau hier, sie hat unter fiktivem Namen insgesamt Dutzende Videos hochgeladen, und alle dauern unmäßig lange. Ich klick mal vor."

Ebenso vergnügt wie angestrengt hantierte sie jetzt mit einer eingeölten und überzüchteten Riesenmöhre, die sie nichtsdestoweniger fast bis zu ihrer Gebärmutter in sich drillen konnte. Sie hielt das Gemüse kerzengerade, damit es nicht abbrach.

„Ich mach noch mal vor."

Endlich benutzte sie doch ernsthaft einen Kosmetikpinsel, um an ihrer Klitoris entlang zu streicheln. Sie seufzte und ächzte und ihre blanke Scheide wollte inwendig scharlachrot kontrahieren.

„Ihre Lust ist ungespielt und pur, doch nun schau: Der Orgasmus schafft es – warum auch immer – nicht über die Schwelle, nie. Um auf den letzten Metern allerdings niemanden zu enttäuschen, täuscht sie. Das sind nicht die unwillkürlichen Zuckungen, die sich von innen heraus hätten verlängern müssen", beeindruckte er Marina mit seinem feministischen Scharfblick.

Dann knüpfte er die grundsätzliche Frage an: „Was wäre, wenn? Damit beginnt jede höhere, nicht biographische Geschichte. Was wäre, wenn dieses Mädchen es professionell machen, gemobbt und überfallen würde?, habe ich mich gefragt. Erst durch die Unvollkommenheit der Fakten sind kreative Ideen möglich. Der dickschädlige Stümper und das Genie spekulieren gleichermaßen." Demzufolge war die fetischistische Bloggerin nichts davon gewesen, da sie eine niedere Form von investigativem Journalismus praktiziert hatte. Vor dem Dichter und der Deutschportugiesin löste sich der feenhafte Menschenkörper auf. „Wer weiß, vielleicht ist ihr Gesicht gar nicht so schön und die ideelle Vervollkommnung noch zerbrechlicher als die Realität. Dennoch – wie gerne würde ich ihren Blick berühren!"

Der anhaltende Eindruck ihrer großen und dünnen Figur, der Tonfall ihres Stöhnens sowie der Zimmerausschnitt, das alles kam Marina so verflucht bekannt vor. Aber das Zimmer kannte sie ja gar nicht. Wahrscheinlich fantasiere ich schon wieder rum, kritisierte sie sich selbst.

„Jedenfalls braucht sie auch einen Mann."

„Auch?", taxierte Zefanja sie. „Du hast doch einen."

Darum studierst du mit mir auch mal gemütlich 'ne Sex-Aufnahme, wie? „Mein Mann", sagte sie laut und erhob sich provoziert, „befriedigt mich nicht. Womöglich ist er auch untreu. Tss, ich bin keine Teenagerin, ich brauch echte Schwänze." Sie stand in ihrem schulterfreien Kleid mit dem Rücken zur Wand und sah auf ihre sehr ordentlich lackierten Zehen. „Am liebsten würde ich mich von vier oder fünf Männern auf einmal in den Arsch ficken lassen. Ich hab mein Leben satt."

„Das tut mir leid, so interessant es sich auch anhört, ehrlich." Mit einem Blick auf seine alte Armbanduhr erhob er sich ebenfalls.

Marina trat von der Wand weg. „Macht nichts. Ich muss sowieso weiterarbeiten."

„Vielleicht", hob er ihr gegenüber wie an einem heidnischen Altar seine Unterarme, „könnte ich morgen noch mal vorbeikommen?"

„Ja, tu mir bitte den Gefallen. Um elf Uhr?"

„Vorm Essen, das ist eine gute Idee." Er schnappte sich Marina für eine Umarmung und tätschelte ihren bloßhäutigen Nacken, bevor er verschwand.

Am nächsten Morgen ertrug sie am Frühstückstisch sehr lange Adrians Schweigen. Während er sein alltägliches Müsli aß, hatte sie sich mit Blattspinat, Banane und übriggebliebenem Beerensaft mehr als einen Liter Smoothie gemixt, der alles in allem sehr dunkelgrün schmeckte. Nach dem dritten Glas pausierte sie erst mal und versuchte – wenn sie schon musste – irgendwie sexy aufzustoßen, wusste aber nicht, ob es ihr glückte. „Tschuldigung."

„Machst du so was wie eine Diät?"

„Denkst du, dass ich eine brauche?"

„Keineswegs", antwortete er und senkte den Kopf noch tiefer zu seinen restlichen Flocken im Milchsee.

Möglichst beiläufig vergewisserte sich Marina: „Gehst du um halb elf wieder mit Wenedikt ins Fitnesscenter?"

„Nein."

„Nein?!"

Er schaute auf, musterte kurz ihre Miene und schwenkte wieder gleichgültig seinen Löffel. „Ich geh alleine um halb elf. Mit Wenedikt habe ich mich zerstritten."

Erleichtert, mitfühlend, neugierig fragte sie: „Was war denn der Anlass?"

„Dass er sich mit Desiree gestritten hat."

„Du hast deine knatschige Ex in Schutz genommen?"

„Sicher nicht. Ich brachte gerade Filomena nach Hause und wurde unfreiwillig Zeuge, dass sich Wenedikt angeblich in einem Flirt-Chat namens ‚Berlin Frenzy' rumtreibe. Daraufhin habe ich eine Bemerkung beigesteuert, der niemand applaudieren konnte."

„Eine verletzende Bemerkung? Sag, wie genau haben sie reagiert?"

Indem Adrian abrupt die leergegessene Porzellanschale zum Geschirrspüler trug, strafte er seine eingeengte Frau dafür, dass sie sich daran erregen wollte. Diesmal war kein Mucks zu hören, als sie aufstoßen musste.

„Ich geh jetzt in mein Arbeitszimmer."

„Ist gut."

Alleine in der Küche griff sie das vierte Glas und behielt den letzten Schluck lange in ihren geblähten Wangen. Unter einem Vorgefühl der Befriedigung nahm sie wahr, wie ein rollender Druck in ihrem Unterleib drängte, und verurteilte sich beinahe dafür. Doch wer wollte ihr drohen, dass sie das nicht als angenehm empfinden durfte? Etwa ihr nicht anwesender Gatte? Sie schlenderte ins Bad, zog mehr als nötig aus und nestelte auf der Klobrille sitzend zudem mit einer dreist anmutenden Geste ihre Mähne zurecht, weil sie darunter einfach schwitzte.

Nachdem sie zwei Stunden mühsam konzentriert gearbeitet und Adrian die Wohnung verlassen hatte, sprang sie noch unter die kühl plätschernde Dusche. Schäumend rasierte sie ihre Beine und von vorne bis hinten sehr behutsam den Schambereich, um die empfindliche Haut nicht zu unschönen Rötungen zu reizen. Hingegen zog sie das feminine Messer so eilig durch ihre Achselhöhlen, dass sie sich ritzte und nachher ein Pflaster draufkleben musste.

Sie hatte sich mit ostentativer Absicht nur zwei Kleidungsstücke rausgelegt: eine knappe Jeansshorts, die sie das letzte Mal am portugiesischen Strand getragen hatte, und ein simples T-Shirt mit aufgedrucktem schrägem Schmollmund, ohne irgendwas drunter. Erstere bekam sie mit stillem Jubel zugeknöpft. Letzteres glitt über ihre drall vorgewölbten Brüste und verdeckte luftig den eng sitzenden Hosenbund. An Schmuck trug sie nur ihren Ehering.

Kurz darauf trat Zefanja mit einem Tütchen von belladonischem Schattenton herein. Erwartungsgemäß schmeichelte er der verjüngt herausgeputzten Südländerin, ohne erstaunt zu wirken.

„Was ist in der Zwergentüte?", fragte sie ihn neben einem schmalen Bücherregal im Wohnzimmer. „Hast du eine Überraschung für mich?"

„Mehr als eine. Wie ist deine Verdauung?"

„Also wirklich, ich merke schon, wir schmökern seeehr

viel im Knigge. Gestern hast du dich in unserem Gespräch gleich wie ein kleiner Wetterprophet erwärmt, und heute fragst du mich wie ein Landarzt nach der Kantine. Sie ist gerade sehr gut, danke."

„Was will man mehr?" Umstandslos holte er einen kleinen Kegel aus geleefarbenem Kunststoff heraus, der allerdings einen Stiel mit scheibenförmigem Fuß untergebaut hatte.

„Es ist doch nicht das, was ich denke?"

„Ich denke schon, doch. So viel ich verstanden habe, ist dir sterbenslangweilig. Nimm mal bitte kurz", gab er ihr den Pfropf, den sie wie ein Gläschen auf einer noch ziemlich leeren Party hielt, wo die Leute komischerem Zeug als Smoothies zusprachen. Rückblickend hatte sie wohl seit den Morgenstunden eine dunkle Ahnung geleitet. Zefanja fasste unter ihrem T-Shirt an den strammen Hosenknopf. „Darf ich mal?"

Sie hob ihm baff und zugleich unbewegt ihr Antlitz entgegen.

„Darf ich?"

„Ist das Ding nicht für hinten?"

„Natürlich, aber wie soll ich rankommen, wenn vorne geschlossen ist?"

„Offensichtlich bin ich wieder mal verwirrt. Mach auf."

Aufgesperrt haftete die Shorts noch immer auf ihren Hüften, dessen ungeachtet dem abgeklärten Prosakünstler einfiel: „Wir brauchen Öl oder Sirup. Ich habe vergessen, Gleitgel zu besorgen."

„Hier lang." In der Küche träufelte sie persönlich mildes Kokosöl auf den Analstecker, gab ihm diesen zurück und half dann ihrem Jeansteil, herunterzufallen. Sie hielt das alles für ein exzentrisches Vorspiel. Weil unleugbar eine brütende Hitze herrschte, die sie nicht mehr so gut verkraftete wie früher, beugte sich Marina zu diesem Zweck auf die separat stehende Gefriertruhe vor. Allerdings reichte ihr diese nahezu bis zum Bauchnabel hinauf, so dass sie ihre Fersen anheben musste.

Mit banger Spannung wartete sie auf die stumpfe Kegelspitze. Sie spürte Zefanjas warme Hand auf einer Pobacke und endlich das abgemessene Dehnen ihres Schließmuskels. Es steigerte sich zu einem erträglich klobigen, schlüpfrigen Schmerz.

„Kann ich weiterschieben?"

„Fühlt sich ein bisschen an, als wenn man … muss."

„Das sagen alle."

„Alle? Mit wie vielen hast du den Spaß den schon getrieben?"

„Mit keiner. Aber wie soll man es sich anders vorstellen? Entspann dich", schob er weiter.

Weil der Spaßartikel entfernt einem glasigen Stempel glich, flutschte er nicht vollends hinein, sondern ankerte am verbreiteten Griffende. Gerade das zwischengebaute Stielchen gewährte dementgegen nur dünne Lustempfindungen. Weiterhin ganz langsam, um Marina nicht zu verletzen, zog ihr kühner Besucher es genau bis zum knolligen Kegelansatz wieder hinaus.

„Stopp, bitte. Ja, um diese Stelle herum ist's doch am schönsten. Schieb's nur millimeterweise vor und zurück."

Bevor er ihrem Wunsch huldigte, begab er sich schnell in einen tiefen Ausfallschritt, um von hinten ihre Schenkelinnenseite mit den Lippen zu berühren und hinabgesickertes Öl zu verreiben. Dadurch sah Marina auch ihre letzten Verspannungen davonflattern und streckte sich genießerisch unter dem fortgesetzten Druck.

„Ah, ich kann mich dran gewöhnen. So ein flappender Stecker im Arsch macht nicht unbedingt anständig, aber märchenhaft gierig." Sie legte ihr Gesicht schräg, bettete bequem die rechte Hand drunter und packte zugleich mit der linken eine Ecke der weißen Kühltruhe. „Mir schwante schon lange, dass ich zur Sünderin geboren bin."

„Quatsch. Du lässt dir nur eine rektale Massage geben."

„Haben wir nichts Größeres? Einen roten Apfel?"

Wie ein Rutenstreich scheuchte die Türklingel sie auf.

„Das sind sie", meinte Zefanja besänftigend.

„Was? Wer?"

„Lass den Stöpsel drin. Ich übe mich mal als Portier." Kaum wollte er aber leichtfüßig die Wohnung durchqueren, fiel ihm ein gerahmtes Foto des Ehepaars auf. Die Klingel musste ein zweites Mal rufen, bevor er sich davon abwendete.

Ungeachtet dessen entstöpselte sich Marina einfach, wusste nicht genau, wohin mit dem Teil, und legte es lieber ins saubere Spülbecken als auf eine Abstellfläche. Sie zog die Jeansshorts nach oben und stabilisierte sich mit einem ausgestreckten Arm an der Wand, weil mindestens drei Männerstimmen zu ihr drangen.

„Oho, die Adresse existiert ja wirklich." – „Nur haben wir eine schärfere Braut erwartet als dich. Hast du schon vorgearbeitet?" – „Spielt euch nicht auf. Sonst muss sie sich noch herablassen und es übernehmen, euch am Riemen zu reißen." – „Wir bitten drum."

Im Wohnzimmer, wo Marina mittlerweile zagend aufrecht wartete, erschienen fünf hereinmarschierende Kerle beziehungsweise vier, ohne den als Leittier fungierenden Dichter mitzuzählen. Zwei waren deutsch, zwei afrikanischstämmig. Von den letzten beiden grüßte einer mit englischem, der andere jedoch mit bayrischem Akzent. Noch überraschender war, dass der ganze flegelhafte Vorwitz von dem Quartett abfiel, als sie die knallig verführerische Hausdame erblickten.

Obwohl sie sich gerade auf Eis gelegt hatte, wogte in ihr eine glühende Stickigkeit hoch. Wie jemand, der sich angesichts einer Karambolage erst mal beidhändig eine Zigarette anzünden möchte, erklärte sie allzu ungezwungen: „Das ist wirklich mehr als eine Überraschung. Macht's euch bequem. Ich muss nur kurz mit Zefanja ein paar Ungereimtheiten ausloten."

Er folgte ihr nochmals in die Küche, wo sie geräuschlos die Türklinke zudrückte und sich vor ihn postierte: „Was glaubst du eigentlich? Ich werde mich von diesen Typen nicht bumsen lassen, und schon gar nicht in den Arsch."

„Gestern hast du noch gesagt …"

„Ich weiß, was ich gesagt habe!", schlug sie in die Luft und drehte sich halb weg. Dann gestand sie mit zittriger

Stimme: „Ich bin eine hirnrissige Prahlerin." Ihr T-Shirt war binnen Kürze mit dunklen Schweißrändern getränkt, wodurch sie sehr verletzlich wirkte.

„Es liegt sicher nicht in meinem Interesse, dass du noch umkippst. Wenn du nicht willst, blasen wir es ab."

„Ja", hintersann sich Marina, „das Stichwort ist gar nicht schlecht. Ich blase und lutsche sie alle ab. Ohne umzukippen. Ich muss mich nur sammeln. Aber was ist mit dir?"

„Mit mir? Ich denke, dass dir vier reichen." Bei Zefanjas Worten kullerte wie von selbst der reflektierende Stecker durchs Becken. „Tja, dann werde ich die Kumpel schon mal vorbereiten. Sie haben sowieso alle 'ne orale Obsession", ging er durch die Tür.

Die scheingesunde Südländerin versuchte sich tiefergehend zu motivieren, wobei alles darauf ankam, wie die Gedanken einander fassten und über die verzweigten Bergketten tanzten. Ihr Leben lang hatte sie die stiefmütterliche Putze verflucht, doch nun sagte sich Marina: Hin oder her, wenn ich schon eine Maulheldin bin, dann kann ich immer noch eine blasende und folglich leidenschaftlichere, größere, uneigennützigere Nutte als sie abgeben. Entschlossen zog sie ihr klammes Oberteil aus und wischte sich damit die Achseln trocken.

Zudem triezte sie nämlich die Tatsache, dass Zefanjas unbestimmt naschende Blicke nicht ein einziges Mal auf ihren sonst himmelhoch gelobten Brüsten geklebt hatte. Mit den Fingern knetete und spitzte Marina sie, bis es weh tat.

Erst hierbei entdeckte sie mit einem gehauchten „Schei-ße", dass ihre spärliche Jeans die ganze Zeit offenge-standen hatte. Ob es vorhin auch zu sehen war, wusste sie nicht. Jedenfalls knubbelte sie den Bund wieder zu. Dadurch saß die Shorts allerdings nicht bequemer, und näher betrachtet konnte Marina mit einem erhaben ver-sauteren Eindruck punkten, wenn sie die Knöpfe gera-de bis zu ihrem Venushügel aufschlampte. Also machte sie's.

Die gegen Möbelstücke gelehnten Männer richteten sich mit einem respektvollen Pfeifen auf, als sie mitten im Wohnzimmer breitbeinig Stellung bezog. Genau bei dieser Formation klingelte es schon wieder, doch der Afrodeutsche zwinkerte ihr zu: „Das ist wahrscheinlich unser kleine italienische Hengst. Er hat noch mit dem Pizzateig gerungen."

„Ich schau mal", bequemte sich Zefanja.

Zurück kam er mit einem schmächtigen Racker, der bei dem bombigen Anblick der Brünetten verlegen seine Hände rieb. „Ui, ui, ui, wie geht's?"

Der gebürtige Berliner zählte für gewöhnlich Pepe-ronis, putzte das Nudelholz, lieferte mit einem kleinen Fiat an Kunden aus und schmiedete epochale Pläne als Sohn jenes Lokalbesitzers, bei dem die anderen gerne rumquatschten. Soeben war er von einer Lebensmittel-vergiftung genesen, die er sich quasi fremdgehend in einem Fischrestaurant zugezogen und es ihm tagelang nicht mal erlaubt hatte, mutterseelenallein Sperma zu verjubeln.

„Nun, wenn ihr alle so weit weg steht, wird's schwie-
rig. Befummeln darf man mich schon", drückte Marina
ihr Kreuz durch.

Während sich der voyeuristische oder vielleicht sogar
berührungsscheue Schriftsteller hinsetzte, schwärmten die
Männer um sich herum. Die fünf beprapschten prächtig
ihre gebotenen Titten und streichelten sie am ganzen
Körper. Wechselweise fasste ihnen Marina dafür in den
Schritt, bis in dem schwülen Wirbel farbig ihre Furcht
zersprühte. Sie tauchte auf die Knie.

Über der Frau, die oben ohne war, steckten die Männer bald unten ohne ihre Köpfe zusammen. Ringsum
bettelten so viele Riemen sie an, dass sich Marina mit
ihrem stumm geöffneten Mund fragte, wie sie diese
überhaupt befriedigen wollte. Abgesehen davon hatte
sie schon immer die Erfahrung interessiert, ob tatsächlich alle Dunkelhäutigen übergroß bestückt waren. Doch
einer von ihnen zeigte eine ganz normale Länge. Manche ragten bereits in protziger Steifheit vor ihr auf,
manche brauchten noch Nachhilfe, und um diese küm-
merte sie sich zuerst.

Wenn sie links und rechts ihre Hände nicht vergaß,
dann konnte sie drei hold brummende Kerle auf einmal
bedienen. Sie hatte eigentlich eine verruckelte Koordina-
tion erwartet. Stattdessen drehte sie sich wie geschmiert
von diesem zu jenem, damit niemand zu kurz kam.

Lediglich der berlinerische Italiener schien so aufgeregt,
dass sowohl auf ihrer Zunge als auch zwischen ihren
Fingern eine Makkaroni nicht weicher hätte verkochen

können. Um seinen Stresspegel nicht weiter zu erhöhen, ließ sie von ihm ab.

Erneut fühlte sie tauende Bächlein an sich hinunterrinnen. Da sich ein salziger Geschmack in ihrem langsam vor- und zurückschnappenden Mund anhäufte, stammte der Schweiß wohl gleichfalls von den Männern. Aus irgendeinem Grund hatte Marina geglaubt, dass den afrikanischen ein ledriger Körpergeruch entströmen müsste, aber auch das konnte sie nicht feststellen beziehungsweise unterscheiden. Durcheinander berührten sie die maskulinen Schenkel und Hände hier wie dort.

Weniger erfreulich war, dass einer ihren Kopf hielt und seinen empfindungshungrigen Schwengel so tief wie möglich in sie hinabzustopfen versuchte. Vergaß der, dass sie Zähne hatte? Speichelkleckernd drückte sie sich von ihm weg und suchte wieder den Pizzajungen, der plötzlich herrlich steif war.

Sie glitt mit den Lippen über seine runde Spitze und spürte diese angenehm an ihrem Gaumen. Ehe sie sich versah, schwuppste jedoch sein schäumender Saft durch ihre Gurgel, und erst hierauf hörte sie das erleichterte Keuchen. Daran, die anderen Rohre weiterzuwichsen, dachte Marina überhaupt nicht mehr.

Doch die umstehenden Rabauken übernahmen es bereits selbst. Sie schluckte noch an der ersten vollmundigen Ladung, als sich ein zweiter nicht genierte, im süßholzigsten Deutsch schräg zu raspeln: „Nimm auch von mir, meine Schwanzlutschkönigin, nimm!"

So rasch die tropfenden Stängel wechselten, so still

versuchte sie ihnen ein weit geöffnetes „Ah" entgegenzulächeln. Obwohl ihr Gesicht leicht mitgesprenkelt wurde, trank sie auch den dritten gründlich aus.

Weil sich schließlich die Dunkelhäutigen nicht nahe genug vor sie hinstellten, wollte Marina herbeirutschen. Doch die zwei hielten sie zurück, schmurgelten ihre Ruten und stießen ein saumäßiges Gebrüll aus: Im Kreuzfeuer schoss die Lustmilch auf ihre Haare, Brüste, Schenkel, überallhin.

Nach einem flüchtigen Verlust des Zeitgefühls wischte sie mit dem Daumen einen glibberigen Fleck von ihrem Augenlid, das sie zum Glück zugekniffen hatte, und schaute zu Zefanja. In die Polster gelümmelt, fasste er an seine Schläfe.

Marina hätte alle beschuldigen, sie hätte aufbrausen können, aber sie tat nichts dergleichen. Sie nahm noch eine sickernde Spur auf, die sich sonst in ihrem Jeansstück verkrochen hätte, spreizte die Finger und schleckte alle fünf einzeln mit vorgetäuschtem Genuss ab.

War das eine Leistung? Selbstverständlich hätten die auseinanderschwärmenden Männer dieser letzten Geste noch mehr Beachtung geschenkt, wenn sie nicht schon befriedigt gewesen wären. Dementgegen sprang der Italienersohn aufs neue wie mit wedelndem Schwanz vor sie hin, nur dass solcher eben steil nach oben zeigte. „Du bist eine so echte Frau, o bitte noch einmal und ich tu echt alles für dich!"

„Dann sei doch so lieb – ihr alle bitte – und liefere später nie auch nur einen Lutscher an diese Adresse, verstanden? Aber tröste dich heute, ich verstehe dich ganz gut und ganz für umsonst", machte sie sich ein weiteres Mal ran.

Sie umschloss mit der rechten Hand seinen Schaft, mit der linken seine Hoden und stülpte ihren etwas ermüdeten Mund genau auf die Eichel, um diese zusätzlich dunkel zu umzüngeln. Kenne ihren Steuerknüppel und schon kannst du die Männer lenken, versuchte sich paradoxerweise die neidgetriebene Ehefrau mit einem Blick nach oben in das entzückte Gesicht einzureden. Indem sie einen kleineren Teil der Essenz über ihr Kinn quellen ließ, sog und sog sie den fremden Zwanzigjährigen aus.

Klatschender Beifall und Taschentücher flogen ihr zu. Ob das nun nett oder nicht nett war, sie würde nachher nochmals duschen müssen. Von dem Spermateich in ihrem Magen war ihr übel, vielleicht auch von der bisherigen Anspannung, doch sie stand etwas gelöster auf und schwenkte den Arm wie eine schlechte Zirkusschauspielerin, was freilich mehr einem Wink zur Wohnungstür ähnelte.

Dementsprechend putzten sich die Kerle ebenfalls ab, zogen ihre Hosen an und diskutierten dabei miteinander, ob sie gleich ökologische Lasagne schnabulieren wollten. Schlussendlich wünschten sie Marina einen „wunderbaren Tag".

Sie hingegen fühlte sich irgendwie benutzt und zog das bescheuerte Teenie-Kleidungsstückchen aus. Nackt setzte sie sich zu Zefanja, um ihr Handgelenk in seinen aufzuckenden Schoß fallen zu lassen. „Ich dachte schon, du bist impotent."

Sachte nahm er es wieder heraus.

„Warum fickst du mich nicht?"

„Ich will dir nicht noch 'n Gefallen tun, der keiner ist."

„Warum nimmst du mich dann nicht einfach in den Arm?"

„Wenn du so deinen Mann fragst, macht er es."

„Meinst du."

„Ja", erfüllte ihr zwar auch der Guerilladichter den Wunsch, schickte sich aber sofort zum Gehen an. „Menschen wie ich geistern herum, herauf und verschwinden wieder."

Sie brauchte offene Fenster, frische Luft und vor allem Jelina.

Zwei Wochen später saß die lesbische Therapeutin mit Adrian auf einer Bank am gelbgrünen Ufer der träge abkühlenden Spree. Von der Lutschorgie hatte Marina ihr nichts gebeichtet, und ihm schon gar nicht.

Jelina schien gleich ins unbehagliche Wasser hechten oder eher platschen zu wollen. „Ich muss dir etwas sagen, weil du das Recht hast, es zu wissen: Marina hat eine Affäre."

Er empfand einen nicht allzu verletzenden Stich, blieb aber ungläubig. „Mit wem denn? Sie hat sich doch eingebunkert."

„Mit mir."

Unvermittelt platzte die Wunde auf, eine vermeintlich

eingetrocknete Wunde, die nicht so sehr wegen Marina blutete als vielmehr wegen seiner alten Schulfreundin grellen Eiter von sich geben wollte. Er glaubte sogar seine Frau aus weißen, zu weißem Licht abseits ziehen zu müssen.

„Wenn du mich jetzt ablehnst, Adrian, dann muss ich damit leben. Zumindest aber kann ich dir versichern: Sie ist nicht lesbisch. Diese scheinbare Glut ist nur an ihren Zorn gegen Frauen, gegen ihre Mutter, gegen die angebliche Hexe von unehelicher Stiefmutter, an schmerzliche Enttäuschungen und an unklare Selbstvorwürfe gekettet. Kinder geben sich manchmal Mitschuld, wenn ein Elternteil ausscheidet oder einfach wegläuft. Wie du vermutlich weißt, war Marina allerdings ihr ganzes Leben lang Umständen ausgeliefert, die sich absolut nicht kontrollieren ließen und ein grausames Gefühl der Ohnmacht in ihr weckten. Darum sehnt sie sich nach Kontrolle, darum sehnt sie sich nach Macht. Sie empfindet ihre Epilepsie begreiflicherweise als sehr ungerecht. Aber der Begriff der Ungerechtigkeit verlangt einen beziehungsweise eine Schuldige, die sich züchtigen lässt. Für Marina sind alle Frauen Huren. Und alle Männer ins Netz gegangene Verführte", folgerte Jelina in einem unüblichen Plädoyer. „Halb hasst sie sich selbst, aber nur halb. Ihr Vater konnte ihr wohl vermitteln, dass sie schlichtweg das Beste wert sei, auch wenn er als hoffnungsloser Alkoholiker gelten muss."

„Was ist mit ihrer deutschen Großmutter?", drehte sich Adrian auf dem lackierten Holzbänkchen zu der befreundeten Psychotherapeutin. „Von ihr hat Marina nur Gutes zu erzählen."

„Das ist tatsächlich ein Hoffungsschimmer in ihrer verzwickten Seelenlandschaft. Darüber hinaus hätte sie aber eine Freundin in ihrem Leben benötigt, einfach eine Freundin. Das ist leider nicht gleichbedeutend mit dem, was ich ihr in meiner leidenschaftlichen Liebe bieten kann."

„Du liebst sie also? Ganz und gar?"

Jelina fixierte mit ihrem Blick gedankenvertieft den Fluss, der immergleich seine Wasser wechselte. „Ich liebe sie bis zur nackten Verzweiflung, weil ich nicht erwarten darf, von ihr je in dieser Weise wiedergeliebt zu werden. Erlaube es mir bitte umso mehr, mich an den doch raren Momenten mit ihr für spätere Erinnerungen zu laben. Sie wird sich nicht ewig einbunkern. Was sie aber wirklich in den Wahnsinn treiben könnte, das wäre, wenn du sie nicht mehr lieben würdest. Darum musst du dir immer ihrer Einzigartigkeit bewusst sein, Adrian. Sie ist nur deinetwegen hier. Liebe sie."

3. Kapitel

*M*arina schnappte sich rollend mit dem Schreibtischsessel ein Sofakissen und hielt es auf ihre obere Gesichtshälfte, bis das helldunkle Krisseln dahinter besser wurde. Wann immer sie alleine war, flüchtete sie sich in ihre Arbeit und wollte sich keinen Leerlauf gönnen, doch das verwunschene Türgebimmel musste ihr selbstverständlich abhelfen. Sie klappte den Computerbildschirm zu und schlich wie gewohnt zum Guckloch.

„Filomena", entriegelte sie freudig überrascht. „Brennt's zu Hause, oder was verschafft mir die Ehre?"

Die seidenhaarige Schülerin war eng in einen weißen Wollpullover geschlungen und strahlte trübe. „Es stinkt schon. Mir ist klar, dass dir selber der Kopf vor Problemen schwirrt, und vermutlich hast du nicht noch auf 'ne holprige Elegie von mir Lust …"

„Doch, genau deshalb", winkte Marina sie rein.

Die Jüngere versuchte sich drinnen zu knicken, wie wenn es für sie ein peinlicher Frevel wäre, größer als die eindrucksvolle Portugiesin zu sein. Dagegen machte sich diese gar nichts draus und fragte gastfreundlich: „Möchtest du was trinken?"

„Ein Kaffee wäre nett, wenn du den hast."

„Dein Vater schlürft manchmal einen. Und wie möchtest du ihn?"

„Schwarz und süß wie die Hölle. Doppelt so viel Pulver wie normal und das Dreifache an Zucker."

„Ist das dein Ernst?"

„Ja", lachte Filomena forciert mit ihren – genau deshalb – perlend gebleichten Zähnen, „ich muss von den Energy Drinks wegkommen."

Marina mochte zwar Röstaromen, und Fischgeschmäcker beschworen natürlich eine herzhafte Welle tosender Erinnerungen in ihrer Seele herauf, doch um manche Gerüche wie angebratenes Hackfleisch oder Zigarettenqualm machte sie für gewöhnlich einen weiten Bogen. Deshalb hätte sie drauf wetten können, dass aus dem leuchtenden Mund der schlaksigen Hübschheit eine Wolke von Spaghetti Bolognese, Pfefferminzbonbons und Nikotin fächelte. Mit je einer dampfenden Tasse Kaffee und Rooibostee setzten sie sich nichtsdestoweniger zusammen ins Wohnzimmer.

„Ich weiß nämlich nicht so recht, wem ich mich sonst anvertrauen könnte. Sicher bist du erfahrener als ich, offener als meine Frau Mutter und so", begann Filomena. „Du verstehst, was ich meine?"

„Sex?"

„S-sofern man … Man kann ja auch nur masturbieren", nippte sie schnell an ihrem heißen Gebräu.

„Klar, warum nicht?" Marina widerstand der Versuchung, sich im Rang einer Vertrauensperson heimlich mit Hochmut zu zieren, und blieb ganz natürlich. „Gleichzeitig witterte sie eine Fährte. „Masturbierst du oft? In deinem Zimmer?"

„Ständig", giggelte Filomena nochmals ein Verlegenheitslachen daher, bevor auch sie sich in einem therapeutischen Beinahe-Monolog mit deutlich geerdeter Stimme zu reinigen versuchte: „Jedenfalls so oft, dass Schulausflüge und Nachmittagsunterricht für mich ein nonnenhafter Horror sind. Ich mag's schmutzig und kann nur schwer loslassen, schwer verzichten. Darum wasche ich mir auch nie die Hände danach, 'tschuldige. Wenn der Tag mies verläuft, kann ich zum Trost dran schnuppern. Ich liebe es, mit den abends versifften Fingern morgens meine Scheide gleich wieder aufzureizen. Je versiffter, desto besser. Allerdings juckt's nach zwei Tagen allmählich und ich muss tüchtig mit Seifenschaum von vorne anfangen. Meine Gynäkologin empfiehlt mir im nüchternen Piepston immer nur ein Wundsälbchen, Gleitgel und Ruhe, falls möglich. Keine Rede von einem Pilz. Reicht's dir schon?"

Marina pustete auf das sich kräuselnde, duftgefärbte Wasser in ihrer Tasse. „Unsere Zivilisation ist ein Menschenzoo. Erzähl ruhig weiter."

„Jede Woche schmeiße ich also nur drei bis vier Schlüpfer in den Wäschekorb, und alle in so perversem Zustand, dass es meine Mutter unmöglich übersehen kann. Offenbar scheut sie eine direkte Aussprache aber noch mehr als ich. Sobald ich mal irgendwas verschütte oder rumbrösle, plärrt sie dafür los. Ein schönes Schwein ist Filomena, jaja, das weiß ich selbst. Bereits als Kind hat sie mich gezwungen, lustlos auf Roggenvollkornbrot herumzukauen. Kann schon sein, dass sie's nur gut meint und selber leidet, aber sie hat mich zu einer elenden Heimlichtuerin erzogen, die nie den Mund aufbekam. Also hab ich vorhin einfach meine E-Zigarette hervorgezauberte und den grauen Schleier der dummen Kuh ins Gesicht geblasen."

Aus irgendeinem Grund empfand die lauschende Südländerin keinen Triumph über Desiree.

„Wenn ich nicht so abhängig und unselbstständig wäre, dann würde ich auf der Stelle ausziehen. Auch durch Wenedikt fühle ich mich gestört, obwohl er ein so kaputtes Schattendasein führt, dass ich ihn schon fast mag. Ich habe Angst, beim Masturbieren ertappt zu werden, und gleichzeitig scheine ich genau das zu wollen. Kennst du das auch?"

„Ehrlich gesagt", trank Marina, „bin ich selber keine große Masturbiererin. Ich habe schon früh den direkten Kontakt gesucht."

„Für mich wäre es auch besser gewesen, schon früh – am besten sogar mit 14 – den ersten normalen Sex zu haben. Das hätte mich vor einer einsamen Überhöhung der Realität bewahrt und meine Reizschwelle nicht so extrem nach oben geschraubt, wenn's denn damit zusammenhängt. Ich bin anorgasmisch und noch Jungfrau."

„Moment, du bekommst keinen Orgasmus? Nie?"

„Eben das würden wir im Philosophieunterricht ‚die honigbestrichene Klinge' nennen: Ich werde nicht satt. Immer bin ich paradiesisch nah, und immer hält mich eine Blockade fern. Ungefähr so doppelschneidig, wie wenn Filomena nicht aus Filomena rauskäme", haderte sie mit sich selbst und achtete innig auf die Reaktionen ihres weiblichen Gegenübers. Schließlich bekannte sie mit tapsender Verschwörerstimme: „Wenn du wüsstest, wie versessen ich dabei auf die oberflächlichste Aufmerksamkeit bin … Ich filme mich brustabwärts und lade die Videos auf Pornoseiten hoch."

„Ach, sieh an", entfuhr es Marina gedankenvoll. Demnach habe ich mir doch nicht zusammengesponnen, dass sie die angebetete Muse ist!

„Ja, du hast wenigstens keine Vorurteile. Fürs Hochladen muss man sich zwar auf vielen Pornoplattformen registrieren lassen, aber ich klicke mich auf Schleichwegen durch und fiebere der legalen 18 entgegen, die alle schlechten Gewohnheiten heiligt. Was erst einmal im Netz ist, verbreitet die tausendbeinige Spinne skrupellos, und mein Gesicht kennt wie gesagt eh niemand. Es ist eigentlich 'ne blendende Fremd- und Selbstverarsche: Wir, also ich und die anderen digital spukenden Körper, wollen für unsere Laster persönliche Anerkennung, ohne in unserer Person erkannt zu werden. Diese kopflose Inszenierung belastet mich total. Außer dass ich als Tierbändigerin an meinem eigenen Narzissmus gescheitert bin, fördert der ganze Bildersturm ungemein ein bisexuelles Konkurrenz- und Wunschdenken."

„Du bist nicht nur ein gut aussehendes, sondern auch ein schlaues Köpfchen. Ein zarter, harter Poet als Freund würde dir hervorragend stehen."

Wie durch den Südwind klärten sich Filomenas um-
wölkte Züge für einen Augenblick auf. „Du ermutigst
mich. Schade, dass meine kleinen Äpfelchen nur in 'ne
hohle Hand passen."

„Nicht alle gucken auf große Brüste, glaub's mir."

„Nee? Ich schon. Darf ich deine mal anfassen?"

Bitte lass, hätte Marina abwinken können. Stattdessen
rückte sie ein Stückchen näher.

Die Hände ihrer modelgroßen Stieftochter waren un-
verhältnismäßig zierlich, so dass sie die eingepackten
Schätze umrunden mussten. „Fühlt sich toll an", federte ihr schwarzbewimperte Blick nach oben.

O Gott, gleich steckt sie mir wie ein verirrtes Küken
auch noch die Zunge in den Hals, und ich muss sie
wegstoßen und sagen: Nicht, Filomena, nicht, das können wir deinem Vater nicht antun. Entweder verzerrte
Marina hiermit die Realität, oder sie eilte ihr lediglich
voraus und die blutjunge Besucherin spürte diese man-
gelnde Bereitschaft. Jedenfalls lenkte sie ihre Händchen
wieder weg.

„Meist gefallen mir Männer, die nichts Protziges und
Poppiges an sich haben. Klar darf der Kandidat hübsch,
sogar irre hübsch sein, aber Hauptsache, er ist immer
ganz er selbst. Im Bett müsste er zuerst mir zuschauen,
bevor wir's miteinander machen." Sie ließ ihr Gesicht
abermals hinter der weißen Kaffeetasse verschwinden.

Nach ihrem letzten Schluck, der wie ein Schniefge-
räusch klang, betonte sie verrucht: „Wenn mich die Erregung fortträgt, dann erinnert das ganz an die Darstel-

lungen von flach reingefixtem Rauschgift. Wozu sollte ich Entsagung und Erleuchtung anstreben? Ich glaube nicht an den gekreuzigten Christus, nicht an den lachenden Buddha, an gar nix. Ich will verblendet und high sein. Verblendung kann sich so superschön wie eine Wanne voll knisternder Schaumberge anfühlen. Eigentlich gehöre ich zu den Glücklichen. Ich bade mehr als andere in Lustempfindungen, mehr in Wohlstand, Fortsch..." Aufschluchzend tropften plötzlich die Tränen über ihre Wangen.

Die 37-jährige Fischertochter zögerte, umarmte Filomena schließlich und schenkte ihr den mütterlichen Trost, den sie selber gebraucht hätte. Etwas nervenaufgerieben, aber in gutem Stil schrieb sie gleich danach Zefanja.

Auf ihrer Terrasse, wo eine müde Schlinge spatzenbrauner Herbstblätter über den Boden wehte, stand Desiree unglücklich mit ihrem älteren Bruder, Viktor. Von fast vollständigem Haarausfall gezeichnet, war er vergangenes Jahr zum Polizeikommissar befördert worden.

„Ich kann es nicht leiden, wenn jemand wie auch immer den Familienfrieden stört und keinen fairen Beitrag leistet", betrachtete er sie mit geschwisterlicher Anteilnahme von der Seite. „Soll ich mal mit Wenedikt reden?"

„Nein, lass nur. Es ist komplizierter. Wie sieht's denn bei dir aus?"

„Das frage ich mich auch. Ein immer zu bereinigender, nie freigemüllter Berg an Arbeit raubt mir die Sicht."

„Du wolltest die Beförderung doch?"

„Ich wollte sie, damit meine Kinder – ‚meine' soll heißen ‚alle' – gut und sicher heranwachsen. Während ich aber für meine Frau spätabends noch Zeit habe, bleibt für die beiden nicht die Spur davon übrig. Schon irgendwie absurd."

„Und nun?"

„Und nun", echote Viktor, „bleibt trotzdem der Rechtsstaat die fundamentalste Erfindung der Menschheit. Wenn man nach einem noch höheren Sinn fragt, findet man immer nur eine Buddelkiste für sich, für seine Kinder, die Kindeskinder und so weiter. Weitermachen!"

Desiree bedachte ihn mit einem respektvollen Stirnrunzeln.

Sinn- und Sinnlosigkeiten aus-, dann wieder ineinanderzuschachteln, war vor allem Marinas lebenslanges Martyrium. Sie merkte am Computerbildschirm wohl, dass durch ihren Kopf ein aufbauschender Hummelflug brummte, der sie über die Zeilen schlittern und schlimmstenfalls zu einer grotesken Logik springen ließ. Dennoch krallte sie sich nur umso tiefer hinein. Sie glaubte fälschliche Korrekturen korrigieren zu müssen und verlor völlig den Überblick.

So wütend wie erfolglos suchte sie nach Notizzetteln, preschte in das Arbeitszimmer ihres verplanten Ehemanns und kramte dort herum. Mit klatschendem Flügelschlag landete sein Tischkalender vor ihren Füßen.

Sie klaubte ihn vom Boden auf und las vorgemerkt am

2. November den miniaturistischen Eintrag: „Eva I. L. offiziell Pankow", zurückblätternd am 25. Oktober jedoch: „Incurable Love privat Pankow."

„I. L." beziehungsweise „Unheilbare Liebe" – dass dies der vieldeutige Titel des neuen Albums sein könnte, dämmerte Marina zwar wie ein roter Sternennebel auf, aber „privat" unter hierbei verdächtiger Weglassung des verfickten Namens! Er liebt mich nicht, er liebt mich nicht, er liebt mich nicht, sah sie ihre Eifersucht in einer wahnsinnigen Stichflamme bestätigt.

Ihr erster Rachegedanke zuckte dahin, die vermeintliche Hure auf *Facebook* zu kompromittieren. Doch selbst unter geistigen Trübungen war der Epilepsiekranken klar, dass sie dort persönlich ins Fadenkreuz geraten könnte. Dann kam ihr eine bessere, viel bestialischere Fiesheit in den Sinn.

Sie loggte sich an ihrem Notebook mit dem Benutzernamen „Ivy" in den Chat „Berlin Frenzy" ein. Ihre blitzblauen Augen erhaschten in der Besucherliste das Pseudonym „Discobolus", und wenn er nicht jetzt online gewesen wäre, so würde sie ihn eben später angeklickt haben, denn dahinter verbarg sich tölpelhaft wie ein Stier hinter einem Rosenbusch niemand anderes als Wenedikt.

„Ich glaub's ja nicht. Was verschlägt dich denn hierher?", schrieb er zurück.

„Dasselbe wie dich. Erinnerst du dich noch, wie du mich damals angemacht hast?"

„Na ja, hellauf begeistert warst du nicht unbedingt."

„Das lag nur an der Art und Weise."

„Zum Charmeur werde ich's wohl nie bringen."

„Offenbar kennst du mich nicht. Ich will's hart und rau. Kompromisslos rau."

„Du? Die Schmuserockerin?"

„Ja, ich. Bei so viel rauf- und runtergesungenem Herz-schmelz" – sie vertippte sich – „braucht man auch mal 'ne stahlharte Abwechslung. Oder bist du ein Loser?"

„Wo, wie und wann?"

„Ich gebe morgen wieder ein Konzert …"

„Als wäre ich blöd und wüsste von nichts. Der Besit-zer des Klubs und ich sind alte Freunde, wenn das auch nicht mehr vom veranstaltungstreibenden Ex meiner et-was spaßallergischen Desiree gilt. Los, red weiter."

Ein schreckenerregender Freudentaumel prophezeite Marina das Zuschnappen der Falle. Mit einem allerletz-ten Schub grimmiger Konzentration erläuterte sie: „Du darfst mit niemandem, absolut niemandem darüber spre-chen, also auch nicht mit mir. Sonst ist die Magie futsch. Zeig mir schauspielerisch die kalte Schulter. Sobald ich nach dem Auftritt wie immer zur Toilette laufe, pirschst du hinter mir her. Und vergewaltigst mich. Ich werde mich wehren und versuchen, so ein stereotypes Zeug zu schreien wie: ,Hör auf, Wenedikt! Was soll das? Ich will nicht, nein!' Aber du wirst mir einfach mit Gewalt den Mund zuhalten, mir ein bisschen die Gelenke ver-drehen und darfst in dem Moment wissen, dass du's wie die Nummer Eins machst. Abficken und liegen lassen. Kriegst du das hin?"

„Worauf du wetten kannst!"

Der Dämon in ihr wollte alles und sie selber zerstören.

Violettgrau von der frischen Nacht eingerahmt, girrten in den Klub so viele Leute, dass selbst die eisenstängelige Galerie bald warm und proppenvoll war. Vielleicht hätte Adrian mit dem Besitzer einer größeren Lokalität verhandeln sollen, wo die Sicherheitsmänner nicht in kurzsichtigen Ecken rumstanden. Jeder Eigentümer, der nicht selber die Rolle des Veranstalters übernahm, gab damit Verantwortung ab. Deshalb hatte Adrian auch schon mit dem Gedanken gespielt, gleich einen eigenen Klub zu eröffnen, doch er blieb gerne mobil. In einem hinteren Räumchen unterhielt er sich noch mit der blondlockigen Sängerin.

„Wie lange machen wir zwei das nun schon, Eva?"

„Zählen Freunde die Jahre? Garantiert schon mehr als sieben", fügte sie mit einem Mix aus angespanntem Frohsinn und Nachdenklichkeit hinzu.

„Bist du dem Trubel nicht auch manchmal überdrüssig und sehnst dich nach einem idyllischeren Leben irgendwo fernab?"

„Ich fürchte, dass für mich der Trubel jetzt erst so richtig beginnt. ‚Incurable Love' droht ein ziemlicher Hit zu werden." Die Zeiten ihrer Tiefs schienen ein für alle Mal vorbei.

„Ja, endlich spüren auch die Leute deine bezaubernde Aura."

„Das ist eine sehr charmante Bemerkung", neigte sie

verlegen den Hals. „Du warst mir immer der Liebste unter den Organisatoren."

„Heißt das, du siehst mich schon das Handtuch werfen?"

„Nein, nein, so meinte ich das nicht."

„Wie meinst du es denn?", trat er näher an sie heran, kuschelnah.

„Dass du mir der Liebste … bist", stockte Eva und blickte zu seinen sandsteinfarbenen Augen auf, in denen sich wunschgefangen ihre Anmut spiegelte. Zweifellos bannte sie das alles wie ein durstiger Magnet.

Der samtene Hauch ihres Mundes streichelte sein melancholisches Gesicht, während taub und stumm eine innere Leuchtturmblende ihn erinnerte: Sie lieben … Sie lieben …

Knöchern ließ ein dumpfes Klopfen an Holz die beiden auseinanderfahren. „Was gibt's? Herein", bat die rasch gesammelte Musikerin.

Der ziegenbärtige Klubbesitzer schob die Tür auf. „Hey, Ivy, kannst du mit deiner Band schon 'ne halbe Stunde früher auftreten? Die Meute frisst ansonsten noch die Bühnendeko."

„Geht klar."

Verärgert sah Adrian jedoch hinter dem Klubbesitzer den abgetakelten Sportler aufragen, der mit einer grünen Flasche Bier grüßte. „Was sucht denn die lungernde Hyäne noch im hinteren Bereich?"

„Wir bleiben alle schön nett. Ist schon okay, nicht, Wenja?", kniff Eva ihm gegenüber ein Auge zu.

Er sagte dazu so wenig wie ein Eisblock, von dem immerhin ein splittriges Lächeln runterschmolz. Dafür vergalt es ihr der bärtige Eigentümer mit einem Nicken und zog die Tür nochmals zu.

„Hu, das hat uns gerade noch vor einer Unvorsichtigkeit gerettet", lockerte sie ihre dünn bekleideten Schultern. „Hoffentlich überwindet Marina ihr Trauma bald."

Ein lange hochrieselnder Enthusiasmus begrüßte Ivy im Rampenlicht. Nach einer guten Stunde schmetterte ihre Band noch eine schmachtende Zugabe, bevor sie ihr handfeuchtes Mikrofon in das Loch des Ständers zurückschob und mit einem Luftkuss für den zufliegenden Beifall von der Bühne ging.

Sie huschte wie abgemacht auf die kleine, nicht für Gäste bestimmte Damentoilette mit zwei momentan offenen Kabinen und schloss eine davon zu. Hinter ihr her schlich der klotzige Deutschrusse und entriemte vor der Tür närrisch grinsend seine Hose.

Die Spülung rauschte, das Schloss krangelte wieder auf und Eva erstarrte vor Schreck. Dann sprang ihr Blick von unten nach oben, und mit unsicherem Humor schimpfte sie: „Wenedikt! Bist du so betrunken, dass du die Herrentoilette nicht findest?"

Doch im selben Moment stieß er sie in die gipsern zuschlagende Kabine zurück und zerrte ihr das Kleid von der Haut. Ruckzuck lag sie auf dem Toilettendeckel mit krumm an die Wand gepressten Nackenwirbeln, so dass der Spülschalter dort noch einmal raunte.

„Verdammt, das ist nicht lustig. Hör auf, ich …"

Hier verbesserte Wenedikt den neuropathischen Plan ein wenig, indem er Eva mit einer mittelkleinen Rolle schwarzen Industrieklebebands überkreuz den Mund zubatschte. Er drückte einarmig ihre beiden Handgelenke über der zerzausenden Frisur zusammen, zerriss die Unterwäsche und zwängte sich zwischen ihre Schenkel, um dort herumzuwursteln. Es stachelte sichtlich seine Erregung nicht an, wenn sich die Frau sperrte, sondern machte alles nur technisch und schwer für ihn, weil er einfach kein echter Vergewaltiger war. Dabei wehrte sich Eva nicht einmal wild. Sie begann sogar fügsam zu werden, um vermutlich die üble Eskapade nicht noch übler zu gestalten. Weil sich der rückenverletzte Hüne umständlich nach vorne bücken musste, ließ er daraufhin ihre Handgelenke wieder schlippen.

Statt gleich das Klebeband wegzureißen oder seine Eier zu zerquetschen, half sie ihm trocken, dass er vollständig hart wurde. Er musste nichtsdestoweniger seinen fleischigen Meißel mehrmals vorrammen, ehe die schmerzgekerbte Zornesfalte auf ihrer Stirn ausrief: Hast du ihn jetzt endlich drin, du Arsch?

Geradezu ehrgeizig hob er die Softrockerin auf seine Hüften und klemmte sie gegen die wabbernde Kabinenwand. Sie langte zusätzlich nach hinten zu der oberen Kante, schob ihre Nasenflügel vorbei an Wenedikt und steckte Stoß um Stoß ein. Immerhin kostete es nur fünf missverständliche Schandminuten, bis er mit ihr fertig war und sie wie eine halb automatisierte Puppe wieder krumm auf der Toilette landete.

Er schnalle unverzüglich seinen Gürtel zu, schob die klinisch anmutende Tür einen Spalt auf und äugte zyklopenhaft hindurch. Dann drehte er sich trotz allem nochmals für die unerhört naive Gewissensfrage um: „War's recht? Hat es dir gefallen?"

Obwohl Eva das finstere Band schließlich herunterknebelte, schielte sie nur unheilverkündend dorthin, wo die Kabinentür weit aufgeschwebt war. Furchtsam distanziert, aber standhaft fand sich im Raum mit rotbraunem Kurzhaarschnitt und dem alarmierenden Blaulicht des Handys ihre Managerin.

Wenedikt stürzte in Verwirrung, machte einen halben Schritt vorwärts und verlangte gleichzeitig von Eva: „Sag doch was!"

Aber ihre spröde Lippe brachte nur ein Beben hervor, ihre Arme verschränkten sich vor der Brust, und an der kalten Kloschüssel brannte ein Tropfen ihres Bluts hinab. Wenedikt floh.

Zur selben Stunde brach Marina daheim so alptraumhaft zusammen, als hätte sie sich eigenhändig tausendmal die eiserne Außentreppe hinabgeprügelt. Sie wand sich schreiend auf dem Boden, riss krachend Möbelstücke um und verlor dahinlispelnd den Verstand.

4. Kapitel

Scharf strich sich Viktor mit der Handkante über die niedrig gesprossene Steppe um seinen Mund und stützte dann beide Ellbogen auf die fahle Tischplatte vor. Wenedikt, der breit geknittert ihm gegenübersaß, hatte seine Flucht nicht unbedingt mit krimineller Energie betrieben. Schweigsam stand an der Wand ein weiterer hemdtragender Beamter, dessen noch keineswegs alte Haut etwas grobporig wie die rieselnden Körnchen in einem Stundenglas wirkte.

„Sie", sprach Viktor formell den dringend Tatverdächtigen an, „waren also der Meinung, dass Ihnen unter dem gemeinsamen Dach einer Partnerschaft langweilig und ein sexueller Übergriff der richtige Ersatz sei?"

„Was soll denn dieses heuchlerische Siezen? Bitte", straffte sich Wenedikt, schaute zu dem dabeistehenden Polizisten und zeigte auf Desirees kommissarischen Bruder, „ich will nicht mit ihm, ich will endlich mit einem anderen Beamten sprechen. Man kann nicht gerade behaupten, dass er für mich Partei ergreift."

In Anbetracht dieser ungeschickten Formulierung vermochte der ernste Kollege ein dezent spöttisches Lächeln nicht zu unterdrücken. Viktor fuhr scheinbar sachlich mit seinem Verhör fort: „Es grenzt an ein Wunder, dass Sie – abgesehen von der Bandenschlägerei um ein Mädchen in Ihren Jugendjahren – nicht schon früher auffällig wurden. Warum haben Sie gerade Frau Günther als Vergewaltigungsopfer ausgewählt?"

„Ich habe sie nicht vergewaltigt!"

„Dass Sie bei dieser Indizienlage darauf beharren, ist schon beachtlich. Die Managerin bezeugt etwas ganz anderes."

„Die war ja auch nicht eingeweiht."

„Eingeweiht in was?"

„In die Inszenierung, die Eva selber gewollt hat. Frag sie", wehrte sich der gefallene Diskusstar wie unter Steinbewurf. „Sie wird dir nichts anderes sagen, wenn sie noch die Wahrheit liebt und nicht völlig meschugge ist. Im Internetchat ‚Berlin Frenzy' hat sie alles persönlich mit mir abgesprochen."

Adrian trug ein Köfferchen voll Kleidung und Toilettenartikeln für Eva aus der Charité hinaus. Unter ihrer brombeermatten Wollmütze wollte sie unzweifelhaft von ihm nur nach Hause gefahren werden, als sich skandalöserweise ein Reporterteam an die Sängerin ransabberte. Dagegenknurrend jagte er allesamt weg.

„Ist doch nicht zu fassen, was den Menschen einfällt, und einem Exemplar ganz besonders", öffnete er für sie die Wagentür. „Immerhin steigst du noch bei einer männlichen Person ins Auto ein."

„Danke." Sie geduldete sich, bis er mit seinem ringsumklappernden Schlüssel neben ihr saß. „Mir ist Wenedikts Verhalten auch ein böses Rätsel. Aber ich kenne Männer, die anders sind, und Frauen, die's schlimmer erwischt hat als mich."

„Es so sehen zu können, ist natürlich die beste Seelenarznei. Hoffentlich hält die Wirkung an", fütterte Adrian das Zündschloss. Statt den Motor anzudrehen, zog er jedoch sein Handy aus der raschelnden Jackentasche. „Ich muss unbedingt noch zu Hause anrufen."

„Ja, ich weiß."

Auf der häuslichen Bettkante hob Jelina ein Glas Wasser an die Lippen ihrer Geliebten. „Trink doch, trink." Obwohl sie nach ihrem zerreißenden Erdbeben in sich selber verloren blieb, schluckte Marina mehr oder weniger. Dann quietschte mit deplazierter Fröhlichkeit das Festnetztelefon, und die umhegende Therapeutin meldete sich mitteilsam.

„Schwer zu sagen, inwieweit sie bei Bewusstsein ist. Sie schlägt manchmal die Augen auf, scheint mich aber nicht zu erkennen." Selbst im rabenschwarzen Fall eines irreparablen Hirnschadens wollte Jelina zu ihr stehen. Beinahe hätte sie Adrian gefragt, ob sie an seiner Stelle in der kommenden Nacht bei ihr wachen dürfe. Doch sie sank lediglich auf die Bettkante zurück. „Sie faselt noch immer wie in Fieberschüben vor sich hin."

„Verstehen kannst du nichts davon?

„Nicht so wirklich, nein. Oft hört es sich auch portugiesisch an. Wie geht's denn Eva?"

„Sie kann morgen um acht Uhr bei sich zu Hause vernommen werden. Ich selber muss gleich nachher zur

Polizeistelle, obwohl sie mich schon am Tatort sinnlos ausgequetscht haben. Wenigstens ist Marina bei dir in guten Händen. Bis heute Abend also."

Ein gedämpfter Schmerzenslaut entwand sich zeitweise der Schwerkranken. Tief innen stampfte durch sie ein Schreckensturm, der alle Gedanken mit splitternden Dächern hoch in die steinkalte Luft hieb. Im Chaos hörte sie aus Kratern weit, weit unten überwinterndes Blütenrosa zu ihr sprechen, und Häuserteile segelten trunken zurück in ein germanisches Postkartenlissabon. Der Spiegelschrank ihres Berliner Gefängnisses gewann Konturen, und nicht nur er allein. „Jelina ..." Doch warum weilte das liebe Gesicht bei ihr? Grauenerregend tauchten die dostojewskihaften Fratzen ihres Verbrechens auf, und eine zernagte Rebenblüte erstickte im Giftrauch weiterstampfender Kolben.

„Marina! Marina, du hattest einen Anfall. Erinnerst du dich?"

Alles in ihr raste zu der Sorge hin, wie es Eva gehe, doch damit hätte sie sich verraten. Auf einem ehrlichen Umweg fragte sie stattdessen: „Wo ist Adrian?"

Ihre erleichterte, hingebungsvolle Therapeutin wollte sie nicht gleich wieder mit einer schlechten Nachricht aufkratzen. „Adrian wäre verzweifelt gerne bei dir, aber alle möglichen Verpflichtungen halten ihn auf. Übrigens hast du seit einer halben Woche nicht gegessen."

„Alles Mögliche? Was ist auf der letzten Veranstaltung passiert?"

Jelina nahm selber einen Schluck aus dem Wasserglas, ehe sie rausrückte: „Eva ist wohl vergewaltigt worden."

Sofort krampfte Marinas Bauchmuskulatur, so dass sie sich aus dem Bett hochkrümmte und an ihrer lesbischen Freundin festhielt.

„Schscht", erwiderte diese sanft die Umklammerung. „Sprechen wir nicht darüber."

Fast ähnlich lagen Adrians Nerven blank, als ihn sein Ex-Schwager mit einer wohlkombinierten Note kühler Selbstgefälligkeit bezüglich Wenedikt fragte: „Kennen Sie irgendjemanden, der ihn oder Frau Günther ganz eventuell in eine Falle treiben wollte?"

„Nimmst du dieses Arschloch auch noch in Schutz?"

„Sie sollten mal vorsichtiger sein. Warum durfte er überhaupt in den hinteren Bereich?"

„Das ist wieder mal typisch! Wenn der Parkplatz absäuft, die Leute sich tottrampeln oder eben der Klubbesitzer für jedermann die Tür aufschließt, dann wird natürlich alles dem Scheißveranstalter angekreidet. Was mache ich noch hier?", wollte Adrian zu seiner portugiesischen Frau.

Viktor besuchte unmittelbar nach der Vernehmung seine geknickt im Haus rumputzende Schwester. „Möglicherweise", schien sie beizupflichten, „muss ich über Wenedikt umdenken."

„Sein Verhalten ist destruktiv, so oder so."

„*Ich* muss gegenüber den Männern mein Verhalten ändern. *Ich* provoziere zu Affären."

„Aber wie kannst du so denken? Wir ermitteln nicht wegen einer unschicklichen kleinen Betthüpferei", trabte Viktor erhoben hinter ihr her in ein anderes Zimmer.

„Wenja hat seine Fehler wie du und ich, doch er würde mich höchstens grob anfassen, wenn ich es in exzentrischem Leichtsinn verlange. Dass ihm der Chat zu einer bierlaunigen Falle geworden ist, glaube ich voll und ganz. Ich glaube aber auch, dass hier niemand anderes die Spielchentreiberin ist als Eva."

„Entschuldige mal, das ist absolut unwahrscheinlich. Sie stand unter Schock."

„Dafür hat sie sich aber im Krankenhaus sagenhaft schnell erholt, findest du nicht? Sie ist eine so gute Schauspielerin, wie sie um ihren Ruf als Sängerin fürchtet. Wahrscheinlich hat sie sich das alles anders vorgestellt, den heiß ersehnten Kick vermisst und kann nachträglich nicht mehr dazu stehen. Sie wird dir morgen erzählen, dass Wenedikt lügt, oder du bekommst eben die Behauptung serviert, dass sich eine unbekannte rachlustige Person für sie ausgegeben hat. Was wundern sich diese hippen Früchtchen überhaupt, wenn ein Mann sie zwischendurch rammeln will?", schrubbte Desiree klagend und inbrünstig die Wendeltreppe.

Ihr Bruder zog eine buschige Braue hoch und blickte sich verwundert um. „Wo ist eigentlich Filomena?"

Filomena stand auf dem abendlichen und von Lichtkaros umbauten Alexanderplatz bei der Weltzeituhr, wobei sie mal nach links, mal nach rechts schmulte. Obwohl die Temperatur noch deutlich über dem Gefrierpunkt lag, kreiste unter den taubenscheckigen Passanten nämlich Zefanja wie auf einer Schlittschuhbahn um sie. Derselbe 30-jährige Bursche, der sich die Avancen mit dem Analstecker ausgesonnen hatte, wagte hier allem Anschein nach keinen schnellen Vorstoß. Seine makelvolle Halbgöttin wäre gar nicht gekommen, wenn sein fotogenes Gesicht sie nicht überzeugt hätte, aber nun konnte sie es unmöglich mit Sicherheit ausmachen. Umgekehrt hatte sie zugegebenermaßen mit einer mulmigen Dreistigkeit ihr eigenes weiter geheim gehalten. Dennoch erkannte Zefanja sie mit ihren schwarz bestrumpften Beinen haarscharf, und ihre starre Mulmigkeit, ihm nicht zu gefallen, schrumpfte bestimmt nicht im letzten Moment.

Von hinten – „Hast du eine Uhr?" – trat er neben sie.

Unbewusst rasch wandte sie ihr Gesicht ihm zu.

Er wandte seines bewusst langsam zu ihr.

„Zwei Uhr in New York, sechs in Portugal, sieben im Herzen von Europa", lächelte sie unsicher.

„Grüne Sultaninen."

„Was?"

„Du hast fruchtgrüne Augen und bist einen Fingerbreit größer als ich", betrachtete er sie forschend bis zum Scheitel.

„Das heißt – enttäuscht?"

„Das heißt, dass die Realität ausnahmsweise stimmt und keiner Retusche bedarf. Du bist sehr, sehr schön."

Ihre Wangen übergossen sich mit Purpurröte. „Wollen wir", blickt sie überall- und nirgendwohin, „einen Spaziergang machen?"

237

„Ich sehe kein Hindernis."

Als sie nahtförmig die beweglichen Maschen der Leute durchquerten, fragte Filomena: „Hast du wirklich auch Berührungsängste?"

„Auf ungereimte Weise manchmal schon."

Sie krabbelte nach seiner Hand. „Jetzt reimt es sich." Vor den runtertauchenden Stufen der U-Bahn, die lediglich ein paar Dutzend Schritte von der Weltzeituhr entfernt waren, schlug sie vor: „Wir können doch auch zu dir gehen? Das bedeutet aber nicht, dass ich gleich f… will."

„Klar. Du kannst bei mir auch nur masturbieren", bewahrte der Lebenskünstler seine wacker reservierte Verschmitztheit. Nichts vermochte die versexte Jungfrau zugleich weiter aus der eigenen Reserve zu locken als diese schillernden, sich hier und da aufblätternden Schuppen.

Erwartungsgemäß rauschte die U-Bahn zu drei Vierteln vollgepackt unter Berlin hindurch. Filomena saß am hintersten der Waggonfenster, die zwischen den heller beleuchteten Stationen bergbaublind dreinschauten. Unverbesserlich fingerte sie sich gleich verdeckt durch die Mantelschöße unterm schmalen Gummizug von Rock und Strumpfhose, wobei ihr Knie bedächtig an Zefanja stieß. Nur das treuherzige Wuschelhündchen eines massigen Mannes mit altem Stock und Schirmmütze schien es zu bemerken. Als jedoch eine Horde Jugendlicher durch den Gang lärmte, verweilte sie still, zog ihre Finger danach heraus und hielt wieder Händchen. Segnend netzte Zefanja mit einem kleinen Kuss ihr Ohrläppchen.

Daraufhin schob sie seine Hand unter die Mantelschöße, und findig rührte er an die lechzende Samtknospe oben in ihrem Spalt. Filomenas weiße Zähne gruben sich in die Unterlippe, ihr Fußknöchel versuchte seinen zu umschlingen, und sie schmolz im Sessel dahin.

„Das könntest du den ganzen Tag machen, und die ganze Nacht", streifte ihr Näslein auch sein Ohrläppchen. Wo waren ihre Gedanken nur hingerattert, als sie zuvor das Pfefferspray einpackte? Immerhin hatte Marina diesen gar nicht unreifen, gar nicht respektlosen Querdenker an sie vermittelt. Wie in einer anderen Dimension durchblinzelten die Lampen den runden Tunnel. „Ich hab mal die Amseln beobachtet. Am liebsten baden manche in einem Dreckpfuhl mitten unter aller Augen, aber sobald jemand nahekommt ..." Sie stockte in zusehends lustbesoffenem Aufwind.

„Ich bin doch jemand."

„Nein, du bist 'ne Ausnahme."

„Und wir beide müssen gleich raus, wenn du mit mir je in meine Bude kommen willst."

„Würd's dich stören, wenn ich rauche?"

„Dein Mund blüht zu schön."

In seiner keineswegs butzenhaften, sondern sparsam schnörkeligen Wohnung ließ sich Filomena stürmisch von ihm das Knutschen beibringen. Doch nackter und nackter verfiel sie in das animalische Faible, ihrem Erwählten quer über das Gesicht zu schlecken. „Ah, ich will endlich ficken, ich will!"

Ganz und gar nicht euphorisch betrat dagegen ihr Vater seine Wohnung. Unfassbarerweise lag Marina nicht mehr im Bett, und sie war auch nicht in dem mondstillen Wohnzimmer, der kalten Küche, dem nüchtern höhnenden Bad oder antwortete von sonstwoher auf seine Rufe. Adrian beugte sich auf das noch leicht warme, von ihrem Geruch getränkte Laken. Ihn durchschauerte der Eindruck, dass sich das ungeheuerliche Rad der Gesellschaft schwindelerregend schnell drehte und wie eine vielköpfige indische Gottheit selber aus den Fugen hob.

Sein Handy kommentierte es mit einem bündigen Pfeifton. Sträflicherweise beim Autofahren schrieb Jelina ihm: „Marina ist aufgewacht, hat nach dir gefragt und es in der Wohnung schließlich nicht mehr ausgehalten. Wir sind unterwegs zu mir nach Hause."

Gekrümmt legte Adrian sich auf ihre Betthälfte.

Während der Nachthimmel hier wolkenlos blieb, nieselte unweit entfernt Regen auf die Straßen. Die verliebte Therapeutin hatte befürchtet, dass Marina einen erneuten Nervenzusammenbruch erleiden könnte, nachdem sie zwanghaft lange ihr winziges Reich nicht mehr verlassen hatte. Stattdessen hielt sie sich mit allen zehn Fingerspitzen bloß den angestrengt gesenkten Kopf unter dem leicht fettigen Haar. Dass die Scheibenwischer unermüdlich die ampelfarbig zerlaufenden Tropfen fortnahmen, wollte sie nicht sehen. Trotzdem huschten am Rande ihres Blickfelds auch die gespenstischen Scheinwerferaugen anderer Autos vorüber und die öligen Schatten von Stein. Immer wieder schreckte sie zusammen.

Nach einer sanften Kurve standen die Räder still. „Wir sind da."

Zögerlich hob Marina den Blick, und die nicht unvertraute Villa hieß sie willkommen. Jelina legte aussteigend einen Arm um sie, worauf beide miteinander hineinschlüpften.

Die im oberen Stock eingerichteten Wohnräume waren ecruweiß mit kirschhölzernen Möbeln, aber strandesluftigen Polstern und Kissen. Im Schlafzimmer hing ein Aquarell mit je einer orangegelben und lilablauen Rose, die sich innig zunickten.

„Wie ist es, wieder mal woanders zu sein?", fragte Jelina.

„Ich fühle mich einfach wie 'ne große Laus."

„So erscheinst du mir sicher nicht."

„Ich bin wirklich froh, dass ich bei dir sein kann, Jelli. Darf ich erst mal ein Bad nehmen?"

Verblendung könne sich so superschön wie eine Wanne voll knisternder Schaumberge anfühlen, hatte ihre Stieftochter gesagt. Doch unter dem Shampoo rieben und frästen sich der ungeheilten Portugiesin nur selbstanklagende Gedanken durch das Hirn: Ich brüllte nach Gerechtigkeit und bin schreiend ungerecht geworden. Wie vergesse ich nur, dass ich ich bin? Das Schaumgebirge ist nicht hoch, das Wasser hier nicht tief genug.

Geschwächt stützte sie sich irgendwann auf, hob ihren geschwungenen Fuß und pflatschte mit einem quietschenden Rums zurück in die Wanne. Abermals schlug sie sich ihren armen Schädel an, und das tropfnasse Bein hing lasziv über Bordrand. Warum hackt es mir niemand mit dem Fleischerbeil ab?

Jelina stürzte herein, ordnete angesichts der träge verrutschten Badenden ihre Gedanken und erkundigte sich: „Hast du dir weh getan?"

„Und wenn schon."

Sowie Marina anstandshalber das Bein zurückziehen wollte, knickste die Lesbierin vor sie hin und liebkoste es so eindringlich, dass ihr weizengoldener Scheitel daran trank. Genauso wenig störte es sie, dass ihre Hose pitschnass wurde. Einerseits wollte sie ohnehin alles von der Hüfte krempeln und andererseits die nervenzerflossene Schwäche ihrer Geliebten nicht ausnutzen, geschweige denn verschlimmern. Rosig wie je spitzte aber aus den weißen Bläschen deren Busen hervor, und schon bat sie: „Ersticke mich mit deinen Küssen."

Fasernackt schwappte Jelina zu ihr hinein. Beide wanden sich mit tauchenden, flößenden Händen wie Delphine. Doch der krakige Gedanke, dass ihr keine Lustempfindungen mehr zustünden, nachdem sie so viel Leid über Eva und Wenedikt gebracht hatte, schnürte Marina in ein unsichtbares Korsett.

Irgendwas stimmt nicht mit ihr, überlegte die homosexuelle Menschenkennerin. Wie soll denn auch alles stimmen? Sie hatte einen fürchterlichen Anfall.

Unzweideutig strudelte und sackte allerdings das Wasser ab. „Mina, mein Herz, wir sind an den Stöpsel gekommen."

„Ich hab ihn extra gezogen, um die Wanne noch mal

frisch und heiß volllaufen zu lassen." Abgesehen davon, dass sie es für Jelina entwürdigend fand, nicht in reinem Wasser zu baden, wollte die verquere Strippenzieherin von sich die Vergewaltigung abwaschen. Aber noch war der Stöpsel nicht wieder drin, und natürlich hätten hierfür auch tausend Wannen nicht ausgereicht.

Bei dieser war der silberne Hahn mittig angebracht. Erregt lenkte Jelina ihre Liebste dorthin, wo sie sich nicht längs, sondern in die schmale Querseite setzen und beide Fußspitzen hoch an die Wand stellen sollte. Diese gymnastische Dehnung schickte einen angenehmen Schmerz durch ihren noch immer verkrampften Körper, und vor allem schoss der satte Wasserstrahl genau in ihre leuchtrote Venusblüte. Gegen diesen Verwöhnreiz konnte sich Marina nicht mehr wehren, und sie legte ächzend den Hals zurück.

Noch hingegossener ächzte es aus ihr, als sie die Lippen der anderen auf ihrem entblößten Kehlkopf spürte. Weil die Opferrolle sie so unerwartet entzückte, umschloss Jelina ihn spielerisch mit ihren Zähnen und tastete währenddessen, ob der Freudenstrahl unverändert in den zartfleischigen Kelch traf.

„Oh, ich bin klafterweit offen, mein Inwendigstes, mein Schrecklichstes bricht auf!"

So heftig es Jelina auch mitriss, wunderte sie sich doch über ihre Sexfreundin. Was war mit dem Trauma geschehen? Dieselbe Frauenhasserin, die sich so eisern verschlossen hatte, würde sich wollüstig ergeben die Kehle durchbeißen lassen.

Endlich spülte der Orgasmus auf seinem Schaumkamm sie gnädig aus sich selber hinaus. Echoend rauschte der Plastikmüll ihrer Seele leider zu ihr zurück, und sie bedauerte, dass die Erlösung nicht länger gewährt hatte. Dennoch entkräuselten sich ihre Gehirnströme ein bisschen und flachten ab, ehe sie mit Jelina das tücherausgelegte Bad verließ.

Müder und müder fühlten sich ihre Gliedmaßen an, obwohl sie tagelang im Bett geruht hatte. Einfaches Kuscheln war Marina immer schwergefallen, weil sich ihre Haut gerne mit Nervenreizen vollsog und bald wieder freien Raum begehrte. Doch heute Nacht wollte sie wie ein seitlich umgekipptes Fragezeichen umarmt werden, was die rückendeckende Liebhaberin durch einen umso fraglicheren Seligkeitsanflug wachhielt. Marina schlief zwar ein, blieb vom Bewusstsein aber nur eine diskusbreit knackende Eisschicht entfernt, durch die sie Evas Grimasse sah und nicht entscheiden konnte, ob diese oder sie selber von unten oder oben klopfte. So zerrüttet hielt ihr Schlaf natürlich nicht zusammen, und entgegen aller Verdrängungsversuche fand sie den Weg zu ihm nicht zurück. Aber ach, Jelina war da, und Jelina streichelte sie. Sag es ihr. Und wenn sie mich dann auch noch hasst?, haderte Marina mit sich selbst. Sag es ihr. Vertrau auf ihre Leidenschaft und lass dich uferlos von ihr betäuben.

„Jelli."

„Hm? Hast du was Schlechtes geträumt?"

„Ja, dass ich ein Scheusal bin."

„Du bist mein Liebling", flüsterte sie.

„Lass uns ... lass uns noch einmal in die Wolken tauchen, aber ganz langsam. Du bist so toll."

Beflügelt wanderte Jelina am sinnlichen Körper der Südländerin abwärts, die sich ihrerseits auf den Rücken drehte. Sobald die tupfwarme Zungenspitze ihre Schamsaiten teilte, vibrierte von dort schon eine hellere Empfindung durch sie. Doch die opaliszierend Teufelsaugen grinsten sie weiterhin an. Dass sich manchmal gestresste Frauen auslassen möchten und gar nicht ausgelassen seien, wusste Jelina nur zu gut. Die erotische Meisterin schob nachhelfend zwei Finger in Marina hinein, um sie weich zu schmirgeln, und tippte gleichzeitig mit flinken Zungenschlägen an ihre Klitoris. Vor diesem engelszarten Angriff humpelten ihre Spukgestalten hinter rissige Barrikaden zurück.

Halb durchtränkte sich ihr Gewissen schon mit Blindheit, halb knirschte es noch. Gekrätscht sah sich Marina wiegen und schaukeln. Dann schien sie beidbeinig über Bord zu stürzen wie damals als mutterloses Mädchen, doch diesmal würde ihr Vater sie nicht retten dürfen. Sie würde in ihrer salzigen Lust ersaufen. Der spaltige Meeresgrund kannte weder Sonne noch Eis, war ewig gut und ewig grausam. *O mar, a mae* – das Meer, die einzige Mutter – nähme sie wieder zu sich.

Alle Bilderlast entschwand aus ihrem Denken, und nur noch der vorbewusste, vororgasmische Gefühlsstrom blieb. Verzehrend und verdrängend troff auch die Muschel der Lesbierin. Sie legte sich gedreht zur 69 auf

Marina, um zugleich weiterlecken zu können und sich selber die rosa Glut ausschlürfen zu lassen. Wie verschossen und liebevoll ihr heute doch die schöne Portugiesin entgegenkam!

Beide hätten nicht zählen können, wie viele kleine vulkanische Beben sich jeweils zu ihrem wogenden Höhepunkt aufschichteten. Unendlich fern trug er sie hinaus, und was wie ein Wonnekeuchen ineinanderbrauste, war eine Gischt dankbarer Schluchzer.

Sie sanken in traumlosen Schlaf.

Schon gegen sechs Uhr morgens wisperte allerdings Marinas kastanienpurzelnde Stimme: „Jelli. Ich, ich muss dir was sagen."

Geirrt, wachte die Psychologin selig auf, ich habe mich eben geirrt. Vermutlich ist sie doch lesbisch, auch wenn's da noch den traurig getroffenen Adrian und dort die Schusslinie der Vergewaltigung gibt. „Was willst du mir sagen?"

„Ich bin ein Monster, ein echtes, und habe kein Recht auf das Leben, kein Recht auf die Liebe. Liebe mich bitte trotzdem. Lieben wir uns noch einmal."

Ja, uns lieben! „Aber warum bestehst du denn darauf, dass du ein Monster bist, mein Herz?"

Marinas aufsitzender Schatten im Bett zitterte. „Weil ich etwas Schreckliches verbrochen habe …" Sie legte ein volles, intimes Geständnis ab.

Jelina knipste bestürzt das Licht an, hörte das plankenkreischende Kentern und hatte es gleichwohl geahnt. Nicht alles ohnmächtige Gefasel hatte die Kranke zuvor auf Portugiesisch von sich gegeben. Zum Tatzeitpunkt war sie selbstverständlich unzurechnungsfähig gewesen, aber das würde sie nicht vor einer Sicherheitsverwahrung retten. Wenngleich sie davon abgesehen die bittersüße Nacht über nur Trost bei Jelina gesucht hatte, so blieb deren Liebe umgekehrt doch sturmfest. Sie schoss aus dem Bett und zog sich an.

„Was hast du denn vor?"

„Eva wird um acht Uhr von den Ermittlern befragt. Sie muss bestätigen, dass sie alles selber im Internet mit Wenedikt abgesprochen hat", schnappte sie ihren Autoschlüssel. „Du bleibst hier im Haus und wartest, bis ich zurückkomme."

„Wir können von ihr doch nicht verlangen, dass sie auch noch lügt."

„Sei still! Entschuldige", fügte Jelina schmerzlich hinzu, „aber wem nützt diese Wahrheit von Schuld und Unschuld denn was? Dir, ihm, ihr? Bitte rühr dich nicht von der Stelle, solange ich versuche, deinen Kopf aus der Schlinge zu ziehen."

„In Ordnung", unterwarf sich Marina.

Die ungeschminkte Therapeutin raste los. Sie stellte ihren Wagen irgendwo ins Parkverbot und hetzte die zweitrangigen Klingelschildpailletten der Straße ab, in der ihrem Wissen nach Eva wohnte. Endlich fand sie den Namen und drückte den metallenen Knopf, weil die Eingangstür des mehrstöckigen Hauses konsequent verschlossen war.

Die Sprechanlage knackste. „Wer ist da?"

247

„Jelina. Ich muss mit dir sprechen, Eva, dringend."

Einen halben Takt später erklang nüchtern: „Vierter Stock."

Der Entriegelungsmechanismus surrte, und die nervlich etwas kontaminierte Akademikerin hielt sich dazu an, nicht die Treppe geradezu hochzurennen. Oben öffnete Eva in einem flauschigen Bademantel, aber mit bereits gebürstetem Haar und wählerischer bis kritischer Erwartungshaltung.

Ein grauvioletter Stiefel schlummerte noch seit dem Konzertvorabend unverwendet bei einem Schuhschränkchen im Flur, der ansonsten ziemlich gefühlsgeordnet wirkte. „Mir tut das ganze Fiasko aufrichtig leid", begann Jelina, „und wenn du Hilfe brauchst, bitte ich sie dir gerne an. Es gibt in diesem Fall aber noch zwei weitere Opfer."

„Zwei weitere Opfer?"

„Marina und Wenedikt. Sie ist aufgewacht." Schnell gestikulierend lüftete Jelina die versteckt tyrannisierenden Minderwertigkeitskomplexe ihrer Epileptikerin und deutete die Möglichkeit einer humanen Falschaussage an, woraufhin die Zuhörende einen flauschbedeckten Arm in den anderen verschränkte. „Marina ist schon gestraft genug und mehr als vier Jahre lang eingesperrt gewesen. Wenn die Polizei über die Chatprotokolle und andere Nachforschungen auf ihre Spur kommt, ist sie erledigt. Sie wird dann für den Rest ihres Lebens in der Psychiatrie vor sich hin vegetieren. Dabei ist jede Wiederholungsgefahr höchst unwahrscheinlich und dieser Wahn von Gerechtigkeit am allerwenigsten das, was sie noch braucht. Marina hat ihrem Zorn selber die Spitze abgebrochen und bereut ihre Tat zutiefst. Sie ist kein schlechter Mensch, Eva."

Die nachdenkliche Sängerin füllte ihre Brust mit Atem. „Lass mich allein."

5. Kapitel

Viktor saß mit dem Minidegen eines rotierenden Kugelschreibers und seinem sandstillen Kollegen an Evas Küchentisch, der nun wie das Gestell im Polizeigebäude von dem rechtwinkligen Fleck eines blauschwarzen Aufnahmegeräts verunziert wurde. Sie selber trug einen nicht zu lockeren, nicht zu straffen Pullover und Jeans. Gerade hatte der Kommissar die Behauptung wiedergegeben, dass Wenedikt auf einer Plattform namens „Berlin Frenzy" alles mit ihr abgesprochen haben will. Ihr erkennbarer Mangel an Verwunderung mochte darauf zurückzuführen sein, dass dies bereits zu ihr durchgesickert war, doch zu allem hin verhielt sie sich gar nicht wie ein Opfer.

„Das stimmt. Ich habe im Chat alles mit ihm abgesprochen."

Viktors Brauen blitzten ineinander. Hingegen schaute sein jüngerer Kollege zu dem – überhaupt nicht von hier sichtbaren – Flur, wo Eva den reizenden Stiefel noch immer liegen gelassen hatte. Der Kommissar räusperte sich ungläubig: „Wollen Sie uns sagen, dass es gar keine echte Vergewaltigung war?"

„Genau."

„Warum haben Sie es dann nicht abgewehrt, dass ihre Managerin uns zu Hilfe rief?"

„Mich hat ihr Aufkreuzen geschockt."

„Warum haben Sie sich ins Krankenhaus einliefern lassen? Soll das der Schock gewesen sein?"

„Ich hatte mir das alles naiverweise anders vorgestellt und fand mich erst in der Wirklichkeit nicht mehr zurecht. Manchmal lässt sich die Romantik gerne mit schwarzen Fingernägeln über den Rücken kratzen, ehe sie aufwacht."

„Was meinen Sie damit?"

„Was sie meint", entgegnete plötzlich der andere Kriminalbeamte, „steht doch außer Zweifel. Wir haben hier niemanden ins Verhör zu nehmen. Sie ist nicht Täterin."

Als könnte er sich nicht entscheiden, einen unbekömmlichen Bissen auszuspucken, plusterte Viktor den Mund, bevor er ihn wieder auftat: „Hier ist etwas faul."

Eva wartete kommentarlos darauf, dass sie gingen.

Vielsagend schickte sich der unverbissenere Kollege an, ihr den Wunsch zu erfüllen. „Etwas ist immer faul, und wir haben noch 'ne Menge echter Fälle zu lösen. Ich hoffe, Frau Günther, dass sich das alles nicht negativ auf Ihre Karriere auswirkt. Sie machen gute Musik."

„Letzterem gebe ich recht", murrte Viktor. „Schönen Tag noch."

„Schönen Tag", eskortierte Eva die Beamten zur Tür. Kaum waren die beiden weg, atmete sie aus und räumte endlich den Stiefel zu seinem schicken Zwilling im Schuhschrank.

Bis über die Grenzen von Deutschland hinaus berichteten die Medien: „Ermittlungen gegen den ehemaligen Diskusstar eingestellt" oder „Ivy Greehman geht auf Distanz zu ihren sadomasochistischen Praktiken". Einige Klatschmagazine wetteiferten mit Gerüchten über „ihre wahren und einzig wahren sexuellen Vorlieben", wovon mehrere wahrhaft fantastische Eva zuerst verärgerten, zuletzt immunisierten und zwischendurch sogar belustigten.

Wie ein wartendes Kind stand Marina inmitten der totenstillen Mehrzweckhalle, wo sie zum ersten Mal der unerhört verständnisvollen Sängerin begegnet war, die damals noch mit ihrer Gruppe als Vor-Band auftrat. In der Nähe befand sich auch der schicksalsträchtige Klub.

Es war Adrians Idee gewesen, sich vor dem Trainingsgeprelle eines Sportvereins gemeinsam hier zu treffen. Nachdem er jedoch frühzeitig mit seiner etwas winselnden Frau hergefahren war, hatte er sich nochmals unter einem Vorwand entschuldigt und sie alleine stehen gelassen.

Geschickterweise hatte ihn die befreundete Psychologin in umgekehrter Reihenfolge auf die Tatsachen eingeschworen, indem sie ihm zuerst aufdeckte: „Eva hat für Marina gelogen." Sicher blieb es nicht aus, dass letztlich seine Empfindungen hochschreckten und miteinander kollidierten. Wenn es sich aber lohnte, für eine Opfertäterin zu lügen, dann lohnte es sich auch, sie und nur sie zu lieben. Entschlossen bereitete Adrian übrigens seinen Ausstieg aus dem Event-Management vor. Marina selber war krankgeschrieben.

Nicht von der Haupttür her, sondern vom Notausgang hörte sie Schritte hereinhallen. Sie drehte sich um und erblickte ihre begnadigende Richterin, Eva. Ohne dass ein vorantrippelndes Grußwort aus ihren Gedanken in die Raumestiefe zu hüpfen vermochte, ging Marina langsam auf sie zu. Unmittelbar vor ihr aber wollte die stattliche, nur von etwas hohlen Wangen gezeichnete Portugiesin auf die Knie sinken.

„Na-na-na-nein", hob Eva sie auf. „Eine Freundin fällt der anderen nicht vor die Füße."

Eine Freundin, einfach eine Freundin, die raubte auch niemals den Ehepartner. Mit gerührtem und nichtsdestoweniger stabilerem Pulsschlag schaute Marina sie an. „Dann sage ich dir am besten hundert- und tausendmal danke?"

Eva lächelte sanft und spitzbübisch. „Ohne die wummernden Lautsprecher und Menschenmassen ist's hier ganz nett, nicht? Wollen wir stehen bleiben oder uns einfach auf die Zuschauertribüne setzen?"

„Ein bewegender Anblick", tauchte genau dort Adrian auf. „Fehlt nur ein bisschen die türkisgrüne Natur."

Kurz danach saßen sie zu dritt auf der Kaskade anderweitig leerer Plätze. „Was schwebt dir nun vor?", fragte Eva den scheidenden Veranstalter. „Du willst doch nicht mit ein paar frischen, sozusagen trendig grauen Haaren bereits in Rente gehen?"

„Bekanntlich war mir schon immer die Muße sicher,

wenn ich weitreichende Entscheidungen zu fällen hatte, aber bis zum nächsten Frühling werde ich's wohl wissen. Dank dem Skandal wirst du jetzt so eine Halle problemlos als Haupt-Band füllen können." Er schätzte, dass Eva gerade ihr leiser Mangel an Ehrgeiz dabei helfen würde, entspannter mit dem Ruhm fertigzuwerden. „Wie viel weiß eigentlich deine Managerin?"

„Sie glaubt die offizielle Version so halb, steht aber voll hinter mir. Irgendwie kann ich es kaum fassen, dass sie eine Europa-Tournee plant. Und noch für 'ne andere Sache muss ich dir dankbar sein, Marina."

„Mir? Wofür denn?

„Ich hüpfte anders als du bisher wie ein Kaninchen durch Berlin. Doch, im Ernst. Weil mir früher das Herz gebrochen wurde, wollte ich keinen Mann mehr näher als bis zum One-Night-Stand an mich ranlassen, aber das passt eigentlich gar nicht zu mir. Mit diesem verkehrten Schutzmechanismus ist jetzt Schluss. Ich habe wieder den Mut für wahre Liebe gefunden. Allerdings, na ja, wäre die Wahl selbst ohne Tournee-Leben ziemlich schwer. Seit dem Skandal kann ich mich vor Heiratsanträgen kaum noch retten", schmunzelte die blondlockige Musikerin. „Was würde dazu die ‚typische' Frau sagen?"

Marina hob ratlos die Schultern.

„Männer!"

Wenedikt, dessen Bekanntheit sich nicht auf so produktive und nachhaltige Weise neu belebte, brachte Desiree am Valentinstag einen Strauß Rosen, den sie ausbandagierend in einer Vase mit schwerelosen Motiven von Miró herrichtete. Daraufhin stammelte der Deutschrusse: „Es lässt sich nicht leugnen, dass ich keine bravouröse Figur als Freund gemacht habe, aber vielleicht … habe ich mir gedacht … werde ich ein besserer Ehemann. Willst du mich heiraten?"

„Nein."

Er ließ den geschorenen Kopf hängen.

„Willst du dir stattdessen nicht die Haare wachsen lassen? Heiraten, das macht das Fremdgehen doch nur ärgerlicher und hätte noch gepasst, als ich spießbürgerlich gedacht habe. Meine nölende, sperrige Eifersucht war ja an allem Mitschuld. Jetzt aber können wir auch für den Rest unseres Lebens wie Blumenkinder zusammenbleiben."

„Blumenkinder", widerspiegelte sein niederlagengeprägtes Gesicht ihre freundliche Provokation. „Ich bin vorhin, nebenbei gesagt, Eva begegnet. Das heißt, sie hat die Straßenseite gewechselt und mir gewunken. Zugegebenermaßen kann auch ich nur rätseln, ob alles mit der Wahrheit zuging. Glaubst du, dein Bruder kriegt sich wieder ein?"

Ohne sich zu setzen, schmückte Desiree den Tisch mit der bunten Vase. „Sein Gemurre bezieht sich jetzt mehr auf Eva als auf dich. Wie stockjagende Terrier – eigentlich gute Familientiere – kann er mit dem schnurstracks abgeschlossenen Fall eben noch nicht wirklich abschließen", schnupperte sie an dem kleinen Gebüsch tiefroter Rosen. „Ich habe mich schon als Neunzehn-, ach Elfjährige gefragt, ob auch ich eine schön harte Polizistin abgegeben hätte."

„Schön ja, nur hast du doch längst deinen idealen Beruf gefunden. Anders als ich. Erinnerungen sind dazu da, um aus ihnen zu lernen, nicht um sich darin einzuwühlen, richtig? Ich will nicht ewig so ein tumber Kerl bleiben wie jetzt. Es ist in den Nachrichten nahezu untergegangen, aber neulich hat ein 85-Jähriger seinen Abschluss als Informatiker gemacht. Wenn es nicht zu spät für jemanden ist, der doppelt so viele Jahre auf dem Buckel hat, dann ist es auch für mich Zeit, mein abgebrochenes Studium wiederaufzunehmen!"

„Ich gratuliere dir schon rein sozialpädagogisch zu diesem positiven Vorhaben. Im Übrigen", trat sie an seinen Brustkorb heran und hauchte hinauf in seinen geöffneten Mund, „glaube ich doch, dass mir 'ne schicke Polizeimütze und 'ne seufzende Peitsche stehen."

Filomena war zu dem nonkonformistischen Schriftsteller gezogen. Sowohl durch die Distanz als auch die gewonnene Offenheit ihrer Mutter gestaltete sich das Verhältnis zu ihr zumindest ein bisschen rosiger. Die 18-jährige Abiturientin holte bei den Prüfungen unerwartet zu ihren früheren Bestnoten aus, so dass sie wie erwünscht noch Medienwissenschaft und Kunstgeschichte studieren könnte.

So kontrovers, wie sie mit einem zusammengerollten Stück triefender Vollkornpizza vor der Schnute über

Pornographie reden konnte, versagte sie sich auch keineswegs das praktische Experiment von Sex zu dritt, aber ihr Ding war das nicht. Dadurch, dass sie in einer vertrauenserregenden Partnerschaft endlich befriedigende Orgasmen fand, verdunstete laut ihren erlernten spöttischen Anglizismen gleichermaßen „das narzisstische und selfishe Junkietum diesseits digitaler Nervenenden".

Zefanja hatte ihr nicht verheimlicht, dass er Marina mit seinem fünffach spralligen Orgientrupp überfallen habe. Allerdings würde sie mit diesem Wissen weder ihren Vater noch die liebgewonnene Portugiesin in Verlegenheit bringen. Dass diese streng genommen kriminell war, wusste wiederum Filomena natürlich nicht.

An einem azurblauen Apriltag ließ sich das frische Pärchen nämlich von dem geprüfteren in Selmas Café einladen. Adrian umtrieb schon länger eine wetterwendische Langeweile, auch wenn nicht ernste Geldnot, weil er noch immer keinen Entschluss gefasst hatte oder doch wieder als Veranstalter arbeiten wollte. Er schien unverbesserlich auf irgendeinen Startschuss zu warten.

Stimmungsvoll wehklagten auf einmal Fado-Akkorde durchs Café. Alle am Tisch schauten zerstreut nach links, nach rechts und dann zu Marina.

„Was guckt ihr mich an? Aus mir kommt's nicht. Das ist die tote Königin Amália Rodrigues."

„Bingo", kam Selma propper lächelnd mit anthrazitschwarzem Dutt näher. „Weil ich nicht gedacht hätte, dich auch nur ein einziges Mal wiederzusehen, habe ich's extra für dich reingemacht."

„Auweia", schlürfte Filomena, „sie hasst den Fado doch."

„Was?", trötete die schurztragende Besitzerin.

Dagegen enthüllte sich Marinas Blick verklärt an ihres Liebsten Seite. „Hassen? Nein, ich habe meine Meinung geändert."

„Diesbezüglich schwankte ich nie."

„Wenn ich an Portugal denke", bemerkte Zefanja nun an der Seite seiner Liebsten, „so hat es für mich immer das Gesicht von Flitterwochen."

Adrian musste zugeben, dass er mit dem erschienen Webcam-Roman nicht viel anfangen konnte, weshalb ihn der ausbleibende Erfolg auch nicht wunderte. Stets hatte er sich durch seinen Umgang mit Musikern für einen freimütigen Menschen gehalten, doch jetzt beruhigte es ihn, dass der nicht unsympathische Schreibkünstler ein großes Haus geerbt hatte, das ihm gleich durch zwei Familien monatliche Mieteinkünfte sicherte.

Wer seine Eltern am Galgen vorfinde, der hänge sich selber entweder auch noch auf oder beiße sich wie ein kluger Köter durch, hatte Zefanja einmal in der Psychotherapie gesagt. In Anbetracht dessen, wie der selbsternannte kluge Köter sogar seit Monaten eine harmonische Beziehung gebacken bekam, glaubte aber Jelina, dass er die Behandlung nicht mehr unbedingt bräuchte.

Weiterhin Marina zu therapieren, sah sie sich trauriger-weise ganz außerstande, weil sich eben diese ungeachtet der innigsten Verbundenheit außerstande sah, den lesbischen Kitzel aufrechtzuerhalten. Sie würde bis an ihr

Lebensende epilepsiekrank bleiben. Dennoch wirkte sie wie eine völlig normale Berliner Cafébesucherin.

In die Hintergrundmelodie hinein fiepte laut ihr Handy. „Das", sah sie entgeistert auf die Auslandsnummer, „das ist von daheim … *Olá? Alcaste, o que está acontecendo?*"

Ihr Vater lag im Sterben.

Die schluchzende Portugiesin rammelte nach einer schlaflosen Nacht die Koffer ins Auto, weil Adrian und sie trotz Last-Minute-Tickets nicht vor der Abendstunde in ihrem Heimatdorf wären. Mit Eva hatten die beiden schon gesprochen, doch sie wollten auch noch bei Jelina vorbeifahren, die in kreideweißen Halbschuhen bereits vor ihrer Villa wartete.

Nach einer gefühlsschweren Begrüßung hielt sich Adrian einen Schritt abseits. Die zwei Frauen hingegen fassten einander mit tränenbenetzten Gesichtern an beiden Händen.

„Du weißt", schluckte Marina unbeholfen, „dass ich gehen muss, Jelli."

„Ich wusste es immer. Vertrau auf deine Kraft, Mina. Selbst im heftigsten Sturm weist dir ein innerer Polarstern den richtigen Weg. Dein Vater wird nicht gehen, ehe du bei ihm bist."

Marinas Stimme zerwallte vor Rührung.

„Von einigen technischen, unbedeutenden finanziellen Regelungen abgesehen", half Adrian ebenso vorsichtig wie verdeutlichend, „werden wir nicht so bald nach Berlin zurückfliegen."

Nickend, obwohl leicht zittrig holte Jelina zwei Papiertaschentücher hervor.

Ihre ehemalige Geliebte nahm eines davon in der gleichen Weise entgegen. „Vielleicht darf ich dir noch einen Abschiedskuss geben?"

„Wenn du das machst, dann sterbe auch ich."

„V-vielleicht möchtest du aber mal eine schöne Portugalreise unternehmen, irgendwann, um uns zu besuchen?"

„Nein, Marina, ich werde nie in die Algarve kommen. Aber ich wünsche euch alle Liebe der Welt. Und bewahre dich für immer, für immer in meinem gebrochenen Herzen."

Epilog

*D*as Klappern der waghalsigen Küstenstörche, der heranwogende Duft von Salz, Kiefern und Eukalyptus umfingen nach einer Taxifahrt vom Flughafen das verlorene Kind. Warm schattierte sich das ärmliche Haus im weinglühenden Sonnenuntergang, und Marinas atlantikverwandte Augen überflossen ohne Unterlass.

In einem langen, kummerraschelnden Kleid öffnete Alcaste ihnen die Tür. „Ach, die Mutter Gottes schickt euch noch rechtzeitig her. Ich habe ihn schon vor Wochen und Monaten zu einem Arzt gedrängt, aber störrisch, wie er ist, durfte ich erst vor drei Tagen einen kommen lassen. Wie hat er sich nur so hoffnungslos verkrebst noch abgeplackt! Er lallt die ganze Zeit von dir und ist nicht mehr klar bei Sinnen."

Adrian musste die portugiesische Sprache nicht verstehen, um betroffen das Gepäck abzustellen und in das knarzende Schlafzimmer zu folgen. Inzwischen war Marina schon an das Krankenbett ihres Vaters gestürzt, neben dem eine stumpfglasige Schnapsflasche ihren Geist aushauchte. Seine fransigen Haare waren gleichsam Asche und die zerwitterten Lider geschlossen. Als aber seine

Tochter ihre glattfeuchte Wange für einen Moment an ihn drückte, rührte er sich, und über seine trüben Augen schwamm ein letztes Licht.

„Sssehe ich dich noch einmal, dich und deinen netten deutschen Piraten, meine Mara. Meine Allerbeste. Wir", röchelte und hustete er schwach, „ich hätte anders leben können, anders leben sollen, aber ich habe so gelebt."

„Ja, wir haben so gelebt, Papa. Wir haben gelebt, wie wir leben mussten, und jetzt weiß ich auch, dass ich es nie anders gewollt hätte."

„Warum weinst du denn? Das ... ist nicht gut für deine ... heilige Krankheit." Seine Augen erstarrten wie angesichts einer Erscheinung.

So unbezähmbar sich auch der Schmerz in ihr zusammenkrümmte, schloss sie ihrem Vater doch ein für alle Mal zärtlich die Lider und richtete sich aus eingefleischter Gewohnheit wieder auf. Ergriffen wollte Adrian sie gerade trösten, als Alcaste mit ausgebreiteten Klagelauten ihm zuvorkam. Erst nach einem bittenden Wink von ihr und Marina trat er hinzu.

Unvorstellbar wäre es jedenfalls in früheren Zeiten gewesen, dass sie ihre illegitime Stiefmutter umarmte und absegnend zugestand: „Was hätte er nur ohne dich gemacht!" Denn der einzige Fluch, den es zwischen der angeblich bigotten Hure und Marina gegeben hatte, war ihren eigenen feindseligen Gedanken entquollen. Doch in der mitgebrachten Güte sich selbst und anderen gegenüber machten sie keinen Sinn mehr.

Ungeachtet des gereinigten, ganz aufgeklärten Atheismus der Tochter fand eine kirchliche Beerdigung für Pablo Puripolu mit einem Sarg aus seinem zersägten Fischerboot statt, der in die lockere Erde gesenkt wurde. Sicher hatte sich Marinas Haltung verändert, sicher hatte sie auch einen soliden Ehemann und alles Beileid verdient, trotzdem überwältigte es sie, dass mehr als das halbe Dorf ihrem raubeinigen Vater die letzte Ehre erwies. Ihr kondolierte sogar der *sabichão* – diese unfreundliche Bezeichnung musste sie allerdings noch aus ihren Gedanken bannen –, und gewissermaßen fühlte sie sich in der Gemeinschaft nicht länger „anders".

Besonders entkrampfend an diesem schwarzen, sonnigen Tag wirkte auf sie das Wiedersehen mit Rolando, der samt eines karamellsüßen Söhnchens und seiner abermals schwangeren Frau eigens aus dem etwas tratschsüchtigen Nachbardorf gekommen war. Die kleine Familie half am milderen Abend, das einstöckige Haus zu füllen, und Alcaste bereitete unter langsam trocknenden Tränen eines ihrer würzigen *Bacalhau*-Gerichte zu.

Marina hätte nicht gedacht, dass die Komplimente eines mampfenden Jungen verlegener machen konnten als diejenigen eines Mannes, denn der Kleine plinkerte sie schamlos an: „Du bist nämlich so schön, weißt du? Du bist so schön."

„Danke", linste Marina entschuldigend zur schokoladenäugigen Mutter und diese entschuldigend zu Marina, „deine Mama aber auch."

Anlässlich dieses jovialen Mienenspiels ließ der gebürtige Berliner aufs Geratewohl die Bemerkung fallen: „Er kommt nach dir, Rolando."

„Das übersetzt jetzt bitte niemand meiner Frau", grinste der verzeihlich eitle Hotelangestellte drauflos, dessen Deutsch sich sehr verbessert hatte. „Ich kann mich noch gut daran erinnern, wie ich damals mit dir hierhergelatscht bin. Aber wem gehört von nun an eigentlich das Haus?"

„Mein Vater hat ein Testament hinterlassen", antwortete Marina ebenfalls auf Deutsch. „Sollte ich jemals zurückkehren, gehört es mir. Adrian und ich wollen es renovieren."

„Und die gute alte Seele hier mit ihren Kochkünsten?"

Nicht Alcaste selbst, die nochmals Wasser aufsetzte, sondern Rolandos aufessende Frau störte sich an der längeren Unterhaltung in fremder Zunge: „Worüber redet ihr?"

„Über diesen renovierungsbedürftigen Bungalow, in dem Alcaste weiter mit uns wohnen wird", erklärte Marina offen. Dabei reizte der Anblick der gesunden Schwangeren sie durchaus zu Wehmut.

Ihre Stiefmutter hingegen drehte sich am brodelnden Herd voll anerkennender Erleichterung um: „Ich hätte auch nicht gewusst, wo ich sonst hingehen soll, mein Kind."

Nach einem Moment des Schweigens, der mit dem Geschäker des peinlich kleinen Casanovas angefüllt war, wandte sich Adrian noch einmal an Rolando: „Und dir macht die Hotelarbeit nach wie vor Spaß?"

„Jahrein, jahraus Wandergruppen, Gartenharken und das Rumstehen vorm Hotelklub – wie soll sich da der Spaß nicht längst aus dem Staub gemacht haben?" Der Höflichkeit halber wiederholte er alles auf Portugiesisch. „Wie's aussieht, gibt es aber auch hiergegen kein Heilmittel."

„Vielleicht braucht dieser mittelmäßige Klub einfach ein bisschen Konkurrenz. Warum machen wir nicht unseren eigenen am Strand auf?"

„Du und ich? Glaubst du denn, das läuft?"

„Millionäre werden wir vielleicht nicht, aber du wärst selbstständiger Mitinhaber und müsstest wohl auch mehrere Kinder kaum verhungern lassen. Die Lokalität darf nur nicht so nahe gebaut sein, dass die Anwohner wegen des Lärms auf die Palme gehen, und auch nicht so fern, dass man wieder ein Taxi bräuchte."

„Er ist Veranstalter", unterstrich Marina mit lässig gefärbter Stimme die Vertrauenswürdigkeit ihres Mannes.

Rolando beriet sich mit seiner schmollmundigen Frau, die bedenkenlos Milchkaffee in ihren Babybauch schüttete. „Abgemacht!", schlug er endlich ein.

Bald hatten sie mit vereinten Kräften und gediegen modernen Materialien sowohl das Haus verschönert als auch den Klub errichtet. Faktisch war Portugal in vielerlei Hinsicht wie dem Ausbau eines schnellen Internets fortschrittlicher als Deutschland. Ihre alte Lektoratsstelle hatte Marina natürlich längst gekündigt. Sie bildete sich über den Computer weiter, um täglich 3 Stunden

265

als Übersetzerin einheimischer Bücher ins Deutsche zu arbeiten. Darüber hinaus kurierte sie endlich Alcaste vom Analphabetismus. Besonders gerne neckte sie aber Adrian, weil er seit über sechs Jahren mit einer Portugiesin zusammen sei und erst jetzt auf die Idee komme, Portugiesisch zu lernen. Ihr gemeinsames Liebesleben nahm sich zwar nicht mehr so metropolisch wie früher aus, aber zufriedenstellend.

Berlin war zweifellos wie ein riesiger Verwandlungskünstler kulturell sehr reich, wirtschaftlich arm, sagenhaft stressig und schneckenzäh. Das deutschportugiesische Paar hatte nichts dagegen, die Ferien ab sofort dort zu verbringen. Für langwierige Epilepsie blieb jedoch die Algarve sicher der idealere Ort.

In einer schlichten Plauderei über die Webcam hatte wiederum Filomena angekündigt, zusammen mit ihrem abenteuerlichen Schriftsteller sie beide zu besuchen. Freudig erklärte ebenso Eva, dass sie auf ihrer Europa-Tour auch durch Portugal und für einen entschleunigenden Tee zu ihnen komme, obwohl der Eintrag im Terminkalender ein nettes Gerangel mit ihrer fleißigen Managerin gekostet habe. Ach, und das Ausschlussverfahren bezüglich der Traummänner laufe noch.

Derweilen wurde Marina zur Patin von Rolandos geborener Tochter erkoren. Auch wenn diese nach dem sakralen Süßwasserschwenk wieder in ihr Bettchen musste, wollte der hotelbefreite Südländer den Tauftag unbedingt mit der Einweihungsfeier des strandnahen Klubs zusammenfallen lassen. Die Sommerglut gestattete Einheimischen wie auch Touristen nur die luftigste Kleidung und verhalf dadurch zu einem ansehnlichen Erfolg. Doch schon vor dem Abend befielen Marina wieder Muskelverspannungen und Schwindel, weshalb sie Adrian wissen ließ, dass sie heimgehe.

„Sicher, dass du das Stück alleine schaffst, Mina?"

„Ich bin nicht allein. Bis später, Schatz."

Die maronenbraunen Riemen der ausgezogenen Sandaletten zitterten in ihren Fingern, als sie durch den Sand schritt und noch einmal vor dem kristallblauen Horizont stehen blieb. Im heiß geschliffenen Wind tanzten ihre Locken, und ihr wallendes Herz fand Frieden im lebendigen Ozean.